**Aus dem Spanischen
von Heidrun Adler**

# ANTONIO MUÑOZ MOLINA

# DER WINTER IN LISSABON

ROMAN

ROWOHLT

Die Originalausgabe erschien 1987 unter dem Titel
«El invierno en Lisboa» bei Editorial Seix Barral, S. A., Barcelona

1.–3. Tausend August 1991
4.–6. Tausend Oktober 1991
Copyright © 1991 by Rowohlt Verlag GmbH,
Reinbek bei Hamburg
«El invierno en Lisboa» Copyright © Antonio Muñoz Molina, 1987
Alle deutschen Rechte vorbehalten
Umschlaggestaltung Nina Rothfos
Gesetzt aus der Bembo auf Linotronic 500
Gesamtherstellung Clausen & Bosse, Leck
Printed in Germany
3 498 04330 7

Für Andrés Soria Olmedo
und Guadalupe Ruiz

Es gibt einen Moment während der
Trennung, in dem der geliebte
Mensch schon nicht mehr bei uns ist.

Flaubert, *Die Erziehung des Herzens*

# 1

Fast zwei Jahre war es her, seit ich Santiago Biralbo das letzte Mal gesehen hatte, und doch fehlte unserer Begrüßung jedes Pathos, als wir uns um Mitternacht in der Bar des Metropolitano zufällig begegneten, es war, als hätten wir die vergangene Nacht zusammen durchzecht, und zwar nicht in Madrid, sondern in San Sebastián, in der Bar von Floro Bloom, wo Biralbo ziemlich lange gespielt hatte.

Jetzt spielte er im Metropolitano, zusammen mit einem schwarzen Bassisten und einem sehr jungen und nervösen, nordisch wirkenden französischen Schlagzeuger, den sie Buby nannten. Die Gruppe trat als Giacomo Dolphin Trio auf. Damals wußte ich noch nicht, daß Biralbo seinen Namen geändert hatte und Giacomo Dolphin nicht nur der klangvolle Künstlername des Pianisten war, sondern jetzt als sein eigener Name in seinem Paß stand. Noch bevor ich ihn sah, erkannte ich ihn beinahe schon an der Art, wie er Klavier spielte: als legte er so wenig Anstrengung wie möglich in die Musik, als hätte das, was er spielte, kaum etwas mit ihm selbst zu tun. Ich saß mit dem Rücken zu den Musikern an der Bar, und als ich hörte, wie das Klavier eben noch erkennbar die Melodie eines Stückes andeutete, an dessen Titel ich mich nicht erinnern konnte, hatte ich plötzlich ein Vorgefühl, vielleicht jene abstrakte Ahnung von Vergangenheit, die ich manchmal in der Musik wahrgenommen habe; und als ich mich umdrehte, wußte ich noch nicht, daß ich eine verlorene Nacht im Lady Bird in San Sebastián wiedererkannte, wo ich schon lange nicht mehr gewesen war. Das Klavier war kaum noch zu hören, es zog sich hinter den Klang von Baß und Schlagzeug zurück, und dann, als ich beiläufig meinen Blick über die im Rauch verschwimmenden Gesichter der Gäste und der Musiker schweifen ließ, entdeckte ich Biralbos Profil; er spielte mit halbgeschlossenen Augen und einer Zigarette zwischen den Lippen.

Ich erkannte ihn sofort, was nicht heißt, daß er sich nicht verändert hätte. Vielleicht hatte er das getan, aber auf eine durchaus voraussehbare Weise. Er trug ein dunkles Hemd und eine schwarze Krawatte, und die Zeit hatte seinem Gesicht ganz allgemein eine aufrechte Würde verliehen. Später erkannte ich, daß mir schon immer an ihm die Unveränderlichkeit jener Menschen aufgefallen war, die, ohne daß es ihnen bewußt wäre, ganz einem Schicksal leben, auf das sie wahrscheinlich seit ihrer Jugend fixiert sind. Ab dreißig, wenn jedermann einem Verfall zuneigt, der weniger edel ist als das Alter, vertrauen diese Menschen, verbissen und gelassen zugleich, mit einer Art stillem und scheuen Mut auf eine seltsame Jugend. Zweifellos lag in seinem Blick die größte Veränderung, die ich in jener Nacht an Biralbo bemerkte; dieser feste Blick voller Gleichmut oder Ironie war der eines durch Erfahrung gestärkten jungen Mannes. Ich begriff, daß es darum so schwer war, ihm standzuhalten.

Etwas über eine halbe Stunde beobachtete ich ihn und trank eiskaltes dunkles Bier. Er spielte, ohne sich über die Tasten zu beugen, hielt vielmehr den Kopf zurückgelehnt, damit ihm der Rauch seiner Zigarette nicht in die Augen stieg. Er sah ins Publikum, während er spielte, und nickte zwischendurch den anderen Musikern zu, und seine Hände bewegten sich mit einer Geschwindigkeit, die jeden Vorbedacht, jede Technik auszuschließen schien, als gehorchten sie allein dem Zufall, der sich eine Sekunde später, wenn die Noten in der Luft Klang wurden, von selbst zu einer Melodie formte, so wie der Rauch einer Zigarette die Form blauer Spiralen annimmt.

Jedenfalls war es so, als hätte das alles nichts mit Biralbos Gedanken oder mit seiner Aufmerksamkeit zu tun. Ich beobachtete, daß er oft zu einer blonden Kellnerin in Uniform hinübersah, die an den Tischen bediente, und ihr hin und wieder zulächelte. Er machte ihr ein Zeichen, und wenig später stellte die Kellnerin einen Whiskey auf den Flügel. Auch die Art, wie er spielte, hatte sich mit der Zeit verändert. Ich verstehe nicht viel von Musik, und eigentlich habe ich mich nie besonders für sie interessiert, aber wenn ich Biralbo im Lady Bird spielen hörte, hatte ich mit einer gewissen Erleichterung bemerkt, daß die Musik nicht unentzifferbar sein muß, sondern Geschichten enthalten kann. In dieser Nacht, als ich ihm im Metropolitano zuhörte, nahm ich undeutlich wahr, daß Biralbo besser spielte als vor zwei Jahren, aber nachdem ich ihm ein paar Minuten zugesehen hatte, hörte ich das Klavier nicht mehr, weil ich darauf achtete, wie sich seine Gesten verändert hatten: zum Beispiel, daß er aufrechtsitzend spielte und nicht, wie früher, über die Tasten gebeugt, daß er manchmal nur mit der linken Hand spielte, um mit der Rechten das Glas zu nehmen oder die Zigarette in den Aschenbecher zu legen. Ich sah auch sein Lächeln, nicht das, mit dem er hin und wieder der blonden Kellnerin zulächelte: er lächelte dem Bassisten zu oder sich selbst, mit einer abweisenden Freude, die die Welt ausschloß, wie ein Blinder lächeln kann, der sicher ist, daß niemand den Grund für seine Zufriedenheit erraten oder sie gar mit ihm teilen kann. Als ich den Bassisten ansah, dachte ich, daß diese Art zu lächeln häufiger bei Schwarzen zu beobachten ist und daß sie voller Herausforderung und Stolz ist. Das Übermaß an Alleinsein und eiskaltem Bier verführte mich zu willkürlichen Erleuchtungen: ich dachte auch, daß der nordische Schlagzeuger, so ganz auf sich selbst bezogen, einer anderen Spezies angehörte und daß zwischen Biralbo und dem Bassisten eine gewisse ethnische Verschwörung bestand.

Als sie zu Ende waren, hielten sie sich nicht damit auf, für den Applaus zu danken. Der Schlagzeuger blieb reglos und etwas abwesend sitzen, wie jemand, der in einen zu hellen Raum tritt; Biralbo und der Bassist verließen rasch das Podium, unterhielten sich auf englisch und lachten, offensichtlich erleichtert, als beendeten sie beim Ton einer Sirene eine lange und unwichtige Arbeit. Den einen oder anderen Bekannten flüchtig begrüßend kam Biralbo auf mich zu, obwohl er, während er spielte, in keiner Weise zu erkennen gegeben hatte, daß er mich gesehen habe. Vielleicht hatte er bereits gewußt, daß ich an der Bar saß, bevor ich ihn gesehen hatte, und ich nehme an, daß er mich ebenso lange beobachtet hatte wie ich ihn, aufmerksam auf meine Gesten und mit größerer Genauigkeit als ich erratend, was die Zeit aus mir gemacht hatte. Ich erinnerte mich, daß Biralbo sich in San Sebastián immer wie ausweichend bewegte – ich hatte ihn oft allein durch die Straßen gehen sehen –, als sei er vor jemandem auf der Flucht. Etwas davon kam in der Art, wie er damals Klavier spielte, zum Vorschein. Jetzt, als ich ihn zwischen den Gästen des Metropolitano auf mich zukommen sah, dachte ich, daß er langsamer geworden war oder schlauer, als nähme er einen dauerhaften Platz im Raum ein. Wir begrüßten uns ohne Überschwang: so war es immer gewesen. Unsere Freundschaft war unbeständiger und nächtlicher Art gewesen, mehr auf die gleichen Vorlieben, den Alkohol betreffend, begründet – Bier, Weißwein, englischer Gin, Bourbon – als auf irgendeine schamlose Vertraulichkeit, in die wir nie, oder fast nie, gerieten. Als zuverlässige Trinker mißtrauten wir übertriebener Begeisterung und der Freundschaft, die der Alkohol und die Nacht mit sich bringen: nur einmal, schon gegen Morgen, hatte mir Biralbo unter dem Einfluß von vier unvernünftigen trockenen Martinis von seiner Liebe zu einem Mädchen erzählt, das ich nur flüchtig kannte – Lucrecia –, und von einer Reise mit ihr, von der er gerade zurückgekommen war. Beide tranken wir in jener Nacht zuviel. Als ich am nächsten Tag aufstand, bemerkte ich, daß ich keinen Kater hatte, sondern immer noch betrunken war und alles vergessen hatte, was Biralbo mir erzählte. Ich erinnerte mich nur noch an die Stadt, wohin jene Reise, die so überraschend endete, wie sie begann, hatte gehen sollen: nach Lissabon.

Anfangs stellten wir nicht allzu viele Fragen und gaben keine großen Erklärungen zu unserem Leben in Madrid ab. Die blonde Kellnerin trat zu uns. Ihre schwarzweiße Uniform roch ein wenig nach Stärke und ihr Haar nach Shampoo. Diese schlichten Gerüche mag ich an Frauen. Biralbo scherzte mit ihr und streichelte ihre Hand, als er einen Whiskey bestellte, ich blieb beim Bier. Nach einer Weile sprachen wir von San Sebastián, und die Vergangenheit stellte sich dreist wie ein Gast zwischen uns.

«Erinnerst du dich an Floro Bloom?» fragte Biralbo. «Er mußte das Lady Bird schließen. Er ist in sein Heimatdorf zurückgegangen, hat eine Braut zurückerobert, die er schon als Fünfzehnjähriger kannte, und das Land seines Vaters geerbt. Neulich habe ich einen Brief von ihm bekommen. Er hat jetzt einen Sohn und ist Landwirt. Samstagnachts betrinkt er sich in der Kneipe eines seiner Schwäger.»

Ohne daß ihr zeitlicher Abstand etwas damit zu tun hätte, gibt es einfache und schwierige Erinnerungen, und die an das Lady Bird entzog sich mir nahezu. Verglichen mit den weißen Lichtern, den Spiegeln, den Marmortischen und den glatten Wänden des Metropolitano, das, so nehme ich an, dem Speisesaal eines Provinzhotels nachempfunden war, kam mir das Lady Bird, dieser Keller mit seinen Gewölben im rosafarbenen Dämmerlicht, in meiner Erinnerung wie ein übertriebener Anachronismus vor, ein Ort, an dem ich kaum jemals gewesen sein konnte. Es lag direkt am Meer, und wenn man hinausging, verflog die Musik, und man hörte das Krachen der Wellen, die sich am Peine de los Vientos brachen. Und dann erinnerte ich mich: der Geruch der in der Dunkelheit glitzernden Gischt und der salzigen Brise stieg in mir auf, und ich wußte, daß jene Nacht der Reue und der trockenen Martinis im Lady Bird geendet hatte und daß es mein letztes Zusammentreffen mit Santiago Biralbo gewesen war.

«Aber ein Musiker weiß, daß es keine Vergangenheit gibt», sagte er plötzlich, als wollte er einem nicht von mir geäußerten Gedanken widersprechen. «Wer malt oder schreibt, tut nichts anderes als Vergangenheit auf seine Schultern zu laden, Worte oder Bilder. Ein Musiker befindet sich stets im leeren Raum. Seine Musik existiert genau in dem Augenblick nicht mehr, in dem er zu spielen aufhört. Sie ist reine Gegenwart.»

«Aber Platten bleiben.» Ich war mir nicht ganz sicher, ob ich ihn verstand, und noch weniger dessen, was ich selbst sagte, aber das Bier regte mich zum Widerspruch an. Er sah mich prüfend an und sagte grinsend:

«Ich habe ein paar Platten mit Billy Swann gemacht. Platten sind nichts. Wenn sie etwas sind, wenn sie nicht tot sind, und fast alle sind es, dann sind sie gerettete Gegenwart. Dasselbe passiert mit Photographien. Mit der Zeit gibt es keine, die nicht einen Unbekannten zeigt. Darum mag ich sie nicht aufheben.»

Monate später erfuhr ich, daß er doch welche aufhob, aber ich begriff, daß diese Tatsache seine Ablehnung der Vergangenheit keineswegs Lügen strafte. Sie bestätigte sie vielmehr, auf eine indirekte und vielleicht rachsüchtige Weise, wie das Unglück oder der Schmerz den Lebenswillen bestätigen, wie, so hätte er es ausgedrückt, die Stille die Wahrheit der Musik bestätigt.

Etwas Ähnliches hatte ich ihn in San Sebastián einmal sagen hören, aber jetzt neigte er nicht mehr zu derart pathetischen Aussprüchen. Damals, als er im Lady Bird spielte, war sein Umgang mit der Musik dem eines Verliebten vergleichbar, der sich einer ihm überlegenen Leidenschaft hingibt: einer Frau, die manchmal nach ihm verlangt und ihn manchmal abweist, ohne daß er sich je erklären könnte, warum ihm das Glück geboten oder verweigert wird. Damals hatte ich bei Biralbo eine unwillkürliche Neigung zum Pathos bemerkt, in seinem Blick oder in seinen Gesten und in der Art, wie er ging. Jetzt, im Metropolitano, war sie nicht mehr da, war von seiner Musik ausgeschlossen, in seinem Benehmen nicht mehr zu erkennen. Heute sah er einem direkt ins Gesicht und hatte nicht mehr die Angewohnheit, aus den Augenwinkeln hinzusehen, wenn irgendwo eine Tür aufging. Ich glaube, ich wurde rot, als die blonde Kellnerin bemerkte, daß ich sie ansah. Ich dachte: Biralbo schläft mit ihr, und erinnerte mich an Lucrecia, als ich sie einmal allein auf dem Paseo Marítimo traf und sie nach ihm fragte. Es nieselte, Lucrecias Haar war naß und nach hinten zusammengebunden, und sie bat mich um eine Zigarette. Sie sah aus wie jemand, der ganz gegen seinen Willen vorübergehend einem übertriebenen Stolz entsagt. Wir wechselten ein paar Worte, sie verabschiedete sich und warf die Zigarette fort.

«Ich lasse mich vom Glück nicht mehr länger erpressen», sagte Biralbo nach kurzem Schweigen und sah der Kellnerin nach, die uns den Rücken zukehrte. Seit wir an der Bar des Metropolitano zusammen tranken, hatte ich nur darauf gewartet, daß er auf Lucrecia zu sprechen käme. Ich wußte, daß er jetzt, ohne ihren Namen zu nennen, von ihr sprach. Er fuhr fort: «Vom Glück und von der Vollkommenheit. Das ist katholischer Aberglaube. Er entsteht aus dem Katholizismus und den Schlagern im Radio.»

Ich sagte, ich verstünde ihn nicht. In dem langen Spiegel auf der Rückseite der Bar, zwischen den Reihen blanker Flaschen, die der Rauch und die alkoholisierte Schläfrigkeit dämpfte, sah er mich an und grinste.

«Doch, du verstehst mich. Du bist bestimmt schon einmal morgens aufgewacht und hast begriffen, daß du weder Glück noch Liebe brauchst, um auf vernünftige Weise lebendig zu sein. Das entlastet, ist so einfach wie die Hand ausstrecken und das Radio anschalten.»

«Ich denke, man gibt auf.» Ich war beunruhigt, trank nicht mehr. Ich fürchtete, daß ich, wenn ich weiter trank, anfangen würde, Biralbo mein Leben zu erzählen.

«Man gibt nicht auf», sagte er so leise, daß man den Zorn in seiner Stimme kaum wahrnahm. «Das ist auch so ein katholischer Aberglaube. Man lernt und verachtet.»

Das also war mit ihm geschehen, das hatte ihn so verändert, ihm sogar die Augen mit dem Glanz von Mut und Erfahrung geschärft, mit einer Kälte wie in jenen leeren Räumen, wo man übermächtig eine verborgene Anwesenheit spürt. In den beiden Jahren hatte er etwas gelernt, vielleicht nur eine einzige fürchterliche Wahrheit, die sein Leben und seine Musik völlig in sich aufnahm; und gleichzeitig hatte er gelernt zu verachten und auszuwählen und das Klavier mit der Leichtigkeit und Ironie eines Schwarzen zu spielen. Darum erkannte ich ihn nicht wieder: niemand hätte ihn wiedererkannt, auch nicht Lucrecia. Es war gar nicht nötig gewesen, sich einen neuen Namen zuzulegen und im Hotel zu wohnen.

Es muß gegen zwei Uhr morgens gewesen sein, als wir schweigend und fröstelnd und mit jener Würdelosigkeit später Trinker schwankend auf die Straße hinaustraten. Während ich ihn zu seinem Hotel begleitete – es lag in der Gran Vía nicht weit vom Metropolitano entfernt –, erklärte er mir, daß es ihm endlich gelungen sei, nur von der Musik zu leben. Er verdiente seinen Lebensunterhalt auf ungeregelte und ein wenig herumirrende Weise; er spielte fast immer in Madrider Nachtclubs und manchmal auch in Barcelona, und ab und zu fuhr er nach Kopenhagen oder nach Berlin, nicht so oft wie damals, als Billy Swann noch lebte. «Aber man kann nicht ununterbrochen feinsinnig sein, wenn man von seiner Musik leben will», sagte Biralbo und benutzte ein Zitat aus alten Zeiten; gelegentlich spielte er auch in Studios, für unverzeihliche Schallplattenaufnahmen, auf denen sein Name zum Glück aber nicht genannt wurde. «Sie zahlen gut», sagte er, «und wenn man geht, hat man schon vergessen, was man gespielt hat.» Wenn ich ein Klavier in einem dieser Radioschlager höre, sei er es möglicherweise, der da spiele. Dabei grinste er, als wollte er sich vor sich selbst entschuldigen. Aber das stimmt nicht, dachte ich, er würde sich für nichts mehr rechtfertigen und vor niemandem. In der Gran Vía, vor dem eisigen Widerschein der gewaltigen Fenster der Telefónica, ging er, um an einem Kiosk Zigaretten zu kaufen. Als ich ihn zurückkommen sah, groß und schwankend, die Hände tief in den Taschen seines weiten offenen Mantels mit hochgestelltem Kragen, begriff ich, daß in ihm diese starke Suggestion eines Charakters steckte, die Trägern einer Geschichte eigen ist, und auch Trägern eines Revolvers. Aber ich ziehe hier nicht einfach einen literarischen Vergleich: er hatte eine Geschichte, und er hatte einen Revolver bei sich.

## 2

Damals kaufte ich mir eine Platte von Billy Swann, auf der er mit Biralbo spielt. Ich sagte schon, ich bin für Musik eher unempfänglich. Aber in jenen Stücken war etwas, das mir sehr wichtig war, und während ich ihnen zuhörte, gelang es mir beinahe, es zu erfassen, es entglitt mir jedoch immer wieder. In einem Buch – ich fand es in Biralbos Hotel unter seinen Papieren und Photos – las ich, daß Billy Swann einer der größten Jazz-Trompeter des Jahrhunderts gewesen sei. Auf jener Platte schien er der einzige zu sein, als habe außer ihm niemand in der Welt je eine Trompete gespielt: nur er, seine Stimme und seine Musik mitten in der Wüste oder in einer verlassenen Stadt. In einigen Nummern hörte man seine Stimme, und es war die Stimme einer Erscheinung oder eines Toten. Dahinter klang sehr verhalten das Klavier von Biralbo, G. Dolphin in dem Text auf dem Cover. Zwei der Stücke waren von ihm, Namen von Orten, die für mich auch wie Namen von Frauen klangen: *Burma*, *Lisboa*. Mit der Hellsichtigkeit, die einsam getrunkener Alkohol verleiht, fragte ich mich, wie es wäre, eine Frau zu lieben, die Burma heißt, wie ihr Haar, wie ihre Augen in der Dunkelheit glänzen würden. Ich unterbrach die Musik, nahm Regenmantel und Schirm und ging, um Biralbo aufzusuchen.

Die Halle seines Hotels war wie das Foyer eines jener alten Kinos, die wie verlassene Tempel aussehen. Ich fragte nach Biralbo, und man sagte mir, daß dort niemand unter diesem Namen eingetragen sei. Ich beschrieb ihn, nannte seine Zimmernummer, dreihundertsieben, und versicherte, daß er seit etwa einem Monat dort wohnte. Der Portier, in einer betreßten Livree, um deren Kragen ein dünner Fettrand schimmerte, sagte mit einer Geste, die Argwohn oder Vertraulichkeit ausdrückte: «Ach, Sie meinen Señor Dolphin.» Beinahe schuldbewußt nickte ich, man rief in seinem Zimmer an, und er war nicht da. Ein Page, der bereits auf die vierzig zuging, sagte, er hätte ihn im Salon gesehen. Diensteifrig fügte er hinzu, daß Señor Dolphin sich Kaffee und Digestif immer dorthin servieren ließe. Ich fand Biralbo in einem Sofa von schäbigem Leder sitzen, das mehrfach ausgebessert worden war, und fernsehen. Vor ihm qualmte eine Zigarette und dampfte eine Tasse Kaffee. Er hatte den Mantel an und sah aus wie jemand, der auf einen Zug wartet. Die großen Fenster des leeren Raums gingen auf einen Innenhof, und die schmuddeligen Gardinen unterstrichen die Dämmerung. Der Dezembernachmittag schien in ihnen besonders rasch zu Ende zu gehen, es war, als nistete sich in dem düsteren Faltenwurf die Nacht wieder ein. Nichts davon schien Biralbo zu interessieren, er empfing mich mit dem gastfreundlichen Lächeln, das andere ausschließlich im Wohnzimmer ihres Hauses aufsetzen. An den Wänden hingen ungelenke Jagdszenen, und im Hintergrund, unter einer jener abstrakten Wandmalereien, die man als persönliche Beleidigung aufzufassen geneigt ist, entdeckte ich ein Klavier. Später erfuhr ich, daß Biralbo als treuer Gast das bescheidene Vorrecht erlangt hatte, vormittags darauf zu üben. Unter dem Personal hatte sich das aufregende Gerücht verbreitet, Señor Dolphin sei ein berühmter Musiker.

Er sagte, er lebe gern in Mittelklassehotels. Er liebte mit der lasterhaften und unwandelbaren Liebe des alleinstehenden Mannes den beigen Teppichboden der Flure, die geschlossenen Türen, die ansteigende Folge der Zimmernummern, die Fahrstühle, in denen man fast nie jemanden traf, wo sich jedoch die Spuren anderer Gäste fanden, die genauso unbekannt und allein waren wie er, Brandlöcher von Zigaretten im Boden, Kratzer oder Initialen im Aluminium der automatischen Tür, ein Geruch der von unsichtbaren Menschen verbrauchten Luft. Gewöhnlich kam er von seiner Arbeit und den nächtlichen Zechtouren zurück, wenn es Morgen wurde oder auch schon heller Tag war, wenn die Nacht, wie es manchmal geschieht, sich unvernünftiger Weise weit über sich selbst hinaus ausdehnt. Er sagte, ihm gefiele vor allem diese seltsame Morgenstunde, wenn er der einzige Gast in den Fluren und im ganzen Hotel zu sein schien, das Geräusch der Staubsauger hinter den angelehnten Türen, immer die Einsamkeit, das Gefühl eines enteigneten Besitzers, das ihn erhob, wenn er um neun Uhr morgens zu seinem Zimmer ging, den schweren Schlüssel drehend, dessen Gewicht er in der Tasche wie den Griff eines Revolvers betastete. In einem Hotel, sagte er, betrügt einen niemand, auch man selbst hat kein Alibi, um sich, was das eigene Leben betrifft, etwas vorzumachen.

«Aber Lucrecia würde es nicht gutheißen, daß ich in so einem Hotel lebe», sagte er, ich weiß nicht, ob an jenem Abend; vielleicht war es das erste Mal, daß er Lucrecias Namen vor mir aussprach. «Sie glaubte an Plätze. Glaubte an alte Häuser mit Anrichten und Bildern und an Cafés mit Spiegeln. Ich nehme an, das Metropolitano würde sie begeistern. Erinnerst du dich an das Viena in San Sebastián? Das war so ein Platz, wo sie sich gern mit ihren Freunden traf. Sie glaubte, daß manche Plätze von vornherein poetisch sind und andere nicht.»

Er sprach ironisch und distanziert von Lucrecia, in der Art, die man manchmal wählt, um von sich selbst zu sprechen, um sich eine Vergangenheit zurechtzulegen. Ich fragte ihn nach ihr. Er sagte, er wüßte nicht, wo sie sei, und rief den Kellner, um noch einen Kaffee zu bestellen. Der Kellner kam und ging mit der Zurückhaltung jener Wesen, die voller Melancholie die Gabe der Unsichtbarkeit ertragen. Im Fernsehen fand in Schwarzweiß irgendein Wettbewerb statt. Biralbo sah gelegentlich hin, wie jemand, der sich mit den Vorteilen einer unendlichen Toleranz vertraut macht. Er war nicht dikker geworden; er war größer oder breiter, und der Mantel und die Reglosigkeit ließen ihn größer erscheinen.

Ich besuchte ihn an vielen Tagen in jenem Salon, und meine Erinnerung neigt dazu, alle zu einem einzigen langen und düsteren Nachmittag zusammenzufassen. Ich weiß nicht, ob es der erste war, als er mich aufforderte, mit ihm nach oben in sein Zimmer zu gehen. Er wollte mir etwas geben, und ich sollte es für ihn aufbewahren. Als wir eintraten, machte er Licht, obwohl es noch

23

nicht dunkel war, und ich zog die Vorhänge zum Balkon auf. Unten, auf der gegenüberliegenden Straßenseite, an der Ecke der Telefónica, versammelten sich dunkelhäutige Männer mit bis zum Hals zugeknöpften Anoraks und einzelne geschminkte Frauen, die langsam auf und ab gingen oder stehenblieben, als warteten sie auf jemanden, der schon hätte da sein sollen, blasse Menschen, die niemals von der Stelle kamen und doch niemals stillstanden. Biralbo sah einen Augenblick aufmerksam auf die Straße hinunter und zog dann die Vorhänge zu. Im Zimmer gab es eine trübe, unzureichende Lampe. Aus dem Schrank, in dem leere Bügel schaukelten, holte er einen großen Koffer und hob ihn aufs Bett. Hinter den Vorhängen hörte man lärmend die Autos und den Regen, der ganz in der Nähe heftig auf die Markise zu prasseln begann, an der das Schild des Hotels noch nicht beleuchtet war. Ich roch den Winter und die Feuchtigkeit der aufziehenden Nacht und erinnerte mich ohne Wehmut an San Sebastián. In einer solchen Nacht, sehr spät, bereits gegen Morgen, waren Biralbo und ich, vom Gin erregt oder gelöst, ohne Würde und ohne Regenschirm, unter einem stillen, wie von Mitleid berührten Regen gegangen, der nach Algen und nach Salz roch und so beharrlich war wie ein Streicheln, wie die bekannten Straßen der Stadt, auf denen wir gingen. Er blieb stehen, hob unter den waagerechten, nackten Ästen der Tamarinden das Gesicht dem Regen entgegen und sagte: «Eigentlich sollte ich schwarz sein, Klavier spielen wie Thelonius Monk, in Memphis, Tennessee geboren sein, in diesem Augenblick Lucrecia küssen, tot sein.»

Jetzt sah ich ihn über das Bett gebeugt und irgend etwas unter der ordentlich gefalteten Wäsche im Koffer suchen, und dachte plötzlich – sein konzentriertes Gesicht sah ich im Spiegel des Schrankes –, er sei tatsächlich ein anderer Mann, und ich war nicht sicher, ob er ein besserer sei. Das dauerte nur einen Augenblick. Dann drehte er sich zu mir um und zeigte mir ein Päckchen Briefe, die von einem Gummiband zusammengehalten wurden. Es waren längliche Umschläge mit den blauroten Luftpoststreifen und sehr kleinen, exotischen Briefmarken, und in einer geneigten, weiblichen Handschrift waren mit violetter Tinte darauf Santiago Biralbos Name und seine Adresse in San Sebastián geschrieben. In der linken oberen Ecke stand nur ein einziger Buchstabe, ein L. Es waren zwanzig oder fünfundzwanzig Briefe, schätzte ich. Dieser Briefwechsel habe zwei Jahre gedauert, sagte Biralbo, und sei dann so plötzlich abgebrochen, als wäre Lucrecia gestorben oder als hätte es sie niemals gegeben.

Doch er war es, der damals das Gefühl hatte, gar nicht vorhanden zu sein. Es sei gewesen, als verbrauche er sich, sagte er, als verbrauche ihn die Berührung mit der Luft, der Umgang mit Menschen, das Nichtvorhandensein. Damals hatte er begriffen, wie langsam die Zeit in geschlossenen Räumen abläuft, die niemand betritt, die Beharrlichkeit von Korrosion, die im Lauf von Jahrhunderten ein Bild verformt oder ein steinernes Standbild zu Staub zerfallen läßt. Aber das alles sagte er mir einen oder zwei Monate nach meinem ersten Besuch. Wir waren wieder in seinem Zimmer, und sein Revolver lag in Reichweite, alle paar Minuten stand er auf, um durch die

Vorhänge, in denen das blaue Licht des über der Markise erleuchteten Schildes glänzte, auf die Straße zu sehen. Er hatte im Metropolitano angerufen und gesagt, er sei krank. Auf dem Bett sitzend hatte er im Licht der Nachttischlampe mit kurzen und geschmeidigen Bewegungen den Revolver geladen und entsichert, dabei rauchte er und sprach nicht von dem Mann, den er reglos auf der anderen Straßenseite zu sehen erwartete, sondern davon, wie lang die Zeit ist, wenn nichts geschieht, wenn man sein Leben damit verbringt, auf einen Brief zu warten oder auf einen Anruf.

«Nimm das mit», sagte er am ersten Abend und reichte mir, ohne es anzusehen, das Bündel Briefe. Er sah mir fest in die Augen: «Heb die Briefe an einem sicheren Ort auf, obwohl ich sie wahrscheinlich nicht zurückfordern werde.»

Er schob die Vorhänge etwas auseinander und sah, groß und ruhig in seinem langen, dunklen Mantel, auf die Straße. Der Abend und der nasse Glanz des Regens auf dem Pflaster und auf den Karosserien der Autos tauchten die Stadt in ein trostloses Licht. Ich steckte die Briefe in die Tasche und sagte, ich müsse gehen. Müde trat Biralbo vom Balkonfenster zurück, ging zum Bett, setzte sich, tastete seinen Mantel ab, suchte etwas auf dem Nachttisch, seine Zigaretten, die er nicht fand. Ich weiß es noch, er rauchte immer kurze, amerikanische Zigaretten ohne Filter. Ich bot ihm eine von meinen an. Er brach mit Daumen und Zeigefinger den Filter ab und legte sich aufs Bett. Das Zimmer war nicht sehr groß, und ich fühlte mich ungemütlich. Ich stand an der Tür und konnte mich nicht entschließen, noch einmal zu sagen, daß ich jetzt gehen würde. Wahrscheinlich hatte er es das erste Mal nicht gehört. Jetzt rauchte er mit halbgeschlossenen Augen. Er schlug sie auf und deutete mit einer Handbewegung auf den einzigen Stuhl im Zimmer. Mir fiel sein Lied *Lisboa* ein: wenn ich es hörte, sah ich ihn genauso vor mir, in einem Hotelzimmer auf dem Bett liegend und ganz geruhsam im Halbdunkel rauchend. Ich fragte ihn, ob er doch noch in Lissabon gewesen war. Er lachte und stopfte das Kissen hinter seinem Kopf zurecht:

«Natürlich», sagte er. «Im richtigen Augenblick. Man kommt immer dann an einen Ort, wenn er einen nicht mehr interessiert.»

«Hast du Lucrecia dort getroffen?»

«Woher weißt du das?» Er richtete sich auf und zerdrückte die Zigarette im Aschenbecher. Ich zuckte die Achseln, über meinen Treffer überraschter als er.

«Ich habe das Lied gehört, *Lisboa*. Es hat mich an die Reise erinnert, die ihr damals zusammen machen wolltet.»

«Die Reise», wiederholte er. «Damals habe ich es geschrieben.»

«Aber du hast mir gesagt, daß ihr gar nicht bis Lissabon gekommen seid.»

«Natürlich nicht. Darum habe ich das Lied gemacht. Träumst du nie, daß du dich nach einer Stadt sehnst, in der du noch nie gewesen bist?»

Ich wollte fragen, ob Lucrecia allein weitergefahren war, wagte es aber nicht. Er wollte ganz offensichtlich nicht weiter darüber sprechen. Er sah auf die Uhr und tat, als wäre er überrascht, wie spät es schon war. Seine

Musiker würden im Metropolitano auf ihn warten, sagte er.

Er schlug mir nicht vor, mit ihm zu gehen. Auf der Straße verabschiedeten wir uns eilig, und er drehte sich um, schlug den Mantelkragen hoch und schien nach wenigen Schritten bereits weit fort zu sein. Als ich nach Hause kam, goß ich mir ein Glas ein und legte die Platte von Billy Swann auf. Wenn man allein trinkt, benimmt man sich wie der Kammerdiener eines Gespenstes. Schweigend gibt man sich Anweisungen und befolgt sie mit der unbestimmten Präzision eines schlafwandelnden Dieners: das Glas, die Eiswürfel, die richtige Menge Gin oder Whiskey, der Untersetzer ordentlich auf den Glastisch, damit später niemand die kreisrunde Spur entdeckt, die bedauerlicher Weise nicht mit einem feuchten Tuch abgewischt wurde. Ich streckte mich auf dem Sofa aus, hielt das weite Glas auf dem Bauch fest und hörte zum vierten oder fünften Mal jene Musik. Das schmale Bündel Briefe lag auf dem Tisch zwischen Aschenbecher und Ginflasche. Das erste Stück, *Burma*, war düster und von einer dem Gefühl der Angst sehr ähnlichen Spannung, die bis zum Äußersten gehalten wurde. Burma, Burma, Burma, wiederholte Billy Swanns dunkle Stimme wie eine Weissagung oder eine Beschwörung, und dann erklang bedächtig und schrill der Ton seiner Trompete, langgezogen, bis er sich in rohen Noten brach, die gleichzeitig Entsetzen und Chaos entfesselten. Die Musik trieb mich beständig auf eine Erinnerung zu: verlassene, nächtliche Straßen, der Widerschein von Scheinwerfern hinter einer Ecke auf Fassaden mit Säulen und auf Trümmerhaufen, fliehende Männer, deren lange Schatten einander verfolgten, mit Revolvern und ins Gesicht gezogenen Hüten und weiten Mänteln, wie der von Biralbo.

Aber ich bin sicher, daß diese Erinnerung, vertieft von dem Alleinsein und der Musik, nicht zu meinem Leben gehört, sondern in einen Film, den ich vielleicht als Kind gesehen habe und dessen Titel ich nie erfahren werde. Sie erwachte jetzt wieder, weil in jener Musik Verfolgung und Entsetzen lagen, und alle Dinge, die ich in ihr oder in mir selbst entdeckte, lagen in jenem einen Wort, *Burma*, und in der augurenhaften Bedächtigkeit, mit der Billy Swann das Wort aussprach: Burma oder Birma, nicht das Land, das man in Atlanten oder im Lexikon findet, sondern eine harte Klangfülle oder irgendeine Verschwörung. Ich sprach die beiden Silben nach und fand darin unter den Trommelschlägen, mit denen die Musik sie hervorhob, andere, frühere Worte einer grob in Stein und Tonscheiben eingeritzten Sprache; Worte, die zu dunkel waren, als daß sie ohne Entweihung entziffert werden könnten.

Die Musik war zu Ende. Als ich aufstand, um die Platte noch einmal abzuspielen, bemerkte ich ohne Überraschung, daß mir etwas schwindelig wurde und ich betrunken war. Auf dem Tisch neben der Ginflasche hatte das Bündel Briefe jenes Flair regloser Geduld gewonnen, das vergessenen Gegenständen eigen ist. Ich löste den Knoten, der es zusammenhielt, und während ich dies noch bedauerte, fielen mir die Briefe schon durcheinander. Ohne sie zu öffnen, sah ich sie an, prüfte die Daten der Poststempel, den Namen der Stadt, aus der sie abgeschickt worden waren, Berlin, die Unterschiede in der Farbe der Tinte und der Schrift auf den Umschlägen. Einer, der letzte, war nicht per Post geschickt worden. Biralbos Adresse war hastig daraufgeschrieben, und die Briefmarke war nicht abgestempelt. Der Brief war sehr viel dünner als die anderen. Nach der Hälfte des nächsten Gins überwand ich meine Bedenken, in den Brief hineinzusehen. Es war nichts darin. Lucrecias letzter Brief war ein leerer Umschlag.

# 3

Wir trafen uns nicht immer im Metropolitano oder in seinem Hotel. Tatsächlich verging, nachdem er mir die Briefe gegeben hatte, einige Zeit, bevor wir uns wieder-sahen. Es war, als spürten wir beide, daß jene Geste uns zu einer übertriebenen gegenseitigen Vertraulichkeit verleitet hatte, die wir nur abschwächen konnten, wenn wir uns ein paar Wochen nicht sahen. Ich hörte die Platte von Billy Swann und betrachtete manchmal, einen nach dem anderen, die langen Umschläge, die mit einer Un-geduld aufgerissen worden waren, in der Biralbo sich zweifellos selbst nicht mehr kannte, und fast nie war ich versucht, die Briefe zu lesen. Es gab sogar Tage, an de-nen ich sie in dem Durcheinander von Büchern und alten Zeitungen völlig vergaß. Aber es genügte, die sorgfäl-tige Schrift und die ausgebleichte, violette oder blaue Tinte auf den Umschlägen anzusehen, und Lucrecia fiel mir ein, vielleicht nicht die Frau, die Biralbo liebte, auf die er drei Jahre lang gewartet hatte, sondern die andere, die ich einige Male in San Sebastián in der Bar von Floro Bloom, auf dem Paseo Marítimo oder in der Tamarin-den-Allee gesehen hatte, mit diesem Hauch berechneter Zerstreutheit, ihrem aufmerksamen Lächeln, das einen vergaß, während es einen grundlos in eine warme Ge-wißheit des Ausgewähltseins einhüllte, als interessiere man sie überhaupt nicht oder sei genau die Person, die sie in diesem Augenblick zu sehen wünschte. Ich dachte, daß eine unbestimmte Ähnlichkeit zwischen Lucrecia und der Stadt bestand, in der Biralbo und ich sie kennengelernt hatten, die gleiche extravagante und sinnlose Gelassenheit, das gleiche Bestreben, gastfreundlich und fremd zugleich zu erscheinen, jene trügerische Herzlichkeit in Lucrecias Lächeln, im Abendrot auf den sanften Wellenkämmen in der Bucht, in den Zweigen der Tamarinden.

Zum ersten Mal sah ich sie in der Bar von Floro Bloom, möglicherweise in derselben Nacht, in der Billy Swann und Biralbo zusammen spielten. Damals beendete ich meine Nächte regelmäßig im Lady Bird, getragen von der vagen Überzeugung, daß dort die unwahrscheinlichen Frauen hingingen, die bereit wären, mit mir zu schlafen, wenn die Lichter in den letzten Bars ausgingen und sich mit der Morgendämmerung das Verlangen einstellte. Aber in jener Nacht hatte ich einen etwas präziseren Grund. Ich war mit Bruce Malcolm verabredet, den man an gewissen Orten den Amerikaner nannte. Er war Korrespondent für mehrere ausländische Kunstzeitschriften und widmete sich, so hatte man mir erzählt, der illegalen Ausfuhr von Bildern und antiken Gegenständen. Damals war ich ziemlich knapp bei Kasse. Ich hatte ein paar Bilder zu Hause, die düstere religiöse Motive zeigten, und ein Freund, der früher einmal in ähnlichen Schwierigkeiten gewesen war, sagte mir, der Amerikaner, Malcolm, würde sie mir vielleicht zu einem guten Preis abkaufen und in Dollar bezahlen. Ich rief ihn an, er kam zu mir, untersuchte die Bilder mit der Lupe und reinigte die dunkelsten Stellen mit einem Stück Watte, das nach Alkohol roch. Er sprach Spanisch mit südamerikanischem Tonfall und hatte eine überzeugende und scharfe Stimme. Er machte gewissenhaft Photos von den Bildern, wobei er sie vor ein offenes Fenster stellte, und nach ein paar Tagen rief er mich an, um mir zu sagen, daß er bereit sei, fünfzehnhundert Dollar für die Bilder zu bezahlen, siebenhundert bei Übergabe, den Rest, wenn seine Verbindungsleute, die in Berlin saßen, sie bekommen hätten.

Er verabredete sich mit mir im Lady Bird, um mich zu bezahlen. An einem etwas abseits stehenden Tisch gab er mir die siebenhundert Dollar in gebrauchten Scheinen, nachdem er sie gewissenhaft wie ein viktorianischer Kassierer gezählt hatte. Die restlichen achthundert Dollar habe ich nie zu Gesicht bekommen. Wahrscheinlich hätte er mich selbst dann betrogen, wenn er sein Versprechen gehalten hätte, aber seit Jahren interessiert mich das nicht mehr. Wichtiger ist, daß er in jener Nacht nicht allein ins Lady Bird kam. Ein Mädchen begleitete ihn, groß und sehr schlank; sie ging ein wenig vornübergebeugt, und wenn sie lächelte, zeigte sie ein paar sehr weiße, etwas auseinanderstehende Zähne. Die junge Frau hatte glattes, schulterlang geschnittenes Haar, breite und irgendwie kindlich wirkende Backenknochen, und die Nase bildete eine ungerade Linie. Ich weiß nicht, ob ich mich an sie erinnere, wie ich sie in jener Nacht sah, oder ob das, was ich sehe, während ich sie beschreibe, ein Photo ist, das ich unter Biralbos Papieren fand. Sie standen vor mir, den Rücken zum Podium, auf dem die Musiker noch nicht erschienen waren, und Malcolm, der Amerikaner, nahm sie mit der entschiedenen Geste des Besitzerstolzes beim Arm und sagte: «Ich möchte dir meine Frau vorstellen. Lucrecia.»

Als der Amerikaner das Geld gezählt hatte, tranken wir auf etwas, das er mit verdächtiger Begeisterung den Erfolg unseres Geschäftes nannte. Ich hatte das zwiespältige und lästige Gefühl, an der Nase herumgeführt worden zu sein und in einem Film mitzuspielen, auf den man mich nur unzureichend vorbereitet hatte, aber das passiert mir häufig, wenn ich mit Fremden trinke. Malcolm sprach und trank viel, rauchte meine Zigaretten, gab mir Ratschläge, was den Kauf von Bildern anging und wie man sich das Rauchen abgewöhnt, der Schlüssel sei das persönliche Gleichgewicht, sagte er und grinste viel und wedelte sich den Rauch aus dem Gesicht, auf eine Serviette schrieb er mir den Namen bestimmter Kräuterbonbons, die das Nikotin ersetzen sollten. Lucrecias Glas blieb unberührt direkt vor ihr stehen. Sie schien mir in der Lage, unantastbar und sich selbst immer gleich zu bleiben, wo sie auch war, aber dieses Urteil korrigierte ich sofort, als Biralbo zu spielen begann. Er und Billy Swann spielten allein. Die Abwesenheit von Bass und Schlagzeug gab ihrer Musik und ihrer Einsamkeit auf dem schmalen Podium des Lady Bird etwas Nacktes, Abstraktes, wie bei einer nur mit Bleistift ausgeführten kubistischen Zeichnung. Tatsächlich, jetzt erinnere ich mich – dabei ist es fünf Jahre her –, bemerkte ich erst, daß die Musik angefangen hatte, als Lucrecia uns den Rücken kehrte, um nach hinten ins Lokal zu sehen, wo die beiden Männer hinter dem schimmernden Rauch im Halbdunkel musizierten. Es war nur eine Geste, ein heimliches Aufleuchten, so kurz wie ein Blitz, wie ein Blick, den man in einem Spiegel erhascht. Vom Whiskey angeregt und dem Gedanken an die siebenhundert Dollar in meiner Tasche – damals erschien mir jede etwas größere Summe unerschöpflich und zwang mich zu Taxifahrten und teuren Getränken – versuchte ich, unter dem trunkenen und wohlwollenden Grinsen des Amerikaners ein Gespräch mit Lucrecia zu beginnen, aber sie wandte sich in dem Augenblick, als die Musik begann, ab, als wären Malcolm und ich überhaupt nicht vorhanden. Sie preßte die Lippen zusammen, strich sich das Haar aus dem Gesicht und faltete ihre schmalen Hände zwischen den Knien. Malcolm sagte: «Meine Frau liebt Musik», und goß den Rest der Flasche in mein Glas ohne Eis. Vielleicht ist das alles nicht ganz genauso gewesen, daß Lucrecia, als wir Biralbo hörten, gar nicht von mir fortgesehen hat, aber ich weiß, daß mit ihr etwas vorging, was Malcolm im selben Augenblick bemerkte wie ich. Irgend etwas passierte, nicht auf dem Podium, wo Biralbo die Hände zu den Tasten ausstreckte und Billy Swann noch schweigend mit feierlicher Langsamkeit seine Trompete hob, sondern zwischen den beiden, zwischen Lucrecia und Malcolm, in dem Raum über dem Tisch, auf dem die Gläser jetzt vergessen standen, in der Stille, die ich zu ignorieren versuchte wie ein plötzlich störender Bekannter.

Es war voll im Lady Bird, und alles klatschte, und ein paar hingekauerte Photographen belagerten Billy Swann mit ihren Blitzlichtern. Floro Bloom lehnte seinen mächtigen Körper eines skandinavischen Holzfällers an die Bar – er war dick, blond, zufrieden und hatte sehr kleine blaue Augen –, und wir, Lucrecia, Malcolm und ich, zeigten ohne allzu großen Erfolg unser Interesse an der Musik: wir allein klatschten nicht. Billy Swann wischte sich die Stirn mit einem Taschentuch, sagte irgend etwas auf Englisch und lachte dann unanständig, worauf wieder, sehr schüchtern, geklatscht wurde. Den Mund ganz nah am Mikrophon übersetzte Biralbo mit schleppender Stimme die Worte des anderen und sagte die nächste Nummer an. Da sah auch ich zu ihm hinüber. Malcolm las noch einmal nachdenklich die Quittung, die ich ihm gerade gegeben hatte, und durch die verrauchte Entfernung traf mich Biralbos Blick, aber er suchte nicht mich. Er starrte Lucrecia an, als wäre außer ihr niemand im Lady Bird, als wären sie beide ganz allein in der einmütigen Masse, die ihre Gesten bespitzelte. Ohne sie aus den Augen zu lassen, sagte Biralbo auf Englisch und dann auf Spanisch den Titel des Stückes an, das sie spielen wollten. Viel später, in Madrid, lief mir ein Schauer über den Rücken, als ich es wiedererkannte: es war auf dieser Platte von Billy Swann, und ich hörte es allein, reglos vor einem Bündel Briefe, die die ganze Weite Europas und die Gleichgültigkeit der Zeit durchquert hatten, um in meine fremden Hände zu gelangen. *All the things you are*, sagte Biralbo, und zwischen seinen Worten und den ersten Tönen des Liedes entstand ein kurzes Schweigen, niemand wagte zu klatschen. Nicht nur Malcolm, auch ich bemerkte das Lächeln, das Lucrecias Augen erhellte, ohne bis auf ihre Lippen zu gelangen.

Ich habe beobachtet, daß Ausländer nicht die geringsten Skrupel kennen, ohne Vorwarnung ihre Freundschaft oder ihre überschwengliche Höflichkeit aufzukündigen. Während Biralbo herübersah – auch Floro Bloom beobachtete uns von der Bar her –, sagte Malcolm, er und Lucrecia müßten jetzt gehen, und streckte mir die Hand entgegen. Ohne sich schon zu erheben, erwiderte sie ihm sehr ernst ein paar rasche, sehr wohlerzogene und kühle Worte auf Englisch. Ich sah wie er sein Glas nahm und wieder auf den Tisch stellte, wie er es mit seinen harten, von Farbe beschmutzten Fingern umfaßte, als dächte er an die Möglichkeit, es zu zerdrücken. Er tat es nicht: als Lucrecia zu ihm sprach, bemerkte ich, daß Malcolm einen leicht abgeplatteten Kopf hatte, wie ein Saurier. Sie war nicht verärgert; sie wirkte so, als könnte sie das gar nicht sein. Sie sah Malcolm an, als genüge der gesunde Menschenverstand, ihn zu entwaffnen, und die Sorgfalt, mit der sie jedes ihrer Worte aussprach, unterstrich ihre sanfte Stimme und verbarg die Ironie nahezu. Als Malcolm dann wieder sprach, tat er es in einem abscheulichen Spanisch. Der Zorn verdarb seine Aussprache, er machte ihn wieder zum Fremden in einem Land und in einer Sprache feindlicher Verschwörer. Ohne mich oder sonst irgend jemand außer Lucrecia wahrzunehmen, sagte er: «Du wirst schon wissen, warum wir ausgerechnet hierher gehen mußten.» Meine Anwesenheit war beiden völlig gleichgültig.

Ich beschloß, meine Aufmerksamkeit meiner Zigarette und der Musik zuzuwenden. Malcolm gewährte Lucrecia einen Aufschub. Aus der Gesäßtasche zog er ein Bündel Geldscheine, ging an die Bar und sprach eine Weile mit Floro Bloom, dabei fuchtelte er etwas eitel oder wütend mit dem Geld in seiner rechten Hand. Aus den Augenwinkeln beobachtete er Lucrecia, die nicht aufgestanden war, und Biralbo, der abwesend, weit fort von uns, am Klavier saß. Manchmal hob er den Kopf; dann richtete Lucrecia sich unmerklich auf, als sähe sie ihn über eine Mauer hinweg an. Malcolm legte das Geld hin, schlug kurz auf die Platte des Tresens und entfernte sich nach hinten ins Dunkel. Da stand Lucrecia auf, tat meine Gegenwart ab, indem sie mich mit einem Lächeln wegwischte, wie man Rauch wegwedelt, und ging, um Floro Bloom etwas zu sagen. Billy Swanns Trompete schnitt wie ein scharfes Messer durch die Luft. Lucrecia fuchtelte mit den Händen vor Floro Blooms verschlafenem Gesicht und hielt im nächsten Augenblick ein Stück Papier und einen Kugelschreiber. Während sie hastig schrieb, beobachtete sie das Podium und den rot erleuchteten Flur, in dem Malcolm verschwunden war. Sie faltete den Zettel zusammen, beugte sich vor, um ihn auf der anderen Seite des Tresens zu verstecken, und gab Floro den Kugelschreiber zurück. Als Malcolm kaum eine Minute später zurückkehrte, erklärte Lucrecia mir gerade den Weg zu ihnen und lud mich ein, irgendwann einmal zum Essen zu kommen. Sie log vollkommen ernst und leidenschaftlich und nahezu zärtlich.

Keiner der beiden gab mir die Hand, als sie gingen. Hinter ihnen fiel der Vorhang des Lady Bird, und es war als hätte der Beifall, der nun aufbrauste, ihnen gegolten. Ich habe sie nie wieder zusammen gesehen. Die achthundert Dollar für meine Bilder habe ich nie kassiert, und Malcolm habe ich nie wieder gesehen. In gewisser Weise habe ich auch jene Lucrecia nicht wiedergesehen. Die, die ich später traf, war eine andere, ihr Haar war viel länger, sie war weniger gelassen und viel blasser, ihre Willenskraft war gebrochen oder ganz abhanden gekommen; sie wirkte ernst und aufrecht, wie jemand, der die wahre Finsternis gesehen hat und nicht sauber und unberührt daraus hervorgegangen ist. Vierzehn Tage nach unserer Begegnung im Lady Bird machten Malcolm und sie sich auf einem Frachter davon, der sie nach Hamburg brachte. Ihre Hauswirtin sagte mir, daß sie ihr drei Monatsmieten schuldig geblieben waren. Nur Santiago Biralbo wußte, daß sie gehen würden, doch auch er sah das Fischerboot nicht, mit dem sie sich heimlich mitten in der Nacht einschifften. Lucrecia hatte ihm gesagt, daß der Frachter sie auf hoher See erwarten würde, und wollte nicht, daß er zum Hafen kam, um ihr aus der Ferne Lebewohl zu sagen. Sie sagte, sie würde ihm schreiben und gab ihm einen Zettel mit einer Adresse in Berlin. Biralbo steckte ihn in die Tasche, und vielleicht dachte er, während er rasch zum Lady Bird ging, denn er hatte sich verspätet, an einen anderen Zettel und eine andere Botschaft, die in einer Nacht zwei Wochen zuvor auf ihn gewartet hatte, als er zusammen mit Billy Swann spielte und an die Bar ging, um bei Floro ein Glas Gin oder Bourbon zu bestellen.

# 4

Sonntags stand ich sehr spät auf und frühstückte ein Bier, denn ich schämte mich ein wenig, mittags in einer Bar einen Milchkaffee zu bestellen. Im Winter gibt es an Sonntagvormittagen an bestimmten Stellen in Madrid ein friedliches und kaltes Licht, das wie in einem Vakuum die Durchsichtigkeit der Luft klärt, eine Helligkeit, die die weißen Kanten der Gebäude schärfer erscheinen läßt und in der Schritte und Stimmen wie in einer verlassenen Stadt widerhallen. Ich liebte es, spät aufzustehen und in einer sauberen und leeren Bar die Zeitung zu lesen und genau die Menge Bier zu trinken, die mir erlaubte, in jenem Zustand genußvoller Lässigkeit das Mittagessen zu erreichen, in dem man alle Dinge sah, als beobachte man mit einem Notizheft das Innere einer Wabe mit gläsernen Wänden. Gegen halb drei faltete ich die Zeitung sorgfältig zusammen und warf sie in einen Papierkorb; das gab mir ein Gefühl von Leichtigkeit, die den Weg zum Restaurant sehr angenehm machte, zu einem sauberen und alten Gasthaus mit Zinktresen und eckigen Weinflaschen, wo die Kellner mich kannten, doch nicht so gut, um sich jene lästige Vertraulichkeit zu erlauben, die mich aus anderen, ähnlichen Lokalen vertrieben hatte.

An einem jener Sonntage, als ich an einem Tisch hinten im Restaurant auf das Essen wartete, kamen Biralbo und eine sehr attraktive Frau herein, in der ich nicht gleich die blonde Kellnerin aus dem Metropolitano erkannte. Sie wirkten gelassen und fröhlich wie zwei, die gerade zusammen aufgestanden sind. Sie stellten sich zu der Gruppe, die in der Nähe des Tresens wartete, und ich beobachtete sie eine Weile, bevor ich mich entschloß, mich bemerkbar zu machen. Ich dachte, es sei mir egal, daß die blonde Mähne der Kellnerin gefärbt war. Sie hatte sich gekämmt, ohne sich lange vor dem Spiegel aufzuhalten, trug einen kurzen Rock und rauchfarbene Strümpfe, und Biralbo streichelte ihr leicht über den Rücken oder die Taille, während sie mit Zigaretten und Biergläsern in den Händen plauderten. Sie hatte sich nicht richtig gekämmt, aber die Lippen in einem beinahe malvenfarbenen Rot angemalt. Ich stellte mir Kippen mit Spuren in dieser Farbe im Aschenbecher auf einem Nachttisch vor, voller Wehmut und Erbitterung dachte ich, daß mir nie eine solche Frau bestimmt gewesen war. Dann stand ich auf, um Biralbo heranzuwinken.

Die blonde Kellnerin, sie hieß Mónica, aß sehr schnell und ging sofort, sie sagte, sie habe die Nachmittagsschicht im Metropolitano. Als sie sich von mir verabschiedete, ließ sie mich versprechen, daß wir uns wiedersehen würden, und küßte mich nah an meinen Lippen auf die Wange. Biralbo und ich blieben allein, und wir sahen uns mißtrauisch und verschämt über den Dampf des Kaffees und den Rauch der Zigaretten an. Wir wußten beide, was der andere dachte, und wischten Worte beiseite, die uns zu dem einzigen Ausgangspunkt zurückbringen würden, zu der Erinnerung an so viele wiederholte und absurde Nächte, die zusammenflossen in einer Nacht oder in zweien. Als wir allein waren, schien es, obwohl wir nicht sprachen, als gäbe es in unser beider Leben nur das Lady Bird und die weit zurückliegenden Nächte in San Sebastián, und das Wissen um diese Ähnlichkeit, um das uns gemeinsame eigensinnige Festhalten an einer verschmähten oder verlorenen Zeit, verurteilte uns zu ausweichenden Gesprächen, zu vorsichtigem Schweigen.

Es waren nur noch wenige Menschen im Restaurant, und die Metalljalousie war schon halb heruntergelassen. Unvermutet sprach ich über Malcolm, aber das war eine Möglichkeit Lucrecia zu erwähnen, ein Vorspiel, das uns erlaubte, noch nicht laut an sie zu denken. Mit ironischen Kommentaren erzählte ich Biralbo die Geschichte von den Bildern und den achthundert Dollar, die ich niemals erhalten hatte. Er sah sich um, als wollte er sich vergewissern, daß Mónica nicht bei uns war, und lachte.

«Also dich hat der alte Malcolm auch reingelegt.»

«Nein, nicht reingelegt. Ich schwöre dir, in der Nacht damals wußte ich, daß er nicht bezahlen würde.»

«Aber es hat dir nichts ausgemacht. Im Grunde war es dir egal, ob er dir das Geld gibt. Ihm nicht. Bestimmt ist mit deinem Geld sein Umzug nach Berlin bezahlt worden. Sie wollten weg und konnten nicht. Und dann kam Malcolm plötzlich und sagte, er hätte den Kapitän des Frachters bestochen, sie im Frachtraum mitzunehmen. Du hast die Fahrt bezahlt.»

«Hat Lucrecia das gesagt?»

Biralbo lachte wieder auf, als wäre er es, der hereingelegt worden war, und trank einen Schluck Kaffee. Nein,

**42**

Lucrecia hatte ihm nichts gesagt, bis zum Schluß hatte sie ihm nichts gesagt, bis zum letzten Tag. Sie sprachen nie über die realen Dinge, so als beschütze das Schweigen über alles, was in ihrem Leben geschah, wenn sie nicht zusammen waren, sie besser als die Lügen, die sie erfand, um zu ihm gehen zu können, oder als die verschlossenen Türen der Hotels, in denen sie sich für eine halbe Stunde trafen, denn sie hatte nicht immer genug Zeit, um in Biralbos Apartment zu kommen, und nach der ersten Umarmung lösten sich die nächsten Minuten in nichts auf. Sie sah auf ihre Uhr, zog sich an, verdeckte die roten Flecken an ihrem Hals mit einem Gesichtspuder, den Biralbo einmal in ihrem Auftrag in einem Laden gekauft hatte, wo man ihn argwöhnisch musterte. Er konnte sich nicht einfach im Fahrstuhl von ihr verabschieden und ging mit ihr hinaus auf die Straße und sah ihr nach, wenn sie ihm aus dem Rückfenster des Taxis winkte.

Er dachte an Malcolm, der allein war und auf sie warten würde, um in ihrer Kleidung und in ihrem Haar den Geruch eines anderen Körpers zu suchen. Er ging in seine Wohnung oder in das Hotelzimmer zurück und legte sich, wahnsinnig vor Eifersucht und Einsamkeit, auf das Bett. Er wanderte zwischen den Dingen umher, mit der unlösbaren Aufgabe beschäftigt, die Zeit zur Eile anzutreiben, die Leere jeder Stunde oder auch ganzer Tage zu füllen, bis er Lucrecia wiedersah. Vor sich sah er nur stillstehende Uhren und etwas, so dunkel und bodenlos wie ein Tumor, wie ein Schatten, den kein Licht, kein Aufschub erträglicher machte, nämlich ihr Leben in diesem Augenblick, das Leben mit Malcolm, in Malcolms Haus, in dem er, Biralbo, einmal heimlich gewesen war, um eine Vorstellung davon zu bekommen, nicht von der kurzen und feigen Zärtlichkeit mit Lucrecia dort – sie fürchteten, daß Malcolm zurückkäme, obwohl er gar nicht in der Stadt war, und jedes Geräusch war für sie wie sein Schlüssel im Schloß –, sondern eine Vorstellung von ihrem anderen Leben, das seitdem mit der Präzision chirurgischer Instrumente als Bild von den realen Dingen in Biralbos Bewußtsein festsaß. Ein nur geträumtes, nie besuchtes Haus hätte seinen Schmerz vielleicht nicht so erfolgreich schüren können wie die genaue Erinnerung, die er jetzt daran hatte: Malcolms Rasiermesser und Pinsel auf einer Glasplatte unter dem Spiegel im Badezimmer, Malcolms Bademantel aus sehr porösem, blauen Tuch hinter der Schlafzimmertür hängend, seine Filzpantoffeln unter dem Bett, sein Photo auf dem Nachttisch neben dem Wecker, den er jeden Morgen zur selben Zeit hören würde wie Lucrecia. Der Geruch von Malcolms Gesichtswasser in den Räumen, in seinen Handtüchern der leichte Mief männlicher Intimsphäre, der Biralbo abstieß wie einen Usurpator. Malcolms Arbeitszimmer, sehr schmutzig, mit Dosen voller Pinsel und Terpentinflaschen, mit vor langer Zeit an die Wand gepinnten Reproduktionen von Bildern. Plötzlich beugte Biralbo sich vor, er hatte, grinsend in seinen Stuhl zurückgelehnt, erzählt und dabei die Zigarettenasche in die Kaffeetasse geschnippt. Jetzt starrte er mich an, denn gerade hatte er in seiner Erinnerung etwas gefunden, woran er bisher nicht gedacht hatte, wie wir Dinge manchmal dort finden, wo sie nicht hingehören, und die dann dazu führen, daß wir etwas, was wir schon gar nicht mehr wahrnahmen, richtig ansehen.

«Ich habe die Bilder gesehen, die du ihm verkauft hast», sagte er und sah sie auch in diesem Augenblick und fürchtete, weil er so überrascht war, die scharfe Erinnerung könnte sich verlieren. «Auf dem einen war eine Art allegorischer Dame, eine Frau mit verbundenen Augen, die etwas in der Hand hielt.»

«Ein Glas. Ein Glas und ein Kreuz.»

«Sie hatte langes, schwarzes Haar, ein rundes, sehr weißes Gesicht mit Rouge auf den Wangen.»

Ich hätte ihn gern gefragt, ob er mehr über das Schicksal dieser Bilder wußte, aber ihn interessierte kaum, was ich sagte. Er sah etwas mit einer Deutlichkeit, die seine Erinnerung ihm bisher verwehrt hatte, einen Zeitabschnitt im Reinzustand, denn die Vision eines Bildes, an das zu denken er sich nicht besonders bemüht hatte, gab ihm vielleicht einige heile Stunden seiner Vergangenheit mit Lucrecia zurück, und Stück für Stück in Bruchteilen von Sekunden, wie ein Licht, das ein einzelnes Gesicht beleuchtet hat, sich ausbreitet, um einen ganzen Raum zu erhellen, entdeckten seine Augen die Dinge, die er an jenem Abend um das Bild herum gesehen hatte, Lucrecias Nähe, die Gefahr, daß Malcolm zurückkommen könnte, das bedrückende Licht eines Abends im späten September in allen Räumen, in denen sie sich aufhielten, ohne zu wissen, daß es der Vorabend einer dreijährigen Trennung war.

«Malcolm hat uns bespitzelt», sagte Biralbo. «Er hat mich bespitzelt. Manchmal sah ich ihn wie einen ungeschickten Detektiv vor meiner Haustür herumstreunen, du weißt schon, man steht mit einer Zeitung an der Ecke, hält sich in der Bar gegenüber an einem Drink fest. Diese Ausländer glauben alles, was sie im Kino sehen. Manchmal ist er allein ins Lady Bird gekommen und hat mich beobachtet, während ich spielte. Er saß hinten an der Bar und tat so, als interessiere ihn die Musik oder das Gespräch mit Floro Bloom. Mir machte das nichts aus, ich habe sogar ein bißchen darüber gelacht, aber eines Nachts hat Floro mich sehr ernst angesehen und gesagt, sei vorsichtig, der Kerl hat 'ne Pistole bei sich.»

«Hat er dich bedroht?»

«Er hat Lucrecia bedroht, durch die Blume. Er hat gelegentlich riskante Geschäfte gemacht. Ich nehme an, Malcolm hätte sich nicht so schnell abgesetzt, wenn er sich nicht vor irgendwem gefürchtet hätte. Er hatte mit gefährlichen Leuten zu tun und war nicht so mutig, wie er sich gab. Kurz nachdem er dir die Bilder abgekauft hatte, fuhr er nach Paris. Das war, als ich in seinem Haus war. Als er zurückkam, sagte er zu Lucrecia, es gäbe viele Leute, die ihn reinlegen wollten, und er zog die Pistole aus der Tasche, legte sie auf den Tisch, während sie zu Abend aßen, dann tat er so, als reinige er sie. Er sagte, für den, der ihn betrügen wollte, hätte er eine volle Ladung bereit.»

«Angebereien», sagte ich. «Angebereien eines Hahnreis.»

«Ich könnte schwören, daß er gar nicht nach Paris gefahren ist. Zu Lucrecia hatte er gesagt, daß er sich ich weiß nicht welche Bilder in einem Museum ansehen wollte, Bilder von Cézanne, jetzt erinnere ich mich wieder. Er hat sie belogen, um uns zu bespitzeln. Ich bin sicher, daß er sah, wie wir ins Haus gingen, und daß er ganz in der Nähe gewartet hat. Wahrscheinlich war er drauf und drann reinzukommen, um uns zu überraschen, und hat dann doch nicht den Mut dazu gehabt.»

Als Biralbo mir das erzählte, lief es mir kalt über den Rücken. Wir hatten unseren Kaffee ausgetrunken, und die Kellner, die die Tische schon für das Abendessen ein-gedeckt hatten, sahen uns an, ohne ihre Ungeduld zu verbergen. Es war fünf Uhr nachmittags, und im Radio sprach jemand hitzig über ein Fußballspiel, aber plötz-lich sah ich von oben, wie in einem Film, eine gewöhn-liche Straße von San Sebastián, ein Mann stand auf dem Gehsteig und sah zu einem Fenster hinauf, die Hände in den Taschen, mit einer Pistole, eine Zeitung unterm Arm, er trat kräftig auf das Pflaster, weil ihm die Füße eingeschlafen waren. Da begriff ich, daß Biralbo so etwas zu sehen fürchtete, wenn er in seinem Hotelzim-mer in Madrid ans Fenster trat. Einen Mann, der dort wartet und der sich nur so weit verstellt, daß der, der ihn sehen soll, weiß, daß er da ist und nicht daran denkt zu gehen.

Wir standen auf, Biralbo bezahlte die Rechnung, lehnte mein Geld ab und sagte, er sei kein armer Musiker mehr. Wir traten auf die Straße hinaus, und obwohl die Sonne noch in die oberen Stockwerke der Häuser hin-einschien, in die großen Fenster und in diesen wie ein Leuchtturm aussehenden Turm des Hotels Victoria, herrschte unten in den Straßen ein kupferfarbenes Däm-merlicht und nächtliche Kälte in den Hauseingängen. Ich spürte die alte winterliche Wehmut der Sonntagnach-mittage und war dankbar, daß Biralbo sofort ein bestimmtes Lokal für den nächsten Drink vorschlug, nicht das Metropolitano, eine von diesen unpersönlichen und leeren Bars mit gepolstertem Tresen. An solchen Abenden gibt es keine Gesellschaft, die die Trostlosigkeit lindert, jenen Glanz der Lichter auf dem Asphalt, die Leuchtreklame in der hohen Schwärze der hereinbrechenden Nacht, die in der Ferne noch rötliche Ränder hat, doch ich ziehe es vor, dann jemanden bei mir zu haben, damit dessen Anwesenheit mich der Verpflichtung enthebt, den Rückweg einzuschlagen und allein über die breiten Bürgersteige von Madrid nach Haus zu gehen.

«Sie sind so eilig abgereist, als würden sie von jemandem verfolgt», sagte Biralbo nach ein paar Bars und nutzlosen Gins. Er sagte es so, als hätten seine Gedanken Halt gemacht, als wir mit dem Essen fertig waren und er aufgehört hatte, über Lucrecia und Malcolm zu sprechen. «Denn bis dahin hatten sie vorgehabt, sich in San Sebastián niederzulassen. Malcolm wollte eine Galerie aufmachen, er war schon dabei, Räume zu mieten. Aber er kam von Paris oder wo immer er in den zwei Tagen gewesen ist zurück und sagte zu Lucrecia, daß sie nach Berlin müßten.»

«Er wollte sie von dir wegbringen», sagte ich, der Alkohol verlieh mir die Fähigkeit, das Leben der anderen sehr rasch zu durchschauen.

Biralbo grinste und betrachtete aufmerksam den Stand des Gins in seinem Glas. Bevor er antwortete, verringerte er ihn um fast einen Zentimeter.

«Es hat mal eine Zeit gegeben, in der dieser Gedanke mir schmeichelte, aber ich bin mir dessen nicht mehr so

**48**

sicher. Ich glaube, im Grunde machte es Malcolm gar nichts aus, daß Lucrecia hin und wieder mit mir schlief.»

«Du hast nicht gesehen, wie er dich in der Nacht damals im Lady Bird beobachtete. Er hatte runde, blaue Augen, erinnerst du dich?»

«Es machte ihm nichts aus, weil er wußte, daß Lucrecia ihm gehörte oder niemandem. Sie hätte bei mir bleiben können, aber sie ist mit ihm gegangen.»

«Sie hatte Angst vor ihm. Das habe ich in jener Nacht gesehen. Du sagst doch, er hat sie mit einer Pistole bedroht.»

«Einer langen Neunmillimeter. Aber sie wollte weg. Sie hat einfach die Gelegenheit genutzt, die Malcolm ihr bot. Ein Schmuggler- oder ein Fischerboot, ein in Hamburg registrierter Frachter, wahrscheinlich mit einem Frauennamen, Berta oder Lotte oder so etwas. Lucrecia hatte zu viele Bücher gelesen.»

«Sie war in dich verliebt. Das habe sogar ich gesehen. Das konnte jeder sehen in der Nacht damals, selbst Floro Bloom. Sie hat dir eine Nachricht hinterlassen, nicht? Ich sah, wie sie schrieb.»

Absurderweise bemühte ich mich, Biralbo zu beweisen, daß Lucrecia in ihn verliebt gewesen war. Gleichgültig, mit einer distanzierten Dankbarkeit, trank er weiter und ließ mich reden. Er stieß den Rauch aus, ohne die Zigarette aus dem Mund zu nehmen, und bedeckte mit der Hand, die sie hielt, Kinn und Mund, und ich hatte keine Ahnung, was hinter dem aufmerksamen Glanz seiner Augen vorging. Vielleicht dachte er nicht mehr an den Schmerz und nicht an die entschiedenen Worte, sondern an die banalen Dinge, die, ohne daß er es bemerkt hatte, sein Leben verwirrt hatten: jene Nachricht zum Beispiel, die Zeit und Ort einer Verabredung enthielt und die er noch lange aufbewahrte, als sie ihm bereits wie ein Rest aus dem Leben eines anderen vorkam, genau wie die Briefe, die er mir anvertraut hatte und die ich nicht gelesen habe und niemals lesen werde. Er machte kurze Gesten der Ungeduld, sah auf die Uhr und sagte, er müsse bald ins Metropolitano. Mir fielen die schlanken Beine, das Lächeln und das Parfum der blonden Kellnerin ein. Ich allein hatte mich darauf versteift, weiter zu fragen. Ich dachte an Malcolms Blick im Lady Bird und versah damit jenen Mann, der langsam unter einem Fenster vorbeigeht und manchmal ruhig im Nieselregen von San Sebastián steht und auf etwas wartet.

Währenddessen war Biralbo in dem Haus, er war dort, wohin Lucrecia ihn bestellt hatte, vielleicht hatte sie Malcolm zwei Tage zuvor auf die Idee gebracht, sich mit mir im Lady Bird zu treffen... Wie hätte Lucrecia sonst Biralbo jene Nachricht zukommen lassen können, wenn er sie ständig überwachte? Ich merkte, daß ich im Leeren herumdachte: wenn Malcolm so mißtrauisch war, wenn er die kleinste Veränderung in Lucrecias Blick bemerkte und sicher war, daß sie, sobald seine Wachsamkeit nachließ, sich mit Biralbo traf, warum hatte er sie dann nicht mit nach Paris genommen?

*Donnerstag 7 Uhr bei mir ruf vorher an sag nichts bevor du meine Stimme hörst.* So lautete die Nachricht, und die Unterschrift war, wie auf den Briefen, nur ein Buchstabe, ein L. Sie hatte das so hastig geschrieben, daß sie die Kommas vergessen hatte, sagte Biralbo, aber ihre

Schrift war tadellos, wie aus einem Schönschreibheft. Eine geneigte, sorgfältige, fast zuvorkommende Schrift, wie eine Geste guter Erziehung, wie das Lächeln, das Lucrecia mir schenkte, als Malcolm uns vorstellte. Vielleicht lächelte sie ihm so zu, als sie mit ihm zum Bahnhof fuhr und sich auf dem Bahnsteig von ihm verabschiedete. Dann drehte sie sich um, stieg in ein Taxi und kam gerade rechtzeitig nach Hause, um Biralbo zu empfangen. Mit dem gleichen Lächeln, dachte ich, und ich bereute es sofort: Biralbo, nicht mir, sollten solche Gedanken durch den Kopf gehen.

«Hat sie ihn wegfahren sehen?» fragte ich. «Bist du sicher, daß sie gewartet hat, bis der Zug abfuhr?»

«Wie soll ich mich daran erinnern. Ich denke schon, er wird sich aus dem Fenster gelehnt haben, um sich zu verabschieden und so weiter. Aber er hätte an der nächsten Station aussteigen können, an der Grenze, in Irún.»

«Wann ist er zurückgekommen?»

«Das weiß ich nicht. Nach zwei oder drei Tagen wahrscheinlich. Aber ich habe fast zwei Wochen nichts von ihr gehört. Ich bat Floro Bloom, bei ihr anzurufen, aber niemand ging ans Telephon, sie hat mir auch keine Nachricht mehr im Lady Bird hinterlassen. Einmal habe ich doch abends bei ihr angerufen, und irgend jemand, ich weiß nicht, ob Malcolm oder sie selbst, hat den Hörer abgenommen und ohne etwas zu sagen wieder aufgelegt. Ich bin mehrmals durch ihre Straße gegangen, habe von dem gegenüberliegenden Café aus ihre Haustür beobachtet, aber nie habe ich sie herauskommen sehen, und nicht einmal nachts konnte ich

feststellen, ob sie zu Hause waren, weil sie die Fensterläden geschlossen hatten.»

«Ich habe auch einmal bei Malcolm angerufen, wegen
meiner achthundert Dollar.»

«Und hast du mit ihm gesprochen?»

«Natürlich nicht. Ob sie sich versteckt hatten?»

«Ich nehme an, Malcolm hat die Flucht vorbereitet.»

«Hat Lucrecia dir nichts erklärt?»

«Sie hat mir nur gesagt, daß sie weggehen. Sie hatte
keine Zeit, mir viel mehr zu sagen. Ich war im Lady
Bird, es war schon dunkel, aber Floro hatte noch nicht
geöffnet. Ich übte irgend etwas auf dem Klavier, und er
machte die Tische zurecht, und dann klingelte das Telephon. Ich hörte auf zu spielen, bei jedem Läuten blieb
mir das Herz stehen. Ich war ganz sicher, daß es diesmal
Lucrecia war, und ich fürchtete, das Telephon würde
aufhören zu klingeln. Floro Bloom brauchte eine Ewigkeit, bevor er dran ging, du weißt ja, wie langsam er
war. Als er den Hörer abnahm, stand ich mitten in der
Bar, wagte aber nicht, hinzugehen. Floro sagte etwas,
sah mich an, wiegte den Kopf, sagte mehrmals ja und
hängte ein. Ich fragte ihn, wer angerufen hätte. Wer
wohl, antwortete er, Lucrecia. Sie wartet in fünfzehn
Minuten in den Arkaden von La Constitución.»

Es war ein Abend Anfang Oktober, eine dieser vor-
zeitigen Nächte, die einen überraschen, wenn man auf
die Straße tritt, wie das Erwachen in einem Zug, der uns
in ein fremdes Land gebracht hat, in dem es schon Winter ist. Es war noch früh, Biralbo war ins Lady Bird gekommen, als in der Luft noch ein weiches, gelbes Licht
lag, aber als er nun herauskam, war es dunkel, und der

Regen rauschte so heftig wie das Meer, das gegen die Felsen brandete. Er rannte und suchte ein Taxi, denn das Lady Bird lag weit außerhalb, fast am Ende der Bucht, und als endlich eines hielt, war er völlig durchnäßt und konnte die Adresse nicht herausbringen, zu der er wollte. In der Dunkelheit sah er auf die beleuchtete Uhr im Armaturenbrett, da er aber nicht wußte, um wieviel Uhr er das Lady Bird verlassen hatte, fand er sich in der Zeit nicht mehr zurecht und glaubte, er würde die Plaza de la Constitución niemals erreichen. Und wenn er sie erreichte, wenn das Taxi in dem Durcheinander von Autos und Straßen auf der anderen Seite der Regengardine, die sich sofort wieder schloß, kaum daß der Scheibenwischer die Windschutzscheibe freigewischt hatte, den Weg fand, würde Lucrecia schon gegangen sein, vor fünf Minuten oder vor fünf Stunden, denn er konnte den Ablauf der Zeit nicht mehr einschätzen.

Er sah sie nicht, als er aus dem Taxi stieg. Den Laternen an den Ecken gelang es nicht, das düstere, feuchte Innere der Arkaden zu beleuchten. Er hörte, wie das Taxi sich entfernte und blieb still stehen, während die Verwunderung seine Eile in Nichts auflöste. Für einen Augenblick war es, als wüßte er nicht mehr, weshalb er zu diesem dunklen und verlassenen Platz gekommen war.

«Dann sah ich sie», sagte Biralbo. «Ohne jede Überraschung, wie wenn ich jetzt die Augen schließe und dich sehe, wenn ich sie wieder öffne. Sie lehnte an einer Wand an der Treppe zur Bibliothek, fast völlig im Dunkeln, aber von weitem sah man ihre weiße Bluse. Es war eine Sommerbluse, doch darüber trug sie eine lange, dunkelblaue Jacke. An der Art, wie sie mich anlächelte, sah ich, daß wir uns nicht küssen würden. Sie sagte: ‹Hast du gesehen, wie es regnet?› Ich antwortete, daß es im Film immer so regnet, wenn ein Paar voneinander Abschied nimmt.»

«So habt ihr miteinander gesprochen?» fragte ich, aber Biralbo schien meine Verwunderung nicht zu begreifen. «Ihr hattet euch zwei Wochen nicht gesehen, und das war alles, was ihr euch zu sagen hattet?»

«Auch ihr Haar war naß, aber ihre Augen leuchteten nicht. Sie hatte eine große Plastiktüte bei sich, denn sie hatte Malcolm gesagt, sie müßte ein Kleid abholen; sie hatte also nur wenige Minuten, um mit mir zusammen zu sein. Sie fragte, woher ich wüßte, daß dies unsere letzte Begegnung war. ‹Aus dem Kino›, sagte ich. ‹Wenn es so heftig regnet, dann geht jemand für immer fort.›»

Lucrecia sah auf ihre Uhr – das war die Geste, die Biralbo am meisten fürchtete, seit er sie kannte – und sagte, sie hätten noch zehn Minuten, um einen Kaffee zu trinken. Sie gingen in die einzige Bar, die in den Arkaden geöffnet war, ein schmutziges Lokal, das nach Fisch stank, was Biralbo mehr zu beleidigen schien, als die Geschwindigkeit, mit der die Zeit verging, oder Lucrecias Fremdheit. Es gibt Gelegenheiten, in denen man den Bruchteil einer Sekunde braucht, um die abrupte Abwesenheit all dessen zu akzeptieren, was einem gehört hat: wie das Licht schneller ist als der Schall, ist das Bewußtsein schneller als der Schmerz und durchzuckt uns wie ein Blitz in absoluter Stille. Darum fühlte Biralbo an jenem Abend nichts, als er Lucrecia ansah, er begriff nichts von dem, was ihre Worte, ihr Gesichtsausdruck bedeu-

**54**

teten. Der richtige Schmerz kam erst Stunden später, und dann wollte er sich an jedes Wort erinnern, das sie gesagt hatten, und es gelang ihm nicht. Er wußte, daß die Abwesenheit dieses unpersönliche Gefühl von Leere war.

«Aber hat sie dir nicht gesagt, warum sie so wegging? Warum auf diesem Schmuggelfrachter und nicht im Flugzeug oder mit dem Zug?»

Biralbo zuckte die Schultern: nein, er war nicht auf den Gedanken gekommen, sie danach zu fragen. Obwohl er wußte, was Lucrecia antworten würde, bat er sie zu bleiben; er bat sie nur einmal, er beschwor sie nicht. «Malcolm würde mich umbringen», sagte Lucrecia. «Du weißt doch, wie er ist. Gestern hat er mir wieder seine deutsche Pistole gezeigt.» Aber sie sagte dies auf eine Weise, aus der niemand Angst hätte heraushören können, als wäre die Aussicht, von Malcolm umgebracht zu werden, nicht erschreckender als die Tatsache, zu spät zu einer Verabredung zu kommen. So war Lucrecia, sagte Biralbo mit der Gelassenheit dessen, der endlich begriffen hat: ganz plötzlich erlosch in ihr jedes Zeichen von Leidenschaft, und sie sah aus, als sei es ihr gleichgültig, ob sie alles verlor, was sie besessen oder ersehnt hatte. Biralbo korrigierte sich: als hätte es ihr nie etwas bedeutet.

Sie trank ihren Kaffee nicht. Beide standen gleichzeitig auf und rührten sich nicht, es trennten sie der Tisch, der Lärm in der Bar, sie waren bereits in der Zukunft, in die sie die Entfernung verbannen sollte. Lucrecia sah auf ihre Uhr und lächelte, bevor sie sagte, daß sie jetzt gehen würde. Einen Augenblick war ihr Lächeln wie jenes vor zwei Wochen, als sie sich vor Morgengrauen an einer Tür verabschiedeten, auf der in goldenen Buchstaben Malcolms Name stand. Biralbo stand noch da, doch Lucrecia war schon in der Dunkelheit unter den Arkaden verschwunden. Auf die Rückseite einer Visitenkarte von Malcolm hatte sie mit Bleistift eine Adresse in Berlin geschrieben.

# 5

Dieses Lied, *Lisboa*. Ich hörte es und war wieder in San Sebastián, auf die Art, wie man in Träumen in Städte zurückkehrt. Eine Stadt vergißt man schneller als ein Gesicht: Reue oder Leere bleiben, wo vorher die Erinnerung war, und wie ein Gesicht, bleibt auch die Stadt nur dort unvergessen, wo das Bewußtsein sie nicht verschleißen konnte. Man träumt sie, aber nicht immer lohnt es sich zu erinnern, was man gesehen hat, während man schlief, und in jedem Fall verliert man es nach ein paar Stunden, schlimmer noch, in wenigen Minuten, wenn man sich über das kalte Wasser im Waschbecken beugt oder seinen Kaffee trinkt. Gegen dieses Leiden des unvollkommenen Vergessens schien Santiago Biralbo immun zu sein. Er sagte, er würde sich nie an San Sebastián erinnern: er wollte wie jene Kinohelden sein, deren Biographie erst mit der Handlung beginnt, die keine Vergangenheit haben, sondern dominierende Eigenschaften. An jenem Sonntagnachmittag, an dem er mir von Lucrecias und Malcolms Abreise erzählte – wir hatten wieder exzessiv getrunken, und er kam spät und keineswegs nüchtern ins Metropolitano –, sagte er, als wir uns verabschiedeten: «Stell dir vor, daß wir uns hier zum ersten Mal gesehen haben. Du hast niemanden getroffen, den du von früher kennst, nur einen Mann, der

Klavier spielt.» Er deutete auf das Plakat, auf dem der Auftritt seiner Band angezeigt war und fügte hinzu: «Vergiß nicht, ich bin jetzt Giacomo Dolphin.»

Aber seine Behauptung, die Musik sei frei von Vergangenheit, war falsch, denn sein Lied *Lisboa* war nichts als das reine Gefühl von Zeit, unberührt und durchscheinend, wie in einem hermetisch verschlossenen Glasgefäß. Es war Lissabon und auch San Sebastián, auf die gleiche Weise wie ein im Traum betrachtetes Gesicht ohne Befremden die Identität von zwei Menschen birgt. Am Anfang klang es wie das Geräusch einer Nadel, die zwischen zwei Stücken auf der Platte kratzt, und dann war dieses Geräusch das der Besen, die kreisförmig über die metallenen Teller des Schlagzeugs strichen, und ein Pulsieren, wie das eines nahen Herzens. Erst später zeichnete die Trompete vorsichtig eine Melodie. Billy Swann spielte, als fürchtete er, jemanden zu wecken, und ein wenig später setzte Biralbo am Klavier ein, das zögernd einen Weg wies und ihn in der Dunkelheit wieder zu verlieren schien, dann in die Fülle der Musik darauf zurückkam, um die Melodie im Ganzen zu entwickeln, wie wenn man, nachdem man sich im Nebel verirrt hat, die Höhe eines Hügels erreicht, von wo man eine im Licht ausgebreitete Stadt sehen kann.

Ich bin nie in Lissabon gewesen, und seit Jahren fahre ich nicht mehr nach San Sebastián. Ich habe eine Erinnerung an ockerfarbene Fassaden mit vom Regen geschwärzten, steinernen Balkonen, eine Uferstraße, die sich an einer bewaldeten Höhe entlangzieht, eine Allee mit einer doppelten Reihe von Tamarinden, die einem Pariser Boulevard gleicht; im Winter sind die Bäume

nackt, im Mai tragen sie seltsame Sträuße aus blaßrosa
Blüten, den Schaumkronen der Wellen an Sommer-
abenden ähnlich. Ich erinnere mich an die verlassenen
Villen am Meer, an die Insel und den Leuchtturm mitten
in der Bucht und an den schrägen Lichtstrahl, der nachts
in ihr kreist und vom Wasser mit einem Zwinkern wie
von Unterwassersternen reflektiert wird. Weit draußen,
am Ende der Bucht, sah man das blaurosa Schild vom
Lady Bird mit seiner Neonschrift, lagen die Segelschiffe
mit den Namen von Frauen oder von Ländern am Bug,
die Fischerboote mit ihrem durchdringenden Geruch
nach nassem Holz, nach Benzin und nach Algen.

Eines davon bestiegen Malcolm und Lucrecia und
fürchteten vielleicht, das Gleichgewicht zu verlieren, als
sie ihre Koffer über den knirschenden und schwankenden Laufsteg trugen. Sehr schwere Koffer voller alter
Bilder und Bücher und all der Dinge, die man nicht zu-
rücklassen will, wenn man beschlossen hat, für immer
zu gehen. Während das Schiff in die Dunkelheit hinein-
fuhr, werden sie erleichtert auf das langsame Tuckern
des Motors im Wasser gehorcht haben. Sicher drehten
sie sich um, um von weitem den Leuchtturm auf der
Insel zu sehen und die letzten Umrisse der erleuchteten
Stadt, die langsam auf der anderen Seite des Meeres ver-
sanken. Ich stelle mir vor, daß Biralbo um die gleiche
Zeit an der Bar des Lady Bird Bourbon pur ohne Eis
trank und das schwermütige, männliche Mitgefühl von
Floro Bloom entgegennahm. Ich fragte mich, ob Lucrecia aus der Ferne die Lichter des Lady Bird hätte ausmachen können, wenn sie es versucht hatte.

Zweifellos suchte sie sie, als sie nach drei Jahren wieder in die Stadt kam, und war dankbar, daß sie immer noch brannten, aber sie wollte nicht mehr in die Bar hinein, sie mochte die Plätze, an denen sie gelebt hatte, nicht aufsuchen und auch die alten Freunde nicht wiedersehen, nicht einmal Floro Bloom, damals der stille Komplize ihrer Verabredungen und Alibis, ihr stehender Bote.

Biralbo glaubte nicht mehr daran, daß sie jemals wiederkommen würde. In jenen drei Jahren änderte er sein Leben. Er hatte es satt, im Café Viena Klavier und auf gewöhnlichen Stadtteilfesten die Hammondorgel zu spielen. Er nahm eine Anstellung als Musiklehrer an einer katholischen Mädchenschule an, spielte aber manchmal noch im Lady Bird, obwohl Floro Bloom, der wegen der Treulosigkeit der nächtlichen Trinker friedfertig resigniert dem Ruin entgegenging, ihm kaum noch seinen Bourbon bezahlen konnte. Er stand um acht Uhr auf, erklärte in öden Klassenräumen vor Jugendlichen in blauen Schuluniformen den Notenschlüssel, sprach über Liszt und Chopin und die Mondscheinsonate und lebte allein in einem Apartmenthaus am Ufer des Flusses, weit entfernt vom Meer. Mit dem Nahverkehrszug, der El Topo genannt wurde, fuhr er ins Zentrum und wartete auf Briefe von Lucrecia. In dieser Zeit sah ich ihn so gut wie nie. Ich hörte, daß er mit der Musik aufgehört hatte, daß er San Sebastián verlassen wollte, daß er das Trinken aufgegeben hatte, daß er bereits Alkoholiker war, daß Billy Swann ihn aufgefordert hatte, mit ihm in verschiedenen Nachtclubs in Kopenhagen zu spielen. Manchmal traf ich ihn, wenn er zur Arbeit ging: das Haar feucht und sehr eilig gekämmt, ein

Hauch von Ergebenheit oder Abwesenheit in der Art, wie er seine Krawatte trug oder die nüchterne Aktentasche mit den Prüfungsarbeiten, die er vielleicht gar nicht korrigierte. Er sah aus, als wäre er gerade dem Lotterleben entflohen, und ging, die Augen immer fest auf den Boden gerichtet, sehr eilig, als käme er zu spät, als wäre er ohne Überzeugung auf der Flucht vor einem mittelmäßigen Erwachen. Eines Nachts traf ich ihn in einer Bar in der Altstadt, auf der Plaza de la Constitución. Er war etwas betrunken und lud mich ein, er sagte, er feiere gerade seinen einunddreißigsten Geburtstag, und man müsse von einem bestimmten Alter an seine Geburtstage allein feiern. Gegen Mitternacht zahlte er und ging ohne großes Aufheben, er müsse früh aufstehen, erklärte er mir, zog den Kopf in den hochgeschlagenen Mantelkragen, klemmte die Aktentasche unter den Arm und versenkte die Hände in den Taschen. Damals hatte er eine unwiderrufliche und seltsame Art zu gehen: wenn er sich verabschiedete, versank er abrupt in Einsamkeit.

Er schrieb Briefe und wartete auf Briefe. Er baute sich ein vollkommen geheimes Leben, zu dem weder der Ablauf der Zeit noch die Realität Zugang hatten. Jeden Nachmittag um fünf Uhr, wenn sein Unterricht zu Ende war, stieg er in den Topo, die dunkle Krawatte um den Hals gezurrt und seine Aktentasche wie irgendein Kassierer unter dem Arm, und fuhr nach Hause, las während der kurzen Fahrt die Zeitung oder sah zu den hohen Apartmentblöcken und den zwischen den Hügeln verstreuten Häusern hinaus. Dann schloß er sich ein und hörte Schallplatten. Er hatte auf Raten ein Klavier gekauft, spielte aber selten darauf. Er legte sich lieber aufs

Bett und rauchte und hörte Musik. Nie wieder in seinem Leben hörte er so viele Schallplatten und schrieb so viele Briefe. Schon von der Straße aus, noch bevor er den Schlüssel wieder aus der Haustür gezogen hatte, sah er zum Briefkasten, in dem vielleicht ein Brief steckte, und er zitterte, wenn er ihn aufriß. Während der ersten zwei Jahre pflegten Lucrecias Briefe alle zwei bis drei Wochen anzukommen, aber es gab keinen Nachmittag, an dem er nicht darauf wartete, einen zu finden, wenn er den Briefkasten öffnete, und kaum war er morgens erwacht, lebte er nur auf diesen einen Augenblick hin. Gewöhnlich fand er Bankbriefe, Stundenpläne der Schule, Reklameblätter, die er haßerfüllt und erbittert fortwarf. Automatisch erfüllte ihn jeder Umschlag mit den gestreiften Luftposträndern mit größter Freude.

Aber das endgültige Schweigen kam erst nach zwei Jahren, und er konnte nicht sagen, daß er es nicht erwartet hätte. Nach sechs Monaten, in denen kein einziger Tag verging, an dem er nicht darauf wartete, kam der letzte Brief von Lucrecia. Er kam nicht mit der Post: Billy Swann brachte ihn Biralbo, mehrere Monate nachdem er geschrieben worden war.

Ich habe Billy Swanns Rückkehr in die Stadt nicht vergessen. Ich glaube, es gibt Städte, in die man immer zurückkehrt, wie es andere gibt, in denen alles endet, und San Sebastián gehört zu ersteren, obwohl man, wenn man in Winternächten die Mündung des Flusses von der letzten Brücke aus betrachtet, die abfließenden Wasser und die Wildheit der weißen Wellen, die wie Mähnen aus der Dunkelheit herankommen, das Gefühl hat, sich am Ende der Welt zu befinden. An beiden En-

den dieser Brücke, die Kursaal heißt, als befände sie sich
an einer Steilküste Südafrikas, gibt es hohe Lampen von
gelbem Licht, die wie Leuchtfeuer einer unmöglichen
Küste aussehen, von Schiffbrüchen kündend. Aber ich
weiß, daß man in diese Stadt zurückkehrt und daß ich
dies eines Tages beweisen werde und daß jeder belie-
bige Ort, Madrid zum Beispiel, eine Durchgangsstation
ist.

Billy Swann kam aus Amerika, offenbar gerade rechtzeitig, um einer Verurteilung wegen Besitzes von
Rauschgift zu entgehen, aber in erster Linie wohl, um
vor dem Niedergang seines Ruhms zu fliehen, denn er
war beinahe zur selben Zeit in die Mythologie eingegan-
gen und in Vergessenheit geraten. Biralbo erzählte mir,
daß sehr wenige, die seine alten Platten hörten, ahnten,
daß er noch lebte. Im dauerhaften Halbdunkel des ver-
ödeten Lady Bird umarmte er Floro Bloom lange und
fragte nach Biralbo. Es dauerte eine Weile, bis er merkte,
daß Floro Bloom seine englischen Ausrufe nicht verstand. Sein einziges Gepäck waren ein malträtierter Koffer und ein schwarzes Lederetui mit doppeltem Boden,
in dem er seine Trompete verwahrte. Mit großen Schritten ging er zwischen den leeren Tischen des Lady Bird
umher, stampfte energisch auf das Podium, auf dem der
Flügel stand, und nahm den Überzug ab. Mit einer Zartheit, fast als schämte er sich, spielte er das Vorspiel zu
einem Blues. Er war gerade aus einem Krankenhaus in
New York entlassen worden. In einem Spanisch, das
seinem Gegenüber weniger Aufmerksamkeit als vielmehr seherische Fähigkeiten abverlangte, bat er Floro
Bloom, Biralbo anzurufen. Seit er aus dem Krankenhaus

entlassen war, lebte er in einem Zustand ständiger Eile: er mußte dringend beweisen, daß er nicht tot war, darum war er so schnell nach Europa zurückgekehrt. «Hier ist ein Musiker noch jemand», sagte er zu Biralbo, «in Amerika ist er weniger als ein Hund. In den zwei Monaten, in denen ich in New York war, hat sich nur das Rauschgiftdezernat für mich interessiert.»

Er war zurückgekommen, um sich endgültig in Europa niederzulassen: er hatte große und verschwommene Pläne, die Biralbo einschlossen. Er wollte wissen, wie es ihm in der letzten Zeit ergangen war, seit über zwei Jahren hatte er nichts mehr von ihm gehört. Als Biralbo ihm erzählte, daß er kaum noch spielte, daß er jetzt Musiklehrer in einer Nonnenschule war, wurde Billy Swann ärgerlich: vor einer Flasche Whiskey, die Ellenbogen fest auf die Bar des Lady Bird gestützt, sagte er sich mit jenem heiligen Zorn, der alte Alkoholiker manchmal erfaßt, von ihm los und erinnerte ihn an vergangene Zeiten: als Biralbo dreiundzwanzig oder vierundzwanzig Jahre alt gewesen war und er, Billy Swann, ihn für ein Butterbrot und ein Bier in einem Nachtclub in Kopenhagen hatte spielen hören, als er noch alles lernen wollte und schwor, immer nur Musiker sein zu wollen, daß ihm weder Hunger noch ein elendes Leben etwas ausmachen würden, wenn dies der Preis war, um sein Ziel zu erreichen.

«Sieh mich an», sagte er zu ihm, Biralbo hat es mir erzählt. «Ich bin immer einer der Großen gewesen, schon bevor diese schlauen Bürschchen, die Bücher schreiben, es wußten und auch nachdem sie aufgehört haben, es zu sagen, und wenn ich morgen sterbe, wirst du in meinen Taschen nicht genug Geld finden, um meine Beerdigung bezahlen zu können. Aber ich bin Billy Swann, und wenn ich sterbe, wird es niemanden auf der Welt geben, der diese Trompete so zum Klingen bringt wie ich.»

Als er seine Ellenbogen auf den Tresen stützte, rutschten die Manschetten seines Hemdes zurück und zeigten sehr schmale und harte, von Venen durchzogene Handgelenke. Biralbo sah, wie schmutzig die Ränder der Manschetten waren und bemerkte mit Erleichterung und nahezu Dankbarkeit, daß darin immer noch die protzigen goldenen Manschettenknöpfe steckten, die er früher so oft im Bühnenlicht hatte aufblitzen sehen, wenn Billy Swann seine Trompete hob. Aber er glaubte, seine Zuneigung nicht mehr zu verdienen, und fürchtete seine Worte, den feuchten Glanz seiner Augen hinter den Brillengläsern. Mit einem unbestimmten Gefühl von Schuld oder Hochstapelei bemerkte er plötzlich, wie weit er sich in den letzten Jahren verändert und nachgelassen hatte: wie ein in einen Brunnen geworfener Stein erschütterte Billy Swanns Anwesenheit die stillstehende Zeit. Vor ihnen, auf der anderen Seite des Tresens, nickte Floro Bloom friedfertig, ohne ein einziges Wort zu verstehen, und sorgte dafür, daß die Gläser nicht leer blieben. Aber vielleicht verstand er doch alles, dachte Biralbo, als er einen Blick seiner blauen Augen auffing. Floro Bloom hatte ihn ertappt, als er feige auf seine Uhr sah und an die wenigen Stunden dachte, bis er wieder zur Arbeit mußte. In irgend etwas versunken trank Billy Swann sein Glas aus, schnalzte mit der Zunge und wischte sich den Mund mit einem ziemlich schmutzigen Taschentuch.

«Ich habe dir nichts mehr zu sagen», schloß er streng.

«Jetzt sieh noch einmal auf die Uhr und sag mir, daß du schlafen gehen mußt, und ich schlag dir die Schnauze ein.»

Biralbo ging nicht: um neun Uhr früh rief er in der Schule an, um zu sagen, daß er krank sei. In Floro Blooms stiller Gesellschaft tranken sie zwei Tage durch. Am dritten wurde Billy Swann in eine Klinik eingewiesen und brauchte eine Woche, um sich zu erholen. Er kehrte mit der schwankenden Würde dessen, der ein paar Tage im Gefängnis zugebracht hat, in sein Hotel zurück, seine Hände waren noch knochiger geworden und die Stimme noch ein wenig tiefer. Als Biralbo in sein Zimmer trat und ihn auf dem Bett liegen sah, wunderte er sich, daß er bisher sein Gesicht eines Toten nicht bemerkt hatte.

«Morgen muß ich nach Stockholm», sagte Billy Swann. «Ich habe da einen guten Vertrag. In ein paar Monaten rufe ich dich an. Wir werden zusammen spielen und eine Platte machen.»

Als er das hörte, empfand Biralbo kaum Freude noch Dankbarkeit, nur ein Gefühl von Unwirklichkeit und von Angst. Er dachte, wenn er nach Stockholm ginge, würde er seine Anstellung an der Schule verlieren, vielleicht würde in der Zeit ein Brief von Lucrecia kommen, der dann mehrere Monate vergessen und sinnlos im Briefkasten läge. Ich kann mir seinen Gesichtsausdruck in jenen Tagen vorstellen: ich sah ihn auf einem Photo in der Zeitung, wo von Billy Swanns Ankunft in der Stadt berichtet wurde. Man sah darauf einen hochgewachsenen, gealterten Mann mit kantigem Gesicht, das halb verdeckt wurde von der Krempe eines dieser Hüte, die zweitklassige Schauspieler in alten Filmen zu tragen pflegten. Neben ihm, kleiner, verwirrt und sehr jung, stand Santiago Biralbo, aber sein Name wurde in der Meldung nicht genannt. Durch sie erfuhr ich, daß Billy Swann wieder da war. Drei Jahre später, in Madrid, stellte ich fest, daß Biralbo diesen schon vergilbten und unbestimmten Zeitungsausschnitt unter seinen Papieren aufbewahrte, neben einem Photo, auf dem Lucrecia der Frau aus meiner Erinnerung gar nicht ähnlich sieht: sie trägt sehr kurzes Haar und lächelt mit zusammenge- preßten Lippen.

«Im Januar war ich in Berlin», sagte Billy Swann. «Da hab ich dein Mädchen gesehen.»

Er zögerte eine Weile, ehe er weitersprach. Biralbo wagte nicht, Fragen zu stellen. Er sah wieder, was Billy Swanns Rückkehr ihn noch einmal hatte durchleben las- sen: eine Nacht vor etwa zwei Jahren im Lady Bird, als er auftrat und unter den dunklen Köpfen der Gäste Lu- crecias Gesicht suchte und es ganz hinten, undeutlich im Zigarettenqualm und den rosa Lichtern fand, ernst und sicher an jenem Tisch, an dem auch Malcolm saß und ein anderer Mann, der ihm bekannt vorkam, in dem er mich nicht gleich erkannte.

«Ich hatte ein paar Nächte im Satchmo gespielt, einem merkwürdigen Lokal, wahrscheinlich eine Nutten- Bar», fuhr Billy Swann fort. «Als ich in die Garderobe kam, wartete sie auf mich. Sie zog aus ihrer Tasche einen Brief und bat mich, ihn dir zu schicken. Sie war sehr nervös und ging sofort wieder.»

Biralbo sagte immer noch nichts; daß nach so langer Zeit jemand ihm von Lucrecia berichtete, daß Billy

Swann sie in Berlin getroffen hatte, versetzte ihn in einen merkwürdigen Zustand von Verblüffung, nahezu Angst, von Ungläubigkeit. Er fragte Billy Swann nicht, was aus dem Brief geworden war; er kam auch nicht auf den Gedanken, zu fragen, warum Lucrecia ihn nicht der Post anvertraut hatte. Soviel er wußte, hatte Billy Swann vor drei oder vier Monaten Berlin verlassen und war nach Amerika zurückgegangen, halbtot hatte man ihn in eine Klinik in New York gebracht, wo er erst nach Wochen wieder zu Bewußtsein kam. Er wollte ihn nichts fragen, denn er fürchtete, er würde ihm antworten: «Ich habe den Brief im Hotel in Berlin vergessen; er ist mir auf irgendeinem Flughafen aus dem Koffer, in dem ich ihn hatte, abhanden gekommen.» Er wünschte sich so sehr, diesen Brief zu lesen, daß er ihn in diesem Augenblick vielleicht einem plötzlichen Erscheinen Lucrecias vorgezogen hätte.

«Ich hab ihn nicht verloren», sagte Billy Swann und richtete sich auf, um das Futteral seiner Trompete zu öffnen, das auf dem Nachttisch lag. Die Hände zitterten ihm noch, die Trompete fiel auf den Boden und Biralbo bückte sich, um sie aufzuheben. Als er sich aufrichtete, hatte Billy Swann den doppelten Boden des Futterals geöffnet und reichte ihm den Brief.

Biralbo besah die Briefmarken, die Adresse, seinen eigenen Namen in jener Handschrift, die weder die Einsamkeit noch das Unglück jemals würden erschüttern können. Zum ersten Mal war der Absender nicht nur ein langer Buchstabe, sondern ein voller Name, *Lucrecia*. Er befühlte den Umschlag, der ihm außerordentlich dünn vorkam, aber er konnte ihn nicht öffnen. Er spürte ihn glatt und weich unter den Fingerspitzen wie das Elfenbein einer Tastatur, die anzuschlagen er sich noch nicht entschließen konnte. Billy Swann hatte sich wieder aufs Bett gelegt. Es war ein Abend Ende Mai, doch er lag da in seinem schwarzen Anzug und seinen Stiefeln wie ein Leichnam und hatte sich die Überdecke bis an den Hals gezogen, weil ihm kalt geworden war, als er aufstand. Seine Stimme war langsamer und heiserer denn je. Er sprach, als wiederholte er die ersten Verse eines *blues*.

«Ich habe dein Mädchen gesehen. Ich machte die Tür auf, und sie saß in meiner Garderobe. Eine sehr kleine Garderobe, und sie rauchte, hatte alles vollgequalmt.»

«Lucrecia raucht nicht», sagte Biralbo, es gab ihm eine unbedeutende Befriedigung, dieses Detail zu kennen, so genau wie eine bestimmte Geste: als erinnerte er sich plötzlich tatsächlich an die Farbe ihrer Augen oder an die Art, wie sie lächelte.

«Sie rauchte, als ich hereinkam.» Billy Swann ärgerte sich, wenn jemand an seinem Gedächtnis zweifelte. «Noch bevor ich sie sah, störte mich der Zigarettenrauch. Ich kann ihn durchaus von Marihuana unterscheiden.»

«Weißt du noch, was sie zu dir sagte?» Jetzt, ja, jetzt wagte es Biralbo. Billy Swann drehte sich sehr langsam zu ihm um, sein Affenschädel war vom Weiß der Bettdecke wie abgeschnitten, und als er lachte, vertieften sich seine Falten noch.

«Sie hat fast nichts gesagt. Sie hatte Angst, ich würde mich nicht an sie erinnern, genau wie diese Typen, die manchmal auf mich zukommen und sagen: Billy, kennst du mich nicht mehr? Wir haben vierundfünfzig in Boston zusammen gespielt. Genauso hat sie mich angesprochen, aber ich erinnerte mich. Ich erinnerte mich, als ich ihre Beine sah. Ich kann eine Frau unter zwanzig anderen herausfinden, wenn ich nur ihre Beine sehe. Im Theater ist immer wenig Licht, und man sieht die Gesichter der Frauen nicht, die in der ersten Reihe sitzen, aber ihre Beine. Ich sehe sie mir gern an, wenn ich spiele. Ich sehe, wie sie die Knie bewegen und mit den Absätzen den Takt auf den Boden schlagen.»

«Warum hat sie dir den Brief gegeben? Es sind Briefmarken drauf.»

«Sie trug keine hohen Absätze. Sie hatte flache, mit Straßendreck verschmutzte Stiefel an. Armeleute-Stiefel. Damals, als du sie mir hier vorstelltest, sah sie besser aus.»

«Warum solltest ausgerechnet du mir den Brief bringen?»

«Ich glaube, ich habe sie angeschwindelt. Sie wollte, daß du den Brief so schnell wie möglich bekommst. Sie holte Zigaretten, Lippenstift und Taschentuch aus ihrer Handtasche, all diese absurden Sachen, die Frauen mit sich herumtragen. Sie legte alles auf den Tisch in der Garderobe und fand den Brief nicht. Sie hatte sogar einen Revolver. Sie zögerte, als sie ihn herausnehmen wollte, aber ich habe ihn gesehen.»

«Sie hatte einen Revolver?»

«Einen blanken Achtunddreißiger. Es gibt nichts, was eine Frau nicht in ihrer Handtasche mit sich herumtragen kann. Schließlich holte sie den Brief heraus. Ich schwindelte. Sie wollte es so. Ich sagte ihr, ich würde dich in ein paar Wochen sehen. Aber dann hab ich den

Nachtclub verlassen, und diese ganze Geschichte mit New York passierte... Vielleicht habe ich damals doch nicht geschwindelt. Ich glaube, ich wollte hierher zu dir und habe mich im Flugzeug geirrt. Aber deinen Brief habe ich nicht verloren, mein Junge. Ich hab ihn im doppelten Boden des Futterals aufbewahrt, wie in alten Zeiten...»

Am nächsten Tag nahm Biralbo mit einem zwiespälti- gen Gefühl von Verwaistsein und Erleichterung Ab- schied von Billy Swann. In der Bahnhofshalle, in der Kantine, auf dem Bahnsteig gaben sie einander trügeri- sche Versprechen: daß Billy Swann vorübergehend dem Alkohol entsagen würde, daß Biralbo einen blasphe- mischen Brief schreiben würde, um sich von den Non- nen zu verabschieden, daß sie sich in zwei bis drei Wo- chen in Stockholm treffen würden. Biralbo würde keine Briefe mehr nach Berlin schreiben, denn gegen die Liebe helfe nur das Vergessen. Aber als der Zug davonfuhr, ging Biralbo noch einmal in die Kantine und las zum sechsten- oder siebtenmal jenen Brief von Lucrecia und versuchte ohne Erfolg, die Melancholie seiner kühlen Eile zu übersehen: zehn oder zwölf Zeilen auf die Rück- seite eines Stadtplans von Lissabon geschrieben. Lucre- cia versicherte, sie würde bald zurückkommen, und ent- schuldigte sich, daß sie kein anderes Papier gefunden habe, um ihm zu schreiben. Der Stadtplan war eine un- scharfe Kopie, auf der links ein Punkt rot angezeichnet war und daneben stand, nicht in Lucrecias Handschrift, ein Wort: Burma.

# 6

Daß Floro Bloom das Lady Bird noch nicht geschlossen hatte, war unerklärlich, wenn man seine eingefleischte Trägheit nicht kannte noch seine Neigung zu den sinnlosesten Formen von Loyalität. Ich glaube, sein richtiger Name war Floreal, er stammte aus einer Familie von Republikanern und war um 1970 irgendwo in Kanada glücklich gewesen; er war als politisch Verfolgter dorthin geflohen, doch darüber sprach er nie. Was seinen Spitznamen Bloom angeht, habe ich Gründe anzunehmen, daß er von Santiago Biralbo stammte, denn Floro war dick und schwerfällig und hatte stets rosarote Apfelbäckchen. Er war blond und sah wirklich so aus, als wäre er in Kanada oder in Schweden geboren. Seine Erinnerungen waren, wie sein gegenwärtiges Leben, von bequemer Schlichtheit: ein paar Drinks genügten, und er erinnerte sich an ein Restaurant in Quebec, wo er einige Monate gearbeitet hatte, eine Art Ausflugslokal mitten im Wald, zu dem die Eichhörnchen kamen, um die Teller abzulecken. Sie fürchteten sich nicht vor ihm, agierten mit ihren feuchten Näschen, den winzigen Krallen, den Schwänzen, sprangen dann mit kleinen Sätzen über den Rasen davon und wußten genau, um wieviel Uhr sie zurückkommen mußten, um die Reste des Abendessens wegzuputzen. Manchmal setzte sich auch ein Eichhörnchen zu einem Gast auf den Tisch. An den Tresen des Lady Bird gelehnt erinnerte sich Floro Bloom daran, als sähe er sie mit seinen tränenden blauen Augen vor sich. Sie hatten keine Angst, sagte er, als berichte er von einem Wunder. Mit zuckenden Näschen leckten sie ihm die Hand wie kleine Katzen: es waren glückliche Eichhörnchen. Aber dann nahm Floro Bloom die feierliche Haltung jener Allegorie der Republik an, die er im Hinterzimmer des Lady Bird verwahrte, und verkündete: «Kannst du dir vorstellen, daß ein Eichhörnchen sich hier in einem Restaurant auf einen Tisch setzt? Man würde ihm sofort den Hals umdrehen, bestimmt, man würde ihm die Gabel in den Leib rammen.»

In jenem Sommer mit den Ausländern erlebte das Lady Bird eine Art silbernes Zeitalter. Floro Bloom trug dem mit einem gewissen Unwillen Rechnung: beunruhigt und erschöpft bediente er an den Tischen und an der Bar, hatte kaum Zeit, sich mit den Stammgästen zu unterhalten, damit meine ich uns, die nur hin und wieder bezahlten. Über den Tresen hinweg sah er verwundert in die Bar, wie jemand, in dessen Haus eine Horde Fremde eingedrungen ist, einen unausgesprochenen Vorwurf auf den Lippen, legte er die Platten auf, die man wünschte, hörte mit gleichmütigem Desinteresse den Beichten von Betrunkenen zu, die nur englisch sprachen, vielleicht dachte er an die zahmen Eichhörnchen von Quebec, wenn er völlig abwesend zu sein schien.

Er stellte einen Kellner ein und stand in sich gekehrt vor der Registrierkasse. Das enthob ihn der Aufgabe, Menschen zu bedienen, die ihn nicht interessierten. Für ein paar Monate, bis Anfang September, spielte Santiago Biralbo wieder im Lady Bird; sein Kredit an Bourbon war unbegrenzt. Verlegenheit oder ein Gespür für Niederlagen haben mich stets von leeren Bars ferngehalten; in jenem Sommer ging auch ich wieder ins Lady Bird. Ich suchte mir am Tresen eine Ecke etwas abseits, trank allein oder sprach mit Floro Bloom über das Religionsgesetz der Republik. Wenn Biralbo gespielt hatte, tranken wir den vorletzten Drink zusammen. Gegen Morgen wanderten wir, den Lichtern der Bucht folgend, in die Stadt. Eines Nachts, ich hatte meinen Platz im Lady Bird und meinen Drink, kam Floro Bloom zu mir, wischte den Tresen ab und sah auf einen unbestimmten Punkt in der Luft.

«Dreh dich mal um und sieh dir die Blonde an», sagte er. «Die vergißt du nicht mehr.»

Aber sie war nicht allein. Eine lange, glatte Mähne, die im Licht wie von mattem Gold glänzte, fiel ihr auf die Schultern. Die Haut über ihren Schläfen schimmerte zart blau. Ihre Augen waren gleichgültig und blau, und wenn man sie ansah, war es, als begäbe man sich ohne Bedauern in die absolute Kälte eines Unheils. Ihre Hände lagen auf ihren langen Schenkeln und bewegten sich im Rhythmus der Melodie, die Biralbo spielte, aber die Musik erreichte sie nicht, und weder Floro Bloom noch ich noch irgendein anderer der Anwesenden interessierte sie. Sie saß da und sah Biralbo an, wie eine Statue das Meer anzusehen scheint, trank hin und wieder einen Schluck aus ihrem Glas oder beantwortete dem Mann neben ihr eine Frage, trivial wie die Erläuterung eines Bildes.

«Die kommen jetzt den zweiten oder dritten Abend», teilte Floro Bloom mit. «Sie setzen sich, bestellen ihre Drinks und sehen Biralbo zu. Aber er merkt es nicht. Er ist völlig abwesend. Er will mit Billy Swann nach Stockholm und denkt nur noch an Musik.»

«Und an Lucrecia», sagte ich, denn um das Leben der anderen zu beurteilen, mangelt es einem nie an Durchblick.

«Wer weiß», sagte Floro Bloom. «Aber sieh dir die Blonde an, sieh dir den Kerl an, mit dem sie kommt.»

Er war so groß und so gewöhnlich, daß man nicht sofort bemerkte, daß er darüber hinaus noch schwarz war. Er grinste die ganze Zeit, allerdings nicht zu sehr, gerade so viel, daß dieses breite Grinsen nicht wie eine Beleidigung aussah. Sie tranken viel und gingen, wenn die Musik zu Ende war, und immer ließ er ein übergroßes Trinkgeld auf dem Tisch liegen. Einmal kam er an die Bar, um etwas zu bestellen, und blieb neben mir stehen. Zwischen den Zähnen hielt er eine Zigarre, und einen Augenblick hüllte mich der Geruch des Rauchs ein, den er energisch durch die Nase ausstieß. An einem Tisch im Hintergrund wartete die Blonde auf ihn, an die Wand gelehnt, in Langeweile und Einsamkeit versunken. Mit seinen beiden Gläsern in der Hand sah er mich an und sagte, er würde mich kennen. Ein gemeinsamer Freund hätte ihm von mir erzählt. «Malcolm», sagte er, und dann kaute er auf der Zigarre und setzte die Gläser auf dem Tresen ab, als wollte er mir Zeit lassen, mich zu erinnern. «Bruce Malcolm», wiederholte er mit dem seltsamsten Akzent, den ich je gehört hatte, und wedelte sich mit der Hand den Rauch aus dem Gesicht. «Ich glaube, hier heißt er der Amerikaner.»

Er sprach, als äffte er einen französischen Akzent nach. Er sprach wie die Schwarzen im Kino, mit kehligen R-Lauten, und sagte *Amechikaner* und grinste Floro Bloom und mich an, als verbände uns mit ihm eine Freundschaft, die älter war als unsere Erinnerung daran. Er fragte, wer der Klavierspieler sei, und wiederholte bewundernd «Bichalbo», als wir es sagten. Er trug eine Lederjacke. Die Haut seiner Hände hatte die blasse und gespannte Textur von altem Leder. Sein Haar war kraus und grau, und er wiederholte unablässig alles, was seine großen Kuhaugen sahen. Er entschuldigte sich mit heftigen Kopfbewegungen und nahm seine Gläser wieder auf: mit sichtbarem Stolz und bescheiden zugleich sagte er, daß seine Sekretärin ihn erwartete. Es ist ohne Zweifel ein Wunder, daß er es, ohne die Gläser abzustellen und die Zigarre aus dem Mund zu nehmen, schaffte, eine Visitenkarte auf den Tresen zu legen. Floro Bloom und ich musterten sie gemeinsam: Toussaints Morton stand darauf, alte Bilder und Bücher, Berlin.

«Dann hast du sie alle kennengelernt», sagte Biralbo in Madrid zu mir. «Malcolm, Lucrecia. Und sogar Toussaints Morton.»

«Wenn schon», sagte ich; es störte mich nicht, daß Biralbo sich mit allwissendem Grinsen über mich lustig machte. «Wir haben schließlich in derselben Stadt gelebt, sind in dieselben Bars gegangen.»

«Wir haben dieselben Frauen gekannt. Erinnerst du dich an die Sekretärin?»

«Floro Bloom hatte recht. Du hast sie angesehen und

konntest sie nicht mehr vergessen. Aber sie war wie eine Statue aus Eis. Man konnte die blauen Adern unter ihrer Haut erkennen.»

«Ein Miststück», sagte Biralbo schroff. Solche Ausdrücke pflegte er sonst nicht zu gebrauchen. «Weißt du noch, wie sie mich im Lady Bird angesehen hat? Genauso hat sie geguckt, als ihr Boß und Malcolm mich in Lissabon umbringen wollten. Das ist noch kein Jahr her.»

Sofort schien er zu bereuen, was er gesagt hatte. Das war bei ihm eine Masche oder eine Angewohnheit: er sagte etwas und grinste dann und sah weg, als sollten das Grinsen und der Blick einem die Möglichkeit geben, nicht zu glauben, was man gehört hatte. Dann machte er das gleiche Gesicht, wie wenn er im Metropolitano spielte, ein Hauch von Verschlafenheit oder Verachtung, eine ruhige Distanz, mit der er seiner eigenen Musik, seinen Worten zuhörte, die so zweifelsfrei und flüchtig waren wie eine gerade ausgeführte Melodie. Aber es dauerte eine Weile, bis er wieder über Toussaints Morton und dessen blonde Sekretärin sprach. Und als dies geschah in der letzten Nacht, in der wir uns sahen, in seinem Hotel, hatte er einen Revolver in der Hand und beobachtete etwas hinter den Vorhängen des Balkons. Er schien keine Angst zu haben. Er wartete nur, starrte reglos auf die Straße und die belebte Ecke des Telefónica, so versunken ins Warten wie damals, als er die Tage zählte, die seit dem letzten Brief Lucrecias vergangen waren.

Damals wußte er es noch nicht, doch Billy Swanns Ankunft war das erste Vorzeichen ihrer Rückkehr.

Einige Wochen nachdem er fort war, erschien Toussaints Morton. Auch er kam aus Berlin, jener unfaßbaren Gegend der Welt, wo Lucrecia ein reales Wesen geblieben war.

In meiner Erinnerung fließt jener Sommer in einigen wenigen Abenden der Trägheit zusammen: ein purpurund rosafarbener Himmel über dem weiten Meer, lange Nächte, in denen der Alkohol so warm war wie der leichte Regen im Morgengrauen. Mit Strandtaschen und Sommersandalen, Salzspuren auf den fein behaarten Beinen, die Haut leicht gerötet, kamen am Abend schlanke, blonde Ausländerinnen ins Lady Bird. Vom Tresen her musterte Floro Bloom sie schweigend mit der Zärtlichkeit des Fauns, während er ihre Drinks eingoß, wählte sie in Gedanken aus, wies mich hin auf das Profil der einen oder den Blick der anderen oder vielleicht ein Muttermal. Jetzt erinnere ich mich an alle, selbst an jene, die in der einen oder anderen Nacht bei Floro Bloom oder bei mir blieben, wenn das Lady Bird geschlossen wurde, wie an ungenaue Skizzen eines Modells, das sämtliche Vollkommenheiten vereinigte, die auf sie alle verteilt waren: Skizzen von Toussaints Mortons gleichmütiger, großer und eiskalter Sekretärin.

Anfangs bemerkte Biralbo sie nicht, damals beachtete er die Frauen kaum, und wenn Floro Bloom und ich ihn auf eine aufmerksam machten, die wir besonders attraktiv fanden, gefiel er sich darin, kleine Mängel an ihr zu entdecken: zum Beispiel, daß sie zu kurze Hände hätte, oder daß ihre Knöchel zu dick wären. In der dritten oder vierten Nacht – sie und Toussaints Morton kamen immer um die gleiche Zeit und setzten sich an denselben

Tisch dicht am Podium – überraschte ihn, als er den Blick über die Gesichter der gewohnten Gäste schweifen ließ, bei jener Unbekannten eine Geste, die ihn an Lucrecia erinnerte, darum sah er mehrmals zu ihr hinüber und suchte einen Ausdruck, der sich nicht wiederholte, den es vielleicht nie gegeben hatte, weil es etwas war, das die Zeit überlebt hatte, denn in allen Frauen suchte er irgend etwas von Lucrecia, ihre Züge, ihren Blick oder ihren Gang.

In jenem Sommer, erklärte er mir zwei Jahre später, hatte er angefangen zu begreifen, daß die Musik eine kühle und absolute Leidenschaft zu sein hat. Er spielte wieder regelmäßig, fast immer allein, im Lady Bird; in den Fingern spürte er wie einen Strom das Fließen der Musik, so unendlich und gelassen wie der Lauf der Zeit. Er überließ sich ihm wie der Geschwindigkeit eines Autos, wurde immer schneller, einem objektiven, nur vom Verstand gelenkten Drang nach Dunkelheit und Ferne hingegeben, dem Instinkt, fortzulaufen, zu fliehen, ohne einen anderen Raum zu kennen als den, den die Scheinwerfer beleuchteten; es war, als führe man allein um Mitternacht über eine unbekannte Chaussee. Bis dahin war seine Musik immer eine an irgend jemanden, an Lucrecia oder sich selbst gerichtete Beichte gewesen. Jetzt spürte er, wie sie zu einer Art Prophetie wurde; den automatischen Impuls, sich beim Spielen zu fragen, was Lucrecia davon halten würde, wenn sie ihn hören könnte, hatte er nahezu vollständig verloren. Langsam verließen die Gespenster seine Einsamkeit. Manchmal, wenn er gerade aufgewacht war, überraschte ihn die Einsicht, daß er einige Minuten gelebt hatte, ohne an sie zu denken. Nicht einmal im Traum sah er sie, nur von hinten, im Gegenlicht, ihr Gesicht wurde ihm immer verweigert, oder es war das einer anderen Frau. Sehr oft ging er im Traum durch ein willkürliches und nächtliches Berlin mit hell erleuchteten Wolkenkratzern und roten und blauen Laternen über den bereiften Straßen, eine menschenleere Stadt, auch Lucrecia lebte dort nicht.

Anfang Juni schrieb er ihr einen Brief, den letzten. Einen Monat später fand er, als er den Briefkasten öffnete, was er seit langer Zeit nicht mehr gesehen hatte, worauf er nur noch aus einer Gewohnheit heraus wartete, die tiefer verwurzelt war als seine Willenskraft. Er fand einen langen Umschlag mit Luftpoststreifen und mit Namen und Adresse von Lucrecia. Erst als er ihn schon begierig aufgerissen hatte, merkte er, daß es der Brief war, den er ihr vor einigen Wochen geschrieben hatte. Die Adresse war mit Rotstift ausgestrichen oder abgezeichnet worden, und quer über die Rückseite war ein Satz auf deutsch geschrieben. Irgend jemand im Lady Bird übersetzte es ihm: *Adressat unbekannt.*

Er las seinen eigenen Brief noch einmal, der so weit gereist war, um zu ihm zurückzukommen. Ohne Bitterkeit dachte er, daß er fast drei Jahre lang sich selbst geschrieben hatte, daß es nun Zeit war, ein neues Leben zu beginnen. Zum ersten Mal, seit er Lucrecia kannte, wagte er, sich vorzustellen, wie die Welt aussehen würde, wenn es sie gar nicht gäbe, wenn er ihr nie begegnet wäre. Aber nur wenn er einen Gin oder einen Whiskey trank und dann aufs Podium stieg, um im Lady Bird Klavier zu spielen, versank er tatsächlich in den Zustand des Vergessens, in seine leere Erregung. Und eines

Nachts im Juli erstand vor ihm ein Gesicht, eine flüchtige Geste, die in seiner Erinnerung arbeitete wie eine Hand, die sich über eine Narbe legt und dabei unabsichtlich den rohen Schmerz der Verletzung wachruft.

Toussaints Mortons Sekretärin sah ihn an, als hätte sie eine Wand oder eine unbewegte Landschaft vor sich. In derselben Nacht, einige Stunden später, sah er sie an der Haltestelle des Topo wieder. Es war ein schmutziger, schlecht beleuchteter Ort mit jener Stimmung von Verwüstung, die Bahnhofshallen vor Morgengrauen eigen ist, aber die Blonde saß auf einer Bank wie auf dem Diwan eines Ballsaales, unberührt und gelassen, auf den Knien eine Ledertasche und eine Aktenmappe. Neben ihr kaute Toussaints Morton auf einer Zigarre und grinste zu den schmutzigen Wänden des Bahnhofs und zu Biralbo hinüber, der sich nicht erinnerte, ihn im Lady Bird gesehen zu haben. Das Grinsen war vielleicht ein Gruß, den Biralbo jedoch lieber übersah, ihm war die Freundlichkeit Unbekannter zuwider. Er kaufte eine Fahrkarte und wartete auf dem Bahnsteig, hinter sich hörte er den Mann und die Frau leise in einer flüssigen Mischung aus Französisch und Englisch miteinander sprechen, die ihm unverständlich war. Hin und wieder unterbrach ein mächtiges, männliches Lachen das Raunen wie in einem Krankenhausflur und hallte durch den leeren Bahnhof. Mit einem gewissen Argwohn vermutete Biralbo, daß der Mann über ihn lachte, drehte sich aber nicht zu ihm um. Ein langes Schweigen folgte, und er wußte, daß sie ihn ansahen. Sie rührten sich nicht, als der Zug einfuhr. Als er eingestiegen war, sah Biralbo sie durchs Fenster direkt an und begegnete dem obszönen

Grinsen von Toussaints Morton, der den Kopf wie zum Abschied neigte. Er sah, wie sie aufstanden, als der Topo langsam aus dem Bahnhof fuhr. Möglicherweise stiegen sie zwei oder drei Wagen weiter hinten ein, denn in jener Nacht sah Biralbo sie nicht wieder. Vielleicht fuhren sie bis an die Grenze, nach Irún, dachte er. Noch bevor er die Tür seiner Wohnung aufschloß, hatte er sie vergessen.

Es gibt Menschen, die gegen Lächerlichkeit und gegen die Wahrheit gefeit sind, die offensichtlich dazu ausersehen sind, beharrlich eine Parodie zu verkörpern. Damals dachte ich, Toussaints Morton sei so ein Mensch: Er war sehr groß und übertrieb seine Statur noch mit hochhackigen Stiefeln. Er trug Lederjacken und rosa Hemden mit einem breiten, spitzen Kragen, der ihm beinahe bis auf die Schultern reichte. Ringe mit Steinen von zweifelhafter Echtheit und vergoldete Kettchen schimmerten auf seiner dunklen Haut und in seinem Brusthaar. Auf einer stinkenden Zigarre kauend grinste er breit und hatte in der Brusttasche seiner Jacke stets einen langen, goldenen Zahnstocher, mit dem er sich die Nägel zu säubern pflegte, und dann beschnupperte er sie vorsichtig, wie jemand, der eine Prise Schnupftabak nimmt. Ein unbestimmter Geruch kündete von seiner Anwesenheit, noch bevor man ihn sah, und wenn er gerade gegangen war eine Mischung aus dem Rauch seines bitteren Tabaks und des Parfüms, das seine Sekretärin einhüllte wie eine blasse, kalte Ausdünstung ihrer glatten Mähne, ihrer Ausdruckslosigkeit und ihrer rosigen, durchscheinenden Haut.

Jetzt, nach beinahe zwei Jahren, habe ich diesen Geruch wieder in der Nase, der für immer der Geruch von Vergangenheit und von Angst sein wird. Santiago Biralbo nahm ihn zum ersten Mal an einem Sommerabend in San Sebastián wahr, in der Halle des Mietshauses, in dem er damals wohnte. Er war sehr spät aufgestanden, hatte in einer Bar in der Nähe gegessen und wollte nicht in die Stadt, weil das Lady Bird an diesem Abend, es war ein Mittwoch, geschlossen war. Er ging zum Fahrstuhl, den Briefkastenschlüssel noch in der Hand – er sah mehrmals am Tag hinein, für den Fall, daß der Briefträger sich verspätet hatte –, als ein Gefühl von etwas entfernt Bekanntem und doch Fremdem ihn aufblicken und sich umsehen ließ. Eine Sekunde, bevor er den Geruch identifizierte, sah er Toussaints Morton und seine Sekretärin selbstgefällig auf dem Sofa in der Halle sitzen. Auf den nackten, zusammengepreßten Knien der Sekretärin lagen dieselbe Tasche und dieselbe Aktenmappe, die sie vor zwei oder drei Tagen an der Haltestelle des Topo bei sich gehabt hatte. Toussaints Morton hatte eine große Papiertüte im Arm, aus der der Hals einer Whiskeyflasche heraussah. Er grinste, preßte die Zigarre geradezu heftig in einen Mundwinkel und nahm sie erst heraus, als er aufstand, um Biralbo eine seiner großen Hände hinzustrecken. Sie fühlte sich an wie Holz, das vom Gebrauch glatt geworden ist. Die Sekretärin, Biralbo erfuhr später, daß sie Daphne hieß, machte eine halbwegs menschliche Geste, als sie aufstand: sie warf das Haar mit einer Handbewegung zur Seite, strich es sich aus dem Gesicht und lächelte Biralbo zu, nur mit den Lippen.

Toussaints Morton sprach Spanisch wie jemand, der wider alle Regeln mit voller Geschwindigkeit Auto fährt und sich dabei über die Polizei lustig macht. Weder Grammatik noch Zurückhaltung irgendwelcher Art beeinträchtigten seine Heiterkeit, und wenn er ein Wort nicht fand, biß er sich auf die Lippen, sagte *Scheise* und ging so locker, wie ein Betrüger mit einem falschen Paß über die Grenze geht, in eine andere Sprache über. Er entschuldigte sich für ihre *Aufdringlischgeit*, erklärte, er liebe Jazz, Art Tatum, Billy Swann, die ruhigen Sessions im Lady Bird; er sagte, er zöge die kleinen, intimen Lokale der offenkundigen Dummheit der Massen vor – Jazz sei genau wie Flamenco eine Leidenschaft für wenige. Er nannte seinen Namen und den seiner Sekretärin, versicherte, er leite in Berlin ein diskretes, gutgehendes Geschäft mit Antiquitäten, allerdings eher im Verborgenen, ließ er durchblicken, denn wenn man einen Laden aufmache und ein beleuchtetes Schild raushänge, brächten einen die Steuern bald um Kopf und Kragen. Er deutete unbestimmt auf die Mappe seiner Sekretärin und auf die Papiertüte, die er selbst im Arm hielt. In Berlin, in London, in New York – sicherlich hätte Biralbo von der Nathan Levy Gallery gehört – habe Toussaints Morton im Geschäft mit alten Stichen und alten Büchern einen Namen.

Daphne lächelte so schwach wie jemand, der dem Geräusch des Regens lauscht. Biralbo hatte bereits die Fahrstuhltür geöffnet, um allein in den achten Stock hinaufzufahren. Er war etwas verwirrt, das ging ihm immer so, wenn ihn jemand ansprach, nachdem er viele Stunden allein gewesen war. Toussaints Morton hielt ostentativ die Tür mit dem Knie auf und sagte grinsend, ohne die Zigarre aus dem Mund zu nehmen:

«Lucrecia hat mir in Berlin viel von Ihnen erzählt. Wir waren eng befreundet. Sie hat immer gesagt: ‹Wenn ich niemanden mehr habe, bleibt mir doch immer noch Santiago Biralbo.›»

Biralbo sagte nichts. Sie fuhren zusammen nach oben, in unbehaglichem Schweigen, das nur durch Toussaints Mortons unverwüstliches Grinsen gemildert wurde und durch die unbeteiligten blauen Augen seiner Sekretärin, die die in rascher Folge aufleuchtenden Zahlen betrachtete, als ahnte sie dahinter die sich ausbreitende Stadtlandschaft und ihre stille Ferne. Biralbo bat sie nicht herein, doch mit dem selbstgefälligen Interesse von Besuchern eines Provinzmuseums drangen sie in den Flur seiner Wohnung, nahmen zustimmend die Bilder, die Lampen in Augenschein und das Sofa, auf das sie sich sofort setzten. Plötzlich stand Biralbo vor ihnen und wußte nicht, was er sagen sollte, es war, als hätte er sie, als er nach Hause kam, plaudernd auf dem Sofa seines Wohnzimmers angetroffen, und es gelang ihm nicht, sie hinauszuwerfen oder wenigstens zu fragen, weshalb sie dort saßen. Wenn er lange allein war, konnte sein Sinn für die Realität besonders brüchig werden: einen Augenblick lang fühlte er sich so verwirrt wie in manchen seiner Träume, und er sah sich selbst vor zwei Unbekannten stehen, die auf seinem Sofa saßen, wobei ihn nicht der Grund für ihre Anwesenheit interessierte, sondern die eingravierten Buchstaben auf der goldenen Medaille, die Toussaints Morton an einer Kette um den Hals trug. Er bot ihnen etwas zu trinken an; dann fiel ihm ein, daß er gar nichts im Haus hatte. Genüßlich enthüllte Toussaints Morton zur Hälfte die Flasche, die er mitgebracht hatte und wies mit seinem breiten Zeigefinger auf das Etikett. Biralbo dachte, daß er die Finger eines Bassisten hatte.

«Lucrecia hat immer gesagt: ‹Mein Freund Biralbo trinkt nur den besten Bourbon.› Ich frage mich, ob dieser gut genug ist für Sie. Daphne hat ihn gefunden und gesagt: ‹Toussaints, der ist ein bißchen teuer, aber selbst in Tennessee findest du keinen besseren.› Und dabei trinkt Daphne gar nicht. Sie raucht auch nicht und ißt nur Gemüse und gekochten Fisch. Sag du es ihm, Daphne, der Herr spricht Englisch. Sie ist sehr schüchtern. Sie sagt immer zu mir: ‹Toussaints, wieso kannst du so viel in so vielen Sprachen sagen?› Und ich antworte ihr: ‹Weil ich alles das sagen muß, was du nicht sagst!› Hat Lucrecia Ihnen nichts von mir erzählt?»

Toussaints Morton lehnte sich ins Sofa zurück, als würde ihn sein eigenes Gelächter umwerfen, und legte eine seiner großen dunklen Hände auf Daphnes weißes Knie; sie lächelte ein wenig und saß gelassen und aufrecht da.

«Die Wohnung gefällt mir.» Toussaints Morton ließ einen flinken und selbstgefälligen Blick durch das beinahe leere Zimmer gleiten, als dankte er für eine lang ersehnte Einladung. «Die Platten, die Möbel, das Klavier. Als ich klein war, wollte meine Mutter, daß ich Klavierspielen lerne. ‹Toussaints›, hat sie gesagt, ‹dafür wirst du mir noch einmal dankbar sein.› Aber ich hab es nicht gelernt. Lucrecia hat mir viel von dieser Wohnung erzählt. Guter Geschmack, Nüchternheit. Als ich Sie neulich Nacht sah, habe ich zu Daphne gesagt: ‹Er und Lucrecia sind verwandte Seelen.› Ich erkenne einen

Mann, wenn ich ihm nur einmal in die Augen sehe. Frauen nicht. Daphne ist schon vier Jahre meine Sekretärin, glauben Sie, ich kenne sie? Nicht besser als den Präsidenten der Vereinigten Staaten...»

«Lucrecia ist aber nie hier gewesen», dachte Biralbo vage; Toussaints Mortons Lachen und sein unaufhörliches Gerede wirkten auf sein Bewußtsein wie ein Schlafmittel. Er stand noch immer da. Er sagte, er würde Gläser holen gehen und etwas Eis. Als er fragte, ob sie auch Wasser wollten, hielt sich Toussaints die Hand vor den Mund, als könnte er ein Lachen nicht verbeißen.

«Selbstverständlich wollen wir Wasser. In einer Bar bestellen Daphne und ich immer Whiskey mit Wasser. Das Wasser ist für sie, der Whiskey für mich.»

Als Biralbo aus der Küche kam, stand Toussaints Morton am Klavier und blätterte in einem Buch, er klappte es sofort zu und grinste, jetzt tat er so, als wollte er sich entschuldigen. Für einen Augenblick bemerkte Biralbo in seinen Augen eine forschende Kälte, die nicht zu seiner Verstellung paßte: große, tote Augen mit einem roten Rand um die Iris. Daphne, die Sekretärin, hatte ihre Hände vor sich ausgestreckt, die Handflächen nach unten, und besah sich ihre Fingernägel. Sie waren lang und rosig, ohne Lack, von einem noch etwas blasseren Rosa als ihre Haut.

«Sie erlauben», sagte Toussaints Morton. Er nahm Biralbo das Tablett aus den Händen und füllte zwei Gläser mit Bourbon, als er die Flasche über Daphnes Glas neigte, tat er so, als erinnere er sich plötzlich, daß sie nicht trank. Sein Glas setzte er auf dem Telephontischchen ab, nachdem er geräuschvoll den ersten Schluck genossen hatte. Er lehnte sich bequem, nahezu gastfreundlich tiefer ins Sofa und steckte mit breiter Zufriedenheit seine erloschene Zigarre wieder an.

«Ich wußte es», sagte er. «Ich wußte, wie Sie sind, noch bevor ich Sie sah. Fragen Sie Daphne. Ich habe ihr immer gesagt: ‹Daphne, Malcolm ist nicht der richtige Mann für Lucrecia, nicht solange es diesen Pianisten da in Spanien gibt.› In Berlin hat Lucrecia uns so viel von Ihnen erzählt... Wenn Malcolm nicht dabei war, versteht sich. Als sie sich trennten, waren Daphne und ich wie eine Familie für sie. Daphne kann Ihnen das bestätigen: in meinem Haus standen für Lucrecia immer ein Bett und ein Teller bereit; es waren damals keine guten Zeiten für sie.»

«Wann hat sie sich von Malcolm getrennt?» fragte Biralbo. Toussaints Morton sah ihn mit dem gleichen Ausdruck an, der ihn beunruhigt hatte, als er mit den Gläsern und dem Eis aus der Küche kam, und dann lachte er plötzlich auf.

«Merkst du was, Daphne? Der Herr tut, als wüßte er von nichts. Nicht nötig, mein Freund, Sie brauchen sich nicht mehr zu verstecken, nicht vor mir. Wissen Sie, daß ich gelegentlich die Briefe zur Post gebracht habe, die Lucrecia Ihnen schrieb? Ich, Toussaints Morton. Malcolm hat sie geliebt, er war mein Freund, aber ich habe gemerkt, daß sie verrückt nach Ihnen war. Daphne und ich haben oft darüber gesprochen, und ich habe zu ihr gesagt: ‹Daphne, Malcolm ist mein Freund und mein Partner, aber dieses Mädchen hat das Recht, sich zu verlieben, in wen sie will.› So habe ich das gesehen, fragen Sie Daphne, ich habe vor ihr keine Geheimnisse.»

Toussaints Mortons Worte hatten auf Biralbo langsam die gleiche Wirkung von Unwirklichkeit wie der
Bourbon: ohne, daß er es bemerkt hatte, war die Flasche
schon über die Hälfte geleert, denn Toussaints Morton
stürzte sie ständig abrupt über die beiden Gläser, klek-
kerte dabei auf das Tablett, auf den Tisch und wischte
sofort mit einem bunten Taschentuch darüber, das so
lang war wie das eines Zauberkünstlers. Biralbo, der
von Anfang an vermutete, daß er ihm etwas vorlog, begann ihm mit der Aufmerksamkeit eines nicht ganz un-
anständigen Juweliers zuzuhören, der zum ersten Mal
gestohlene Ware kaufen will.

«Ich weiß nichts von Lucrecia», sagte er. «Seit drei
Jahren habe ich sie nicht mehr gesehen.»

«Er traut mir nicht.» Toussaints Morton wiegte
schwermütig den Kopf und sah zu seiner Sekretärin, als
suchte er bei ihr Trost wegen einer solchen Undankbarkeit. «Merkst du was, Daphne? Genau wie Lucrecia.
Das überrascht mich nicht, mein Herr», er wandte sich
würdevoll und ernst Biralbo zu, aber in seinen Augen
war der gleiche Ausdruck, der mit diesem Spiel und der
Vorspiegelei nichts zu tun hatte. «Sie hat uns auch miß-
traut. Sag es ihm, Daphne. Sag ihm, daß sie Berlin verlassen hat, ohne uns ein Wort zu sagen.»

«Sie lebt nicht mehr in Berlin?»

Aber Toussaints Morton antwortete ihm nicht. Er
stand sehr mühsam auf, stützte sich dabei auf die Lehne
des Sofas und ächzte, die Zigarre im halb geöffneten
Mund. Mit automatischen Bewegungen, die Mappe wie
ein Wickelkind in den Armen, die Tasche über der
Schulter, tat es die Sekretärin ihm gleich. Wenn sie sich

bewegte, verbreitete sich ihr Parfüm in der Luft: ein Hauch von Asche lag darin und von Rauch.

«Also gut, mein Herr», sagte Toussaints Morton verletzt, beinahe traurig. Als er stand, sah Biralbo wieder, wie groß er war. «Ich verstehe. Ich verstehe, Lucrecia will nichts mehr von uns wissen. Heutzutage bedeuten alte Freunde nichts mehr. Aber sagen Sie ihr, daß Toussaints Morton hier war und sie gern gesehen hätte. Sagen Sie ihr das.»

Von der absurden Absicht gedrängt, sich zu entschuldigen, wiederholte Biralbo, daß er nichts von Lucrecia wüßte; daß sie nicht in San Sebastiàn sei, daß sie vielleicht gar nicht wieder nach Spanien zurückgekommen war. Toussaints Mortons ruhige und trunkene Augen ruhten auf ihm, als wüßte er genau, daß dies eine Lüge war, eine ganz überflüssige Illoyalität. Bevor er in den Fahrstuhl trat, als sie endlich gingen, reichte er Biralbo eine Visitenkarte: er wolle noch nicht nach Berlin zurück, sagte er, einige Wochen würde er in Spanien bleiben, für den Fall, daß Lucrecia ihre Meinung ändern sollte und sie sehen wollte, würde er ihm seine Telephonnummer in Madrid dalassen. Biralbo blieb allein im Flur, und als er wieder in seiner Wohnung war, schloß er die Tür ab. Das Geräusch des Fahrstuhls war nicht mehr zu hören, aber der Rauch von Toussaints Mortons Zigarren und das Parfüm seiner Sekretärin verharrten noch nahezu greifbar in der Luft.

# 7

**S**ieh ihn dir an», sagte Biralbo. «Sieh dir an, wie er grinst.»

Ich trat zu ihm und schob die Gardine ein wenig zur Seite, um auf die Straße zu sehen. Auf der anderen Straßenseite stand Toussaints Morton, größer als die, die an ihm vorübergingen, und grinste, als gefiele ihm das alles: die Nacht von Madrid, die Kälte, die Frauen neben ihm am Kantstein, die sich still an ein Straßenschild oder an die Wand der Telefónica lehnten und rauchten.

«Weiß er, daß wir hier sind?» Ich trat vom Balkonfenster zurück, es war mir vorgekommen, als hätte mich von weitem Toussaints Mortons Blick getroffen.

«Bestimmt», sagte Biralbo. «Er will, daß ich ihn sehe. Ich soll wissen, daß er mich gefunden hat.»

«Warum kommt er nicht rauf?»

«Er ist stolz. Er will mir Angst machen. Er steht schon seit zwei Tagen da.»

«Ich sehe seine Sekretärin nicht.»

«Vielleicht hat er sie zum Metropolitano geschickt. Für den Fall, daß ich durch die Hintertür verschwinde. Ich kenne ihn. Noch will er mich nicht fassen. Im Augenblick will er mir nur klarmachen, daß ich ihm nicht entkommen kann.»

«Ich mache das Licht aus.»

«Das bringt nichts. Er weiß, daß wir noch hier sind.»
Biralbo zog die Vorhänge ganz zu und setzte sich aufs
Bett, ohne den Revolver aus der Hand zu legen. Das
Zimmer schien mir in dem schmutzigen Licht der
Nachttischlampen von Mal zu Mal kleiner und dunkler.
Dann klingelte das Telephon: ein altes Modell, schwarz
und sehr kantig, wie ein Leichenwagen. Es schien ausschließlich dazu erfunden zu sein, Unglücksbotschaften
zu übermitteln. Biralbo brauchte nur die Hand danach
auszustrecken. Er sah es an, während es klingelte, und
dann mich, hob aber nicht ab. Bei jedem Klingeln hoffte
ich, es wäre das letzte Mal, doch nach einer Sekunde
Stille schrillte es wieder, noch lauter und noch hartnäckiger, als horchten wir bereits seit Stunden darauf.
Schließlich nahm ich den Hörer auf und fragte, wer da
sei, niemand antwortete, dann hörte ich einen ununter-
brochenen und scharfen Pfeifton. Biralbo lag auf dem
Bett, er rauchte und sah mich nicht einmal an, mit dem
Rauch, den er ausstieß, begann er eine langsame Melodie
zu pfeifen. Ich trat zum Balkonfenster. Toussaints Morton stand nicht mehr vor der Telefónica.

«Er kommt wieder», sagte Biralbo. «Er kommt immer wieder.»

«Was will er von dir?»

«Etwas, das ich nicht habe.»

«Gehst du heute Abend ins Metropolitano?»

«Ich hab keine Lust zu spielen. Ruf du für mich an und
frag nach Mónica. Sag ihr, ich bin krank.»

Im Zimmer herrschte eine ungesunde Hitze, die heiße
Luft summte in der Klimaanlage, aber Biralbo hatte den
Mantel nicht ausgezogen, er schien wirklich krank zu

sein. In meinen Erinnerungen an jene letzten Tage sehe ich ihn immer im Mantel, immer auf dem Bett liegen oder rauchend hinter den Vorhängen der Balkontür stehen, die rechte Hand in der Manteltasche, nach Zigaretten suchend, vielleicht auch nach dem Griff seines Revolvers. Im Schrank hatte er ein paar Flaschen Whiskey. Wir tranken aus beschlagenen Zahnputzgläsern, methodisch, unbeteiligt und ohne Lust, der Whiskey ohne Eis brannte mir auf den Lippen, doch ich trank weiter und sagte kaum etwas, ich hörte Biralbo zu und sah nur hin und wieder auf die gegenüberliegende Seite der Gran Vía, ich suchte die hochgewachsene Gestalt Toussaints Mortons und erschrak, wenn ich irgendeinen der dunkelhäutigen Männer, die am Abend an den Ecken stehenblieben, mit ihm verwechselte. Von der Straße stieg die Angst zu mir herauf wie das Geräusch entfernter Sirenen; ein Gefühl von Obdachlosigkeit, von Einsamkeit und kaltem Winterwind, als könnten die Mauern des Hotels und seine verschlossenen Türen mich nicht mehr schützen.

Biralbo hatte jedoch keine Angst, er konnte gar keine Angst haben, denn ihn interessierte nicht, was draußen vor sich ging, auf der anderen Straßenseite, vielleicht auch viel näher, in den Fluren des Hotels, vor der Tür, wenn man gedämpfte Schritte hörte und einen Schlüssel in einem sehr nahen Schloß, einen unbekannten und unsichtbaren Gast, den wir dann im Nebenzimmer husten hörten. Er reinigte häufig seinen Revolver, mit der sorglosen Aufmerksamkeit, mit der man sich die Schuhe putzt. Ich erinnere mich an die in den Lauf geprägte Marke: *Colt trooper 38.* Die Waffe besaß die seltsame

Schönheit eines eben geschliffenen Messers, in ihrer blanken Form lag etwas Unwirkliches, als wäre es kein Revolver, der plötzlich schießen und töten könnte, sondern irgendein Symbol, tödlich in sich selbst, in seiner argwöhnischen Passivität, wie ein Giftfläschchen in einem Schrank.

Der Revolver hatte Lucrecia gehört. Sie brachte ihn aus Berlin mit, er gehörte zu ihrem neuen Erscheinungsbild, wie das sehr lange Haar und die dunkle Brille und der unausgesprochene Wunsch nach Heimlichkeit und ständiger Flucht. Sie kam zurück, als Biralbo gerade aufgehört hatte, auf sie zu warten. Sie kam nicht aus der Vergangenheit und nicht aus dem trügerischen Berlin der Postkarten und Briefe, sondern aus der reinen Abwesenheit, aus dem Nichts, mit einer anderen Identität ausgestattet, die in ihrem gewohnten Gesicht so vage wahrnehmbar war wie der ausländische Akzent, mit dem sie jetzt einige Worte aussprach. Sie kam an einem Novembermorgen; das Telephon weckte Biralbo, und er erkannte zuerst jene Stimme nicht, denn er hatte auch sie vergessen wie die genaue Farbe von Lucrecias Augen.

«Um halb zwei», sagte sie. «In der Bar am Paseo Marítimo. La Gaviota. Erinnerst du dich?»

Biralbo erinnerte sich nicht. Er hängte ein und sah auf den Wecker, als käme er aus einem Traum zurück. Es war halb eins, ein grauer und auf doppelte Weise merkwürdiger Tag, denn er war nicht zur Arbeit gegangen und hatte gerade eben Lucrecias Stimme gehört. Da war sie wieder, nahezu unbekannt nach all den Jahren und der Entfernung, keineswegs unwahrscheinlich, vielmehr gebunden an einen bestimmten realen Ort und an

einen erreichbaren, vor ihm liegenden Zeitpunkt, nämlich halb zwei, das hatte sie gesagt, und dann den Namen
der Bar und einen flüchtigen Gruß, der ihren Eintritt in
den Bereich von tatsächlichen Verabredungen und von
Gesichtern, die man sich nicht vorzustellen brauchte,
bestätigte, denn es genügte ein Anruf, um ihre Gegenwart zu beschwören. Jetzt begann die Zeit für Biralbo
mit einer Geschwindigkeit fortzuschreiten, die ihm unbekannt war und ihn unfähig machte, als spielte er mit
Musikern, die zu schnell für ihn waren. Seine eigene
Langsamkeit war auf die Dinge übergegangen, so daß es
schien, der Boiler der Dusche würde niemals ansprin-
gen, und die saubere Wäsche war aus dem Schrank, wo
sie immer lag, verschwunden, und der Fahrstuhl war be-
setzt und brauchte Stunden, um nach oben zu kommen,
und es gab kein Taxi in der ganzen Gegend, nirgendwo
in der Stadt, und niemand erwartete einen Zug an der
Haltestelle des Topo.

Er bemerkte, daß diese Summe kleiner Mißlichkeiten
ihn davon ablenkte, an Lucrecia zu denken. Während Biralbo ein Taxi suchte, war Lucrecia seinen Gedanken fer-
ner denn je, eine Viertelstunde bevor das dritte Jahr ihrer
Abwesenheit abgelaufen war. Erst als er ins Taxi stieg
und sagte, wohin er wollte, erinnerte er sich, vor Angst
zitternd, daß er tatsächlich mit ihr verabredet war, daß er
sie sehen würde, so wie er jetzt seine erschrockenen Augen im Rückspiegel sah. Doch es war nicht sein eigenes
Gesicht, das er dort sah, sondern ein anderes, dessen
Züge ihm zum Teil fremd waren, denn es war das Gesicht, das Lucrecia sehen würde, das sie abschätzen und
nach den Spuren der Zeit befragen würde, die Biralbo

erst jetzt wahrzunehmen fähig war, als könnte er sich selbst mit Lucrecias Augen sehen.

Noch bevor er sie sah, zog ihn ihre unsichtbare Gegenwart an, denn auch das Vorgefühl und die Angst waren Lucrecia, und das Gefühl, sich der Geschwindigkeit des Taxis anzuvertrauen, wie damals, wenn er zu einer Verabredung fuhr, bei der er für eine heimliche halbe Stunde sein Leben einsetzte. Er dachte, daß in den letzten drei Jahren die Zeit etwas Stillstehendes gewesen war, wie der Raum, wenn man nachts durch unbeleuchtete Ebenen fuhr. Er hatte ihre Dauer nach den Abständen zwischen Lucrecias Briefen gemessen, weil die anderen Dinge seines Lebens ihm in seinem nachlässigen Gedächtnis wie Figuren eines Basreliefs vorkamen, wie Risse oder Flecken auf der Wand, die er anstarrte, wenn er sich hinlegte und doch nicht schlief. Jetzt, im Taxi, gab es kein Detail, das nicht einzig war und von der Zeit hinweggerissen wurde und darin verschwand: in der herrischen Zeit, die er wieder in Minuten und sogar Bruchteilen von Sekunden messen mußte, auf der Uhr vor ihm im Armaturenbrett, auf der Kirchturmuhr, an der er um zwanzig nach eins vorbeifuhr, und auf der Uhr, die er sich schon an Lucrecias Handgelenk vorstellte, geheim und stetig wie ihr Pulsschlag. Mit der unglaublichen Gewißheit, daß es Lucrecia wirklich gab, war auch die Angst, zu spät zu kommen, wieder da; und auch die Angst, dick geworden zu sein und gewöhnlich, ihrer Erinnerung unwürdig und der Vorstellung, die sie sich von ihm gemacht hatte, nicht angemessen.

Das Taxi fuhr in die Stadt, an den Anlagen am Fluß entlang, überquerte die Tamarindenallee und die feuchten Gassen der Altstadt und tauchte plötzlich auf dem Paseo Marítimo auf, vor einem unendlichen, grauen Mittag mit selbstmörderischen Möwen, die durch den Nieselregen schwebten. Ein einzelner Mann mit dunklem Mantel und ins Gesicht gezogenem Hut sah gleichmütig aufs Meer hinaus, als betrachte er das Ende der Welt. Vor ihm, jenseits des Geländers, stürzten die Wellen in hohen, schäumenden Brechern auf die Klippen. Biralbo glaubte zu sehen, daß der Mann eine Zigarette mit der hohlen Hand gegen den Wind schützte. Er dachte: jener Mann bin ich. Die Bar, in der Lucrecia sich mit ihm verabredet hatte, lag auf einem ins Meer hineinragenden Felsen. Er sah das Blinken der Scheiben, als sie um eine Kurve kamen. Plötzlich paßte Biralbos ganzes Leben in die zwei Minuten, die es noch dauerte, bis das Taxi anhalten würde. Die Möwen wiegten sich geruhsam auf den grauen Wellenkämmen. Als er sie durchs Wagenfenster beobachtete, fiel Biralbo der Mann im dunklen Mantel wieder ein: den Gleichmut gegenüber dem Unheil hatte er mit ihnen gemein. Aber das war nur eine Form, nicht an die entsetzliche Tatsache denken zu müssen, daß es nur noch Sekunden dauern würde, bis er Lucrecia gegenübertrat. Das Taxi hielt am Straßenrand, und der Fahrer sah Biralbo im Rückspiegel an. «La Gaviota», sagte er beinahe feierlich; «wir sind da.»

Trotz der großen Scheiben im Hintergrund herrschte im Gaviota das gedämpfte Licht heimlicher Treffpunkte, von Whiskey zur Unzeit und verschwiegenem Alkoholismus. Die automatischen Türen öffneten sich leise vor Biralbo. Er sah leere und saubere Tische mit karierten Tischdecken und eine sehr lange Bar, an der niemand saß. Durch die Scheiben sah er die vom Leuchtturm gekrönte Insel und dahinter die graue Weite der Felsen, das Meer und das Dunkelgrün der vom Nebel verschleierten Hügel. Gelassen, als wäre er ein anderer, fiel ihm ein Lied ein: *Stormy Weather*. Das erinnerte ihn wieder an Lucrecia.

Er glaubte, zu spät gekommen zu sein, sich in der Zeit und im Ort der Verabredung geirrt zu haben. Gegen die ferne, manchmal von Schaumspritzern getrübte Landschaft hob sich das Profil einer Frau ab. Sie rauchte und saß vor einem weiten, durchscheinenden Glas, aus dem sie nicht trank. Sehr langes Haar und eine dunkle Brille verdeckten ihr Gesicht. Sie stand auf und legte die Brille auf den Tisch. «Lucrecia», sagte Biralbo und rührte sich nicht, doch er rief sie nicht, sprach nur ungläubig ihren Namen aus.

Ich stelle mir diese Dinge nicht vor, suche ihre Einzelheiten nicht in den Worten, mit denen Biralbo mir davon erzählte. Ich sehe sie wie aus weiter Ferne mit einer Genauigkeit, die weder dem Vorsatz noch dem Gedächtnis etwas schuldig bleibt. Im blassen Licht jenes Mittags in San Sebastián, sehe ich die ruhige Umarmung hinter den Scheiben vom Gaviota, als wäre ich in dem Augenblick über den Paseo Marítimo geschlendert und hätte zufällig beobachtet, wie ein Mann und eine Frau sich in einer leeren Bar umarmen. Ich sehe alles von der Zukunft aus, von jenen Nächten in Biralbos Hotel voller Argwohn und Alkohol, in denen er mir von Lucrecias Rückkehr erzählte und versuchte, den Bericht mit einer Ironie zu mildern, die der Ausdruck seiner Augen und der Revolver auf dem Nachttisch jedoch widerlegten.

Als er Lucrecia umarmte, bemerkte er in ihrem Haar einen ihm fremden Geruch. Er trat zurück, um sie richtig anzusehen, und was er sah, war nicht das Gesicht, das seine Erinnerung ihm drei Jahre lang verweigert hatte, nicht die Augen, deren Farbe er auch jetzt nicht genau hätte angeben können, sondern die reine Gewißheit der Zeit. Sie war sehr viel magerer als damals, und die dunkle Mähne und die müde Blässe ihrer Wangen verliehen ihren Zügen Schärfe. Das Gesicht eines Menschen ist wie eine Prophezeiung, die sich immer erfüllt. Lucrecias Gesicht erschien ihm unbekannter und schöner denn je, weil es Zeichen einer Vollkommenheit enthielt, die sich vor drei Jahren erst angekündigt hatte und in der sich nun Biralbos Liebe widerspiegelte. Früher hatte Lucrecia lebhafte Farben getragen und das Haar immer schulterlang. Jetzt hatte sie eine sehr enge schwarze Hose an, die ihre Magerkeit noch unterstrich, und einen gewöhnlichen grauen Anorak. Jetzt rauchte sie amerikanische Zigaretten und trank schneller als Biralbo, stürzte das Glas mit männlicher Entschlossenheit hinunter. Durch die Gläser ihrer dunklen Brille beobachtete sie alles um sich herum. Als Biralbo sie fragte, was das Wort *Burma* bedeutete, lachte sie auf. Nichts, sagte sie, ein Platz in Lissabon. Sie hatte die Rückseite jener Kopie des Stadtplans benutzt, weil sie Lust hatte, ihm zu schreiben und kein Papier fand.

«Und dann verging dir die Lust», sagte Biralbo und grinste, um die sinnlose Klage, den Vorwurf abzuschwächen, den er selbst in seiner Stimme hörte.

«Jeden Tag.» Lucrecia warf ihr Haar in den Nacken und hielt es, beide Hände an die Schläfen gestützt, fest.

«Jeden Tag und jede Minute dachte ich nur daran, dir zu schreiben. Ich schrieb dir, auch wenn ich nicht schrieb. Ich habe dir alles erzählt, während es mir passierte. Alles, selbst das Schlimmste. Sogar das, von dem ich selbst am liebsten nichts gewußt hätte. Du hast mir auch nicht mehr geschrieben.»

«Erst, nachdem ein Brief zurückkam.»

«Ich bin von Berlin fortgegangen.»

«Im Januar?»

«Woher weißt du das?» Lucrecia lächelte. Sie spielte mit einer nicht angezündeten Zigarette, mit der Brille. In ihrem aufmerksamen Blick lag eine Distanz, die größer und grauer war als die der Stadt, die sich in der Bucht ausbreitete und hinter Hügeln und Dunst verschwand.

«Billy Swann hat dich damals gesehen. Erinnere dich.»

«Du erinnerst dich an alles. Dein Gedächtnis hat mir immer Angst gemacht.»

«Du hast mir nicht gesagt, daß du dich von Malcolm trennen wolltest.»

«Das wollte ich auch nicht. Eines Morgens wachte ich auf und tat es. Er glaubt es immer noch nicht.»

«Ist er noch in Berlin?»

«Das nehme ich an.» In Lucrecias Blick lag eine Entschlossenheit, die zum ersten Mal keinen Zweifel und keine Angst kannte; und auch kein Mitleid, dachte Biralbo. «Aber ich habe seitdem nichts von ihm gehört.»

«Wohin bist du gegangen?» Biralbo fürchtete sich, das zu fragen. Er spürte, daß er an eine Grenze gelangte, hinter der er sich nicht weiter wagen würde. Ohne seinem Blick auszuweichen, schwieg Lucrecia. Sie konnte etwas verweigern, ohne nein zu sagen, ohne den Kopf zu schütteln, einfach, indem sie einen direkt ansah.

«Ich wollte irgendwohin, wo er nicht war. Weder er noch seine Freunde.»

«Einer von ihnen war hier», sagte Biralbo langsam. «Toussaints Morton.»

Lucrecia erschrak einen winzigen Augenblick, was aber weder ihren Blick noch die schmale rosa Linie ihrer Lippen bewegte. Sie sah sich flüchtig um, als fürchtete sie, Toussaints Morton an einem Nebentisch sitzen zu sehen oder mit einem Grinsen hinter dem Rauch einer seiner kurzen Zigarren an der Bar lehnen.

«In diesem Sommer, im Juli», fuhr Biralbo fort. «Er dachte, du wärst in San Sebastián. Er sagte, ihr wärt dicke Freunde.»

«Der ist niemandes Freund, nicht einmal Malcolms.»

«Er war ganz sicher, daß wir beide zusammenlebten», sagte Biralbo wehmütig und verlegen und änderte sofort den Ton. «Macht er mit Malcolm Geschäfte?»

«Er arbeitet allein, mit dieser Sekretärin, Daphne. Malcolm war so eine Art Gehaltsempfänger von ihm. Malcolm ist immer halb so wichtig gewesen, wie er selbst dachte.»

«Hat er dich bedroht?»

«Malcolm?»

«Als du ihm sagtest, daß du gehst.»

«Ich habe nichts gesagt. Er hat es nicht geglaubt. Er konnte sich nicht vorstellen, daß ihn eine Frau verläßt. Er wartet bestimmt noch immer auf mich.»

«Billy Swann kam es so vor, als hättest du vor irgend etwas Angst gehabt, als du bei ihm warst.»

«Billy Swann trinkt ein bißchen viel.» Lucrecia lächelte auf eine Weise, die Biralbo ebensowenig kannte wie die Geste, mit der sie ein Glas hinunterstürzte oder eine Zigarette hielt, Zeichen der Zeit, der lauen Fremdheit, einer alten im Nichts verbrauchten Treue. «Du kannst dir nicht vorstellen, wie ich mich gefreut habe, als ich erfuhr, daß er in Berlin war. Ich wollte ihn nicht spielen hören, er sollte mir nur von dir erzählen.»

«Er ist jetzt in Kopenhagen. Er hat mich neulich angerufen; seit sechs Monaten ist er trocken.»

«Warum bist du nicht bei ihm?»

«Ich mußte auf dich warten.»

«Ich bleibe nicht in San Sebastián.»

«Ich auch nicht. Jetzt kann ich gehen.»

«Du wußtest nicht einmal, ob ich zurückkomme.»

«Vielleicht bist du gar nicht gekommen.»

«Ich bin hier. Ich bin Lucrecia. Du bist Santiago Biralbo.»

Lucrecia streckte ihre Hände über den Tisch und legte sie in die seinen, die sich nicht bewegten. Sie berührte sein Gesicht und sein Haar, als wollte sie ihn mit einer Gewißheit erkennen, für die ihr Blick nicht ausreichte. Vielleicht veranlaßte sie nicht so sehr Zärtlichkeit zu diesen Gesten als das Gefühl, daß sie beide verwaist waren. Zwei Jahre später, in Lissabon, in einer Nacht und an einem Morgen im Winter, sollte Biralbo begreifen, daß dies das Einzige war, was sie immer verbinden würde, nicht das Verlangen und nicht die Erinnerung, vielmehr die Verlassenheit, die Gewißheit, allein zu sein und nicht einmal die Ausrede einer gescheiterten Liebe zu haben.

Lucrecia sah auf ihre Uhr, noch sagte sie nicht, daß sie

gehen müsse. Das war beinahe die einzige Geste, die er wiedererkannte, die einzige Unruhe von damals, die er unverändert wiederfand. Aber jetzt war Malcolm nicht da, es gab keinen Grund für Heimlichkeit und Eile. Lucrecia steckte die Zigaretten und das Feuerzeug ein und setzte die Brille auf.

«Spielst du noch im Lady Bird?»

«Kaum. Aber wenn du willst, spiele ich heute abend. Floro Bloom wird sich freuen, dich zu sehen. Er hat ständig nach dir gefragt.»

«Ich will nicht ins Lady Bird», sagte Lucrecia, sie war bereits aufgestanden und zog den Reißverschluß ihres Anoraks hoch. «Ich will an keinen Ort, der mich an damals erinnert.»

Sie küßten sich nicht zum Abschied. Genau wie vor drei Jahren sah Biralbo ihr nach, als das Taxi davonfuhr, aber dieses Mal wandte Lucrecia nicht den Kopf, um ihn durch das Rückfenster anzusehen.

# 8

Er kehrte langsam in die Stadt zurück, hielt sich dicht am Geländer des Paseo Marítimo, hin und wieder von der Gischt bespritzt. Der Mann mit dem dunklen Mantel und dem Hut stand noch an derselben Stelle und sah vielleicht den Möwen zu. Über die Treppe des Acuarium stieg er zum Fischerhafen hinunter, verwirrt, hungrig, ein wenig betrunken, getrieben von einer Erregung, die weder dem Glück noch dem Unglück glich, die älter war als diese oder unberührt davon, wie der Wunsch, etwas zu essen oder eine Zigarette zu rauchen. Im Gehen sprach er leise die Zeilen eines Liedes vor sich hin, das Lucrecia immer geliebt hatte und das wie eine Losung war, eine unverhohlene Liebeserklärung, wenn sie und Malcolm das Lady Bird betraten und Biralbo es zu spielen begann, nicht das ganze Lied, nur einige unverkennbare Töne andeutend, die er in eine andere Melodie einfügte. Er entdeckte, daß jene Musik ihn nicht mehr erregte, daß sie nicht mehr auf Lucrecia anspielte, nicht auf die Vergangenheit, nicht einmal auf ihn selbst. Ihm fiel ein, was Billy Swann ihm einmal gesagt hatte: «Der Musik sind wir egal. Der Schmerz oder die Begeisterung, die wir in sie hineinlegen, wenn wir sie spielen oder sie hören, interessiert sie nicht. Sie bedient sich unserer, wie eine Frau sich eines Liebhabers bedient, der sie kalt läßt.»

Am Abend würde er mit Lucrecia essen gehen. «Geh mit mir in irgendein neues Lokal», hatte sie gesagt, «irgendwohin, wo ich noch nie gewesen bin.» Sie sagte das so, als ginge es nicht um ein Restaurant, sondern um ein unbekanntes Land, aber so hatte sie immer gesprochen, die banalsten Episoden ihres Lebens belegte sie mit einem gewissen heroischen Ehrgeiz und einem unsinnigen Verlangen. Um neun würde er sie wiedersehen. Von den nahen Türmen von Santa María del Mar hatte es gerade drei geschlagen. Wieder war die Zeit für Biralbo wie ein Raum, in dem er nicht atmen konnte, wie die Hotelzimmer, in denen er sich vor drei Jahren mit Lucrecia getroffen hatte, in denen sie ihn, wenn sie ging, vor dem zerwühlten Bett und dem ungerührten Meer, das er vom Fenster aus sah, allein ließ, jenem Meer von San Sebastián, das an Winterabenden aus der Ferne einer aufrechtstehenden Schiefertafel gleicht. Er schlenderte durch die Arkaden, zwischen aufgestapelten Netzen und leeren Fischkisten, fand eine gewisse Erleichterung in den vom Grau des Himmels gedämpften Farben der Häuser, in den blauen Fassaden, den grünen oder rötlichen Fensterläden, in den hohen Linien der Dächer, die sich bis zu den Hügeln hin ausdehnten. Es war, als erlaubte ihm Lucrecias Rückkehr, die Stadt wieder zu sehen, die für ihn kaum existiert hatte, solange sie nicht da war. Selbst die Stille zwischen seinen Schritten und die nun wieder wahrgenommenen Gerüche des Hafens bestätigten Lucrecias Nähe.

Er erinnerte sich nicht, daß wir an jenem Tag zusammen aßen. Ich war mit Floro Bloom in einer Kneipe in der Altstadt und sah ihn hereinkommen, langsam und abwesend und mit feuchtem Haar, und sich an einen Tisch im Hintergrund setzen. «Der Lakai des Vatikans wünscht keinen Umgang mit den Parias der Welt», sagte Floro Bloom laut und wandte sich zu ihm, der uns nicht bemerkt hatte. Er nahm sein Bierglas und setzte sich zu uns, sprach aber kaum während des Essens. Ich weiß, daß es genau jener Tag gewesen ist, denn er errötete leicht, als Floro ihn fragte, ob er wirklich krank sei. Am Vormittag hatte Floro in der Schule angerufen, um ihn zu sprechen, und irgend jemand – «eine klerikale Stimme» – hatte ihm gesagt, daß Don Santiago Biralbo wegen einer Unpäßlichkeit nicht zum Unterricht gekommen sei. «Unpäßlichkeit», betonte Floro Bloom, «nur eine Nonne kann heute noch ein solches Wort gebrauchen.» Biralbo aß sehr rasch und entschuldigte sich, daß er nicht noch mit uns Kaffee trank: er müsse gehen, seine Unterrichtsstunde würde um vier Uhr anfangen. Als er die Bar verließ, wiegte Floro Bloom schwerfällig sein Bärenhaupt: «Er gibt es zwar nicht zu», sagte er, «aber ich bin sicher, diese Nonnen zwingen ihn, den Rosenkranz zu beten.»

Auch an jenem Nachmittag ging er nicht zur Arbeit. In letzter Zeit, in dem Maße, in dem er immer weniger an seine Zukunft als Musiker glaubte und sich an die Schmach gewöhnte, Musikunterricht zu geben, hatte er in sich selbst eine unbegrenzte Bereitschaft zur Unterwürfigkeit und Würdelosigkeit entdeckt, die in wenigen Stunden wie weggeblasen war. Nicht, daß er nicht mehr fürchtete, aus der Schule zu fliegen: seit er Lucrecia gesehen hatte, war es, als wäre es ein anderer, dem diese Gefahr drohte, der brav jeden Tag früh aufstand und sogar so weit ging, mit seinen Schülerinnen religiöse Lieder einzustudieren. Er rief in der Schule an, und vielleicht wünschte ihm dieselbe klerikale Stimme, die in Floro Bloom ein ererbtes Verlangen, Klöster zu schänden, wachgerufen hatte, argwöhnisch und kühl baldige Genesung. Es war ihm egal, in Kopenhagen wartete Billy Swann noch immer auf ihn, sehr bald würde er soweit sein, ein neues Leben zu beginnen, das andere, das wahre Leben, das sich ihm in der Musik stets als Urform dessen offenbarte, was er nur auf flüchtige Weise kennengelernt hatte, wenn Lucrecias leidenschaftliche Augen es ihm enthüllten. Er dachte, daß er erst richtig Klavier spielen gelernt hatte, als er nur noch spielte, um von ihr gehört und begehrt zu werden. Sollte ihm irgendwann einmal die Gnade der Vollkommenheit zuteil werden, dann einzig und allein wegen der Zuversicht, mit der Lucrecia ihm in der ersten Nacht, in der sie ihn im Lady Bird spielen hörte, die Zukunft prophezeit hatte, als nicht einmal er selbst an die Möglichkeit dachte, eines Tages mit einem echten Musiker, mit Billy Swann, verglichen zu werden.

«Sie hat mich erfunden», sagte Biralbo in einer der letzten Nächte, als wir schon nicht mehr ins Metropolitano gingen. «Ich war nicht so gut, wie sie dachte, ich verdiente ihre Begeisterung nicht. Wer weiß, vielleicht lernte ich nur, damit Lucrecia nicht merkte, daß ich ein Hochstapler war.»

«Niemand kann uns erfinden.» Als ich das sagte, spürte ich, daß das vielleicht ein Unglück war. «Als du sie kennenlerntest, hattest du schon viele Jahre gespielt. Floro hat immer gesagt, daß es Billy Swann war, der dir klarmachte, daß du Musiker bist.»

«Billy Swann oder Lucrecia.» Auf seinem Hotelbett liegend zog Biralbo die Schultern hoch, als wäre ihm kalt. «Egal. Damals existierte ich nur, wenn jemand an mich dachte.»

Mir ging durch den Kopf, daß ich nie existiert habe, wenn das wirklich so ist, aber ich sagte nichts. Ich frage Biralbo nach jenem Abendessen mit Lucrecia: wo sie gewesen waren, worüber sie gesprochen hatten. Aber er wußte den Namen des Lokals nicht mehr genau, der Schmerz hatte jene Nacht nahezu aus seinem Gedächtnis gelöscht, nur die Einsamkeit am Ende war geblieben, und die lange Fahrt im Taxi, das ihn nach Hause brachte, die von den Scheinwerfern erhellte Landstraße, das Schweigen, der Qualm seiner Zigaretten, helle Fenster in vereinzelten Häusern auf den Hügeln im dunklen Nebel. So ist der mit Lucrecia verbundene Teil seines Lebens immer gewesen. Ein Schachspiel aus Flucht und Taxis, eine nächtliche Reise durch den leeren Raum des niemals Geschehenen. Denn in jener Nacht geschah nichts, das ihm nicht das nur zu bekannte Gefühl des Versagens, die Leere in seinem Magen vorausgesagt hätten: Allein in seiner Wohnung, Schallplatten hörend, die ihm nicht mehr die Gewißheit des Glücks verschafften, kämmte er sich vor dem Spiegel und suchte eine Krawatte heraus, als wäre nicht er es, der mit Lucrecia verabredet war, als wäre sie in Wirklichkeit gar nicht wieder da.

Sie hatte gegenüber dem Bahnhof eine Wohnung gemietet, ein Apartment mit zwei beinahe leeren Zimmern, aus deren Fenstern man den dunklen Lauf des von Parkanlagen gesäumten Flusses und die letzten Brücken sah. Um acht war Biralbo bereits vor ihrer Tür, konnte sich aber nicht entschließen hinaufzugehen. Eine Weile besah er sich die Kinoplakate, wanderte dann durch den düsteren Kreuzgang von San Telmo und wartete vergeblich, daß die Minuten verstrichen, während ganz in der Nähe, in der Dunkelheit, auf der anderen Straßenseite, die Wellen phosphorglänzend bis zum Geländer des Paseo Marítimo aufstiegen.

Während er sie beobachtete, wußte er, warum er das Gefühl hatte, schon einmal eine solche Nacht erlebt zu haben: er hatte sie geträumt, er war in einem seiner Träume von nächtlichen Städten so umhergewandert, irgend etwas hatte geschehen sollen, was ihm seltsamerweise schon während Lucrecias Abwesenheit geschehen war, und was nun nicht wieder gutzumachen war.

Schließlich ging er hinauf. Vor einer abweisenden Tür klingelte er mehrmals, bevor sie öffnete. Er hörte sie sich für das schmutzige Haus und die leeren Zimmer entschuldigen, wartete sehr lange im Wohnzimmer auf sie, wo es nur einen Sessel und eine Schreibmaschine gab, lauschte dem Geräusch der Dusche und sah sich die längs der Wand auf dem Boden aufgereihten Bücher an. Kartons standen herum, ein Aschenbecher voller Kippen, ein abgeschalteter Ofen, darauf eine halbgeöffnete, schwarze Handtasche. Er stellte sich vor, daß es dieselbe war, in der der Brief gesteckt hatte, den sie Billy Swann anvertraute. Lucrecia war noch unter der Dusche, man hörte das Wasser gegen den Plastikvorhang pladdern. Biralbo machte die Tasche ganz auf und fühlte sich dabei etwas unbehaglich. Papiertaschentücher, ein Lippenstift, ein Notizbuch voller Eintragungen auf Deutsch,

die für Biralbo auf schmerzliche Weise aussahen wie
Adressen anderer Männer, ein Revolver, eine kleine
Brieftasche mit Photos: auf einem ließ Lucrecia sich in
einer marineblauen Jacke vor einem Wald mit gelben
Bäumen von einem sehr großen Mann umarmen, seine
Hände hielten ihre Taille umfaßt. Auch ein Brief, auf
dem Biralbo verwundert seine eigene Handschrift erkannte, und ein sorgfältig zusammengefaltetes Blatt,
die Reproduktion eines Bildes: ein Haus, ein Weg, ein
blaues, hinter Bäumen hervortretendes Gebirge. Zu spät
bemerkte er, daß das Rauschen in der Dusche aufgehört
hatte. In einen Bademantel gewickelt, der ihre Knöchel
nicht bedeckte, barfuß, mit feuchtem Haar, beobachtete
Lucrecia ihn von der Tür her. Ihre Augen und ihre Haut
glänzten, und sie wirkte noch magerer: nur seine Verlegenheit dämpfte Biralbos Verlangen.

«Ich habe Zigaretten gesucht», sagte er, die Tasche
noch in der Hand. Lucrecia kam ein paar Schritte näher
und nahm sie ihm ab, dann deutete sie auf ein Päckchen,
das neben der Schreibmaschine lag. Sie roch stark nach
Seife und Toilettenwasser, nach nackter und feuchter
Haut unter dem Bademantel.

«Malcolm hat das gemacht», sagte sie. «Er hat meine
Handtasche durchsucht, wenn ich unter der Dusche
war. Einmal habe ich gewartet, bis er eingeschlafen war,
um dir einen Brief zu schreiben. Ich habe ihn dann aber
in winzige Schnitzel zerrissen und bin ins Bett gegangen.
Weißt du, was er gemacht hat? Er ist aufgestanden, hat
im Papierkorb und auf dem Boden nach den Schnitzeln
gesucht und hat sie zusammengesetzt, bis er den ganzen
Brief hatte. Es dauerte die ganze Nacht. Eine sinnlose

Arbeit, es war ein absurder Brief. Darum hatte ich ihn zerrissen.»

«Billy Swann hat mir erzählt, daß du einen Revolver bei dir trägst.»

«Und ein Blatt von Cézanne.» Lucrecia faltete es zusammen, um es wieder in die Tasche zu stecken. «Hat er dir das auch erzählt?»

«War das Malcolms Revolver?»

«Ich habe ihn ihm weggenommen. Er war das einzige, was ich mitgenommen habe, als ich ging.»

«Dann hattest du also doch Angst vor ihm.»

Lucrecia antwortete nicht. Sie sah ihn einen Augenblick befremdet und zärtlich an, als hätte auch sie sich noch nicht an seine Gegenwart gewöhnt, an jenen öden Raum, in den keiner von ihnen gehörte. Die einzige Lampe des Zimmers stand auf dem Boden und verlängerte schräg ihre Schatten. Mit der Handtasche verschwand Lucrecia hinter der Schlafzimmertür. Biralbo glaubte zu hören, daß sie hinter sich abschloß. Ins Fenster gestützt betrachtete er die Linie des Flusses und die Lichter der Stadt und versuchte, die unbegreifliche Tatsache aus seinen Gedanken fernzuhalten, daß hinter der verschlossenen Tür, wenige Schritte von ihm entfernt, Lucrecia sich vielleicht nackt und duftend aufs Bett gesetzt hatte, um sich Strümpfe anzuziehen und Unterwäsche, die in der Dunkelheit den rosafarbenen und weißen Ton ihrer Haut hervorheben würde.

Von jenem Fenster sah die Stadt ganz anders aus: strahlend, dunkel wie das Berlin, das er drei Jahre lang in seinen Träumen gesehen hatte, von der lichtlosen Nacht und der weißen Linie des Meeres umschlossen. «Wir träumen von derselben Stadt», hatte Lucrecia ihm in einem ihrer letzten Briefe geschrieben, «aber ich nenne sie San Sebastián, und du nennst sie Berlin.»

Jetzt nannte sie sie Lissabon. Schon immer, lange bevor sie nach Berlin ging, solange Biralbo sie kannte, hatte Lucrecia in der Unruhe und der Sorge gelebt, ihr wahres Leben würde sie in einer anderen Stadt und unter unbekannten Menschen erwarten. Das führte dazu, daß sie die Orte, an denen sie sich befand, strikt ablehnte und voller Verzweiflung und Sehnsucht die Namen von Städten aussprach, in denen sich ohne Zweifel ihr Schicksal erfüllen würde, wenn sie einmal dorthin käme. Jahrelang hätte sie alles gegeben, um in Prag zu leben, in New York, in Berlin, in Wien. Jetzt war Lissabon der Name. Sie besaß farbige Prospekte, Zeitungsausschnitte, ein portugiesisches Wörterbuch, einen großen Stadtplan von Lissabon, auf dem Biralbo das Wort *Burma* nicht fand. «Ich muß so schnell wie möglich hin», sagte sie an jenem Abend, «es ist wie das Ende der Welt: stell dir vor, was die alten Seefahrer empfunden haben müssen, wenn sie in See stachen und kein Land mehr sahen.»

«Ich gehe mit dir», sagte Biralbo. «Weißt du nicht mehr? Früher haben wir immer davon gesprochen, zusammen in eine Stadt im Ausland zu fliehen.»

«Aber du hast dich nicht aus San Sebastián weggerührt.»

«Ich habe auf dich gewartet, um mein Versprechen zu halten.»

«Solange kann man nicht warten.»

«Ich konnte es.»

«Ich habe das nie von dir verlangt.»

«Ich hatte es auch nicht vorgehabt. Aber so etwas hat nichts mit dem Willen zu tun. Zuletzt, die letzten Monate, habe ich geglaubt, ich würde nicht mehr auf dich warten, aber das war nicht richtig. Selbst jetzt warte ich auf dich.»

«Ich will nicht, daß du das tust.»

«Dann sag mir, warum du zurückgekommen bist.»

«Ich bin auf der Durchreise. Ich gehe nach Lissabon.»

Mir fällt auf, daß in dieser Geschichte die Namen fast das einzige sind, was geschieht: der Name Lissabon und der Name Lucrecia, der Titel dieses hintergründigen Liedes, das ich mir immer wieder anhöre. Namen und Musik, sagte Biralbo einmal mit der Weisheit des dritten oder vierten Gins zu mir, reißen die Menschen aus der Zeit heraus und aus den Orten, auf die sie sich beziehen. Sie setzen die Gegenwart ein, ohne eine andere Waffe zu besitzen als das Geheimnis ihres Klangs. Darum konnte er das Lied komponieren, ohne je in Lissabon gewesen zu sein: die Stadt existierte, bevor er sie besuchte, so wie sie jetzt für mich existiert, obwohl ich sie nie gesehen habe, rosafarben und ocker um die Mittagszeit, in leichtem Dunst vor dem Widerschein des Meeres, von den Silben ihres eigenen Namens, Lissabon, und vom Klang des Namens Lucrecia wie von einem dunklen Atem durchzogen. Aber selbst die Namen muß man abwerfen, bekräftigte Biralbo, denn auch in ihnen wohnt eine heimliche Möglichkeit von Erinnerung, von der man sich ganz und gar losreißen muß, um leben zu können, sagte er, um auf die Straße treten und in ein Café gehen zu können, als ob man wirklich lebe.

**113**

Aber das war eines der Dinge, die er erst nach Lucrecias Rückkehr zu begreifen begann, nach jener langsam verstreichenden Nacht voller Worte und Alkohol, in der er auf einmal wußte, daß er alles verloren hatte, daß man ihm das Recht entrissen hatte, in der Erinnerung dessen, was nicht mehr existierte, zu überleben. Sie tranken in abgelegenen Bars, in denselben Bars, in die sie drei Jahre zuvor gegangen waren, um sich vor Malcolm zu verstecken, und Gin und Weißwein erlaubten ihnen, das alte Spiel der Täuschung und der Ironie wieder aufzunehmen, der Worte, die gesagt wurden, als würden sie nicht ausgesprochen, und das Schweigen, gelöst von einem einzigen Blick oder von einem gleichzeitigen Einfall, der Lucrecia zu dankbarem Lachen brachte, wenn sie eingehakt gingen, beinahe wie ein Ehepaar, oder wenn sie ihn am Tresen einer Bar schweigend ansah. Das Lachen hatte sie immer gerettet. Mit selbstmörderischer Lässigkeit machten sie sich über sich selbst lustig: das war ihre gemeinsame, treue Maske der Verzweiflung, des doppelten Grauens, in dem jeder von ihnen unwiderruflich allein blieb, verdammt und verloren.

Vom Hang eines der beiden symmetrischen Hügel, die die nächtlich still wie ein See daliegende Bucht einschließen, sahen sie auf die Stadt, in einem Lokal mit Kerzen und Silberbesteck und Kellnern, die mit über langen weißen Schürzen gefalteten Händen reglos im Schatten standen. Auch er liebte diese Lokale, wenn Lucrecia dabei war, liebte in jeder Minute die ganze Fülle der Zeit mit dem gelassenen Geiz dessen, der zum ersten Mal vor sich mehr Stunden und Geldstücke hat, als er je zu wünschen wagte. Wie die Stadt hinter den Fenstern

schien die ganze Nacht sich ihm uneingeschränkt hinzu-
geben, ein wenig bitter, dunkel und nicht unbedingt
wohlwollend, aber doch real, nahezu greifbar, wieder-
erkennbar und gezeichnet wie Lucrecias Gesicht. Sie waren andere, das wußten sie, und nahmen es hin, daß sie
sich ansahen, als sähen sie einander zum ersten Mal, daß
sie nicht das durch die Abwesenheit geheiligte und ver-
kommene Feuer beschworen, nicht über die Sehnsucht
klagten, denn die Zeit hatte sie tatsächlich gelindert, und
nicht darüber, daß ihre Treue nicht sinnlos gewesen
war. Mit einem Schlag wurde Biralbo bewußt, daß
nichts davon ihn rettete, daß das gegenseitige und begie-
rige Wiedererkennen nicht die bittere Tatsache ihrer
Einsamkeit vergessen machte: sie wurde dadurch vielmehr, wie ein trauriges Axiom, bestätigt. Er dachte:
«Ich liebe sie so sehr, daß ich sie nicht verlieren kann.»
Und dann wiederholte er, daß er sie nach Lissabon begleiten würde.

«Aber du verstehst mich nicht», sagte Lucrecia sanft,
als dämpften die Kerzen und das Dunkel ihre Stimme.
«Ich muß allein gehen.»

«Sag es mir, wenn dort jemand auf dich wartet.»

«Da ist niemand, aber das spielt keine Rolle.»

«Burma ist der Name einer Bar?»

«Hat Toussaints Morton dir das gesagt?»

«Er hat gesagt, daß du Malcolm verlassen hast, weil
du mich immer noch liebst.»

Lucrecia sah ihn durch den blaugrauen Zigarettenrauch an wie vom anderen Ende der Welt, und auch als
wäre sie in Biralbo selbst und könnte sich mit seinen Augen sehen.

«Ob das Lady Bird noch offen ist?» sagte sie, aber vielleicht war es nicht das, was sie sagen wollte.

«Du wolltest doch nicht dorthin?»

«Jetzt doch. Ich möchte dich spielen hören.»

«Ich habe zu Hause ein Klavier und eine Flasche Bourbon.»

«Ich möchte dich im Lady Bird hören. Ob Floro Bloom noch da ist?»

«Um diese Zeit hat er bestimmt schon geschlossen. Aber ich habe einen Schlüssel.»

«Geh mit mir ins Lady Bird.»

«Ich gehe mit dir nach Lissabon. Wann du willst, gleich morgen, heute nacht. Ich gebe die Schule auf. Floro hat recht: sie zwingen mich, die Schülerinnen zur Messe zu begleiten.»

«Laß uns ins Lady Bird gehen. Ich möchte, daß du *All the Things You Are* spielst.»

Um zwei Uhr morgens brachte ein Taxi sie zum Lady Bird. Natürlich war es geschlossen, Floro Bloom und ich waren um eins gegangen, nachdem wir vergeblich auf Biralbo gewartet hatten. Vielleicht war auch Lucrecia der Zeit in die Falle gegangen. Sie stand still auf dem Gehsteig, den Kragen ihrer blauen Jacke hochgeschlagen, um sich gegen die Feuchtigkeit und den Nieselregen zu schützen, und bat Biralbo, einen Augenblick das Neonschild einzuschalten, das ein rosafarbenes und blaues Flackern auf das feuchte Pflaster warf und Lucrecias Gesicht im nächtlichen Licht noch blasser erscheinen ließ. Im Dunkeln roch das Lady Bird nach Garage und Keller und nach Tabakqualm. Ungestraft setzten sie, wie auf der Bühne eines leeren Theaters, das Spiel aus der Vergangenheit fort. Biralbo füllte die Gläser, richtete die spots, sah vom Flügel auf dem Podium zu Lucrecia hinüber: alles geschah wie von ihrem Gedächtnis geläutert, auf eine unwiderrufliche und abstrakte Weise, er würde spielen, und sie würde ihm wie in weit zurückliegenden Nächten mit einem Glas in der Hand an der Bar zuhören, außer ihnen gab es niemanden und nichts, wie in der verzerrten Erinnerung an einen Traum. Weil sie für das Flüchtige geboren waren, hatten sie immer den Film, die Musik, fremde Städte geliebt. Lucrecia stützte die Ellenbogen auf den Tresen, nahm einen Schluck Whiskey und sagte, über sich selbst und Biralbo und über das, was sie gerade sagen wollte, spottend und ihn über alle Dinge hinweg liebend:

«Spiel's noch einmal. Spiel's noch einmal für mich.»

«Sam», sagte er, auf ihr Lachen und ihre Komplizenschaft zählend. «Samtiago Biralbo.»

Seine Finger waren kalt, er hatte so viel getrunken, daß das Tempo der Melodie in seinem Kopf seine Hände zu einer Ungeschicklichkeit verdammte, die der Angst sehr ähnlich war. Über der aus der glatten schwarzen Oberfläche auftauchenden Tastatur waren sie zwei einsame, automatische Hände, die zu jemand anderem gehörten, zu niemandem. Er versuchte zögernd ein paar Töne, hatte aber nicht die Zeit, die ganze Melodie wiederzugeben. Lucrecia trat mit ihrem Glas in der Hand zu ihm, größer und langsamer auf ihren Absätzen.

«Ich habe immer für dich gespielt», sagte Biralbo. «Schon bevor wir uns kannten. Auch als du in Berlin warst und ich sicher war, daß du nicht wiederkommst. Die Musik, die ich mache, ist mir völlig gleichgültig, wenn du sie nicht hörst.»

«Die Musik ist dein Schicksal.» Lucrecia blieb vor dem Podium stehen, aufrecht und distanziert, nur einen Schritt von Biralbo entfernt. «Ich bin ein Vorwand gewesen.»

Die Augen halb geschlossen, um der fürchterlichen Wahrheit, die er in Lucrecias Augen gesehen hatte, auszuweichen, nahm Biralbo den Anfang der Melodie wieder auf, *All the Things You Are*, als könnte die Musik ihn doch noch beschützen oder retten. Aber Lucrecia sprach weiter, sie trat näher zu ihm heran und sagte, er solle einen Augenblick warten. Mit einer ruhigen Geste legte sie ihre Hand auf die Tasten und bat ihn, sie anzusehen.

«Du hast mich noch gar nicht angesehen», sagte sie. «Du hast mich noch nicht ansehen wollen.»

«Ich habe nichts anderes getan, seit du angerufen hast. Noch bevor ich dich sah, habe ich dich in Gedanken schon gesehen.»

«Ich will nicht, daß du mich in deinen Gedanken siehst.» Lucrecia steckte sich eine Zigarette zwischen die Lippen und zündete sie an, ohne darauf zu warten, daß er ihr Feuer gab. «Ich will, daß du mich ansiehst. Sieh mich an. Ich bin nicht mehr die von damals, ich bin nicht die, die in Berlin war und dir Briefe schrieb.»

«Jetzt gefällst du mir besser. Du bist wirklicher denn je.»

«Du begreifst nicht.» Lucrecia sah ihn wehmütig an wie einen Kranken. «Du begreifst nicht, daß die Zeit vergangen ist. Nicht eine Woche oder ein Monat, drei

volle Jahre, Santiago, vor drei Jahren bin ich fortgegangen. Sag mir, wie viele Tage wir zusammen verbracht
haben. Sag es mir.»

«Sag du mir, warum du wolltest, daß wir ins Lady
Bird gehen.»

Aber diese Frage wurde ihm nicht beantwortet. Lucrecia wandte ihm langsam den Rücken zu und ging, die
Hände in den Taschen ihrer Jacke, als wäre ihr plötzlich
kalt, zum Telephon. Biralbo hörte, wie sie ein Taxi bestellte, er sah sie an, ohne sich zu rühren, während sie
ihm von der Tür des Lady Bird winkte. Von einem Ende
der Bar zum anderen, in dem Raum zwischen ihren
Blicken, spürte er, wie eine unglaublich langsame Ohr-
feige, das ganze Ausmaß und die Finsternis des leeren
Abgrunds, den er zum ersten Mal ermessen konnte, den
er bis zu jener Nacht und bis zu diesem Gespräch nicht
einmal wahrgenommen hatte. Er klappte das Klavier zu,
wusch die Gläser im Spülbecken ab, löschte die Lichter.
Als er beim Hinausgehen die Metalljalousie des Lady
Bird hinunterließ, wunderte er sich, daß der Schmerz
noch nicht da war.

# 9

Gespenster», sagte Floro Bloom und untersuchte den Aschenbecher mit einer gewissen Feierlichkeit, als hielte er einen Hostienteller. «Mit Lippenstift.» Mit einem Glas in der anderen Hand ging er in den Lagerraum, murmelte irgend etwas mit gesenktem Kopf, und die Falten der Soutane raschelten geräuschvoll zwischen seinen Beinen, als ginge er, nachdem er die Messe gelesen hatte, in die Sakristei. Er stellte den Aschenbecher und das Glas auf den Schreibtisch und rieb sich die Hände mit unwiderstehlicher, priesterlicher Sanftmut. «Gespenster», wiederholte er und deutete mit ernstem Zeigefinger auf die roten Spuren an den drei Kippen. Unrasiert und die Soutane über der Brust offen, sah er aus wie ein lüsterner Sakristan. «Eine Geisterfrau. Sehr ungeduldig. Sie zündet sich viele Zigaretten an und raucht sie nur bis zur Hälfte. *Zeuge gesucht.* Hast du den Film gesehen? Gläser in der Spüle. Zwei. Umsichtige Gespenster.»

«Biralbo?»

«Wer sonst. Der Gast aus dem Schattenreich.» Floro Bloom leerte den Aschenbecher, knöpfte feierlich die Soutane zu und nahm dann genüßlich einen Schluck Whiskey. «Das ist der Nachteil an Bars, die es schon lange gibt. Sie füllen sich mit Gespenstern. Du gehst auf die Toilette, und da steht ein Gespenst und wäscht sich die Hände. Seelen aus dem Fegefeuer.» Er nahm noch einen Schluck und hob sein Glas zur Fahne der Republik empor. «Menschliches Ektoplasma.»

«Möglich, daß sie erschrecken, wenn sie dich in der Soutane sehen.»

«Feinstes Tuch.» Ohne Anstrengung hob Floro Bloom einen großen Flaschenkasten und trug ihn an die Bar. «Schneiderarbeit für die Kirche und fürs Militär. Weißt du, wie viele Jahre ich diese Soutane schon habe? Achtzehn. Maßgeschneidert. Das war das einzige, was ich mitgenommen habe, als ich aus dem Seminar geflohen bin. Ideal als Kittel und als Morgenmantel. Weißt du, wie spät es ist?»

«Acht Uhr.»

«Dann müssen wir aufmachen.» Floro Bloom legte mit einem Seufzer die Soutane ab. «Ich frage mich, ob der junge Biralbo heute abend kommt und spielt.»

«Wen er wohl gestern mitgebracht hat?»

«Eine keusche Geisterfrau.» Floro Bloom hob einen Vorhang und zeigte mir die Liege, die er oder ich manchmal benutzten. «Er hat nicht mit ihr geschlafen. Jedenfalls nicht hier. Das heißt, es gibt nur eine einzige Lösung: die schöne Lucrecia.»

«Ihr habt es also gewußt», sagte Biralbo. Wie jeden, der in sich gekehrt eine überwältigende Leidenschaft durchlebt hat, wunderte es ihn, daß andere von etwas Kenntnis hatten, das für ihn ein ganz persönlicher Geisteszustand gewesen war. Und seine Überraschung war um so größer, als sie ihn zwang, eine weit zurückliegende Erinnerung zu verändern. «Aber damals hat Floro Bloom mir nichts davon gesagt.»

«Er war gekränkt. ‹Treulose›, sagte er, ‹vor mir, der in den schlechten Zeiten für sie den Dritten gemacht hat, vor mir verstecken sie sich jetzt.›»

«Wir haben uns nicht versteckt.» Biralbo sprach, als könnte ihn der Schmerz noch immer erreichen. «Sie hat sich versteckt. Auch ich habe sie nicht gesehen.»

«Aber ihr habt diese Reise zusammen gemacht.»

«Ich bin nicht bis ans Ziel gelangt. Ich bin erst ein Jahr später nach Lissabon gekommen.»

Ich höre mir immer noch das Lied an, wie eine Geschichte, die man mir oft erzählt hat, ich freue mich über jede Einzelheit, jeden Bruch, über jede Falle, die die Musik mir stellt, ich erkenne die parallel verlaufenden Stimmen von Trompete und Klavier, ich führe sie nahezu, denn jeden Augenblick weiß ich, was gleich erklingen wird, als erfände ich die Melodie und die Geschichte, während ich ihr lausche, langsam und indirekt wie ein hinter einer Tür belauschtes Gespräch, wie die Erinnerung an jenen letzten Winter, den ich in San Sebastián verbrachte. Es ist richtig, es gibt Städte und Gesichter, die man erst kennt, wenn man sie verloren hat, nichts wird uns jemals zurückgegeben, auch nicht das, was wir nie hatten oder was uns zustand.

«Es war wie ein plötzliches Erwachen», sagte Biralbo. «Wie wenn du mittags eingeschlafen bist und am Abend aufwachst und das Licht nicht erkennst und nicht weißt, wo du bist, noch wer du bist. Das passiert Kranken oft im Krankenhaus, hat Billy Swann mir in dem Sanatorium in Lissabon erzählt. Er ist aufgewacht und hat geglaubt, er sei tot und träume, daß er lebt und immer noch Billy Swann ist. Wie in dieser Geschichte von den Schlafenden in Ephesos, die Floro Bloom so gut gefiel, weißt du noch? Als Lucrecia gegangen war, löschte ich die Lichter im Lady Bird und trat auf die Straße. Und plötzlich waren drei Jahre vergangen, genau in dem Augenblick, in den letzten fünf Minuten. Während ich nach Hause ging, hörte ich ihre Stimme, die mir immer wieder sagte: ‹Es sind drei Jahre vergangen.› Wenn ich die Augen schließe, kann ich sie immer noch hören.»

Er sagte, er habe weniger Schmerz oder Einsamkeit verspürt, als er erwachte, vielmehr Überraschung über eine Welt und eine Zeit ohne Resonanz, als müßte er von nun an in einem gepolsterten Haus leben. Die Stadt, die Musik, seine Erinnerungen, sein Leben waren, seit er Lucrecia kannte, in einem Spiel von Entsprechungen oder Symbolen verflochten gewesen, sagte er, die so fein aufeinander abgestimmt waren wie die Instrumente einer Jazz-Band. Billy Swann pflegte zu sagen, in der Musik sei das Wichtigste nicht Virtuosität, sondern Resonanz: in einem leeren Raum, in einem Lokal voller Stimmen und Qualm, in der Seele irgendeines Menschen. Ist es nicht reine Resonanz, eine Ahnung von Zeit und Prophetie, was mir geschieht, wenn ich die Stücke höre, die Billy Swann und Biralbo zusammen gespielt haben, *Burma* und *Lisboa*?

Plötzlich war die Stille über ihn gekommen. Er hatte das Gefühl, als lösten sich die letzten Jahre seines Lebens in ihm auf, wie Ruinen, die auf dem Meeresgrund einstürzen. Von nun an sollte sein Leben nicht mehr ein System von Symbolen sein, die auf Lucrecia anspielten. Jede Geste, jeder Wunsch und jede Melodie, die er spielte, würde sich in sich selbst erschöpfen wie eine Flamme, die verlöscht, ohne Asche zu hinterlassen. Nach wenigen Tagen oder Wochen glaubte Biralbo, er sei berechtigt, jener Wüste ohne Stimmen den Namen Verzicht oder Gelassenheit zu geben. Sein Stolz und die Gewohnheit, allein zu sein, halfen ihm dabei, denn alles, was er tat, enthielt unvermeidlich eine Bitte. Er würde Lucrecia nicht suchen, ihr auch nicht schreiben und nicht in die Bars in der Nähe ihrer Wohnung gehen. Mit unbeugsamer Pünktlichkeit ging er jeden Morgen in die Schule und fuhr um fünf Uhr nachmittags im Topo nach Hause, las die Zeitung oder betrachtete schweigend die rasch vorbeiziehende Landschaft. Er hörte sich keine Schallplatten mehr an: jede Melodie, die er hörte, seine Lieblingslieder, die er mit geschlossenen Augen spielen konnte, waren bereits Zeugnis eines Betrugs. Wenn er viel trank, dachte er sich lange Briefe aus, die er jedoch niemals schrieb, und saß eigensinnig vor dem Telephon. Er erinnerte sich an eine Nacht vor mehreren Jahren: er hatte Lucrecia gerade kennengelernt und dachte unbestimmt an die Möglichkeit, mit ihr zu schlafen, aber er hatte nur drei- oder viermal im Lady Bird und an einem Tisch im Viena mit ihr gesprochen. Es klingelte, das wunderte ihn, denn es war schon sehr spät. Als er die Tür aufmachte, stand vollkommen unerwartet Lucrecia vor ihm, sie entschuldigte sich und brachte ihm irgend etwas, ein Buch oder eine Schallplatte, die sie ihm offenbar versprochen hatte, woran Biralbo sich aber nicht erinnerte.

Wider Willen erschrak er jedesmal, wenn das Telephon klingelte oder es an der Haustür läutete, und dann haderte er mit sich selbst, weil er sich die moralische Schwäche erlaubt hatte zu glauben, es könnte vielleicht Lucrecia sein. Eines Abends besuchten Floro Bloom und ich ihn. Als er uns die Tür öffnete, bemerkte ich in seinem Blick die Überraschung dessen, der viele Stunden allein gewesen ist. Während wir durch den Flur gingen, hob Floro Bloom feierlich eine Flasche irischen Whiskey und imitierte dabei das Läuten eines Glöckchens.

«*Hoc est enim corpus meum*», sagte er, während er die Gläser einschenkte. «*Hic est enim calix sanguinis mei.* Reinstes Malz, Biralbo, direkt aus dem alten Irland importiert.»

Biralbo legte Musik auf. Er sagte, er sei krank gewesen. Er wirkte erleichtert, als er in die Küche ging und Eis holte. Er bewegte sich schweigend, mit ungeschickter Gastfreundlichkeit, und lächelte nur mit den Lippen zu Floros Späßen; der hatte es sich in einem Schaukelstuhl gemütlich gemacht und verlangte nach Drinks und Pokerkarten.

«Das haben wir uns gedacht, Biralbo», sagte er. «Und weil die Bar heute geschlossen ist, haben wir uns dafür entschieden, hierherzukommen und an dir ein paar gute Werke zu tun: dem Dürstenden zu trinken zu geben, den Irrenden auf den rechten Weg zurückzuführen, den Kranken zu besuchen, den Unwissenden zu unterweisen, dem Bedürftigen mit gutem Rat zur Seite zu stehen... Bist du des guten Rates bedürftig, Biralbo?»

Meine Erinnerung an jene Nacht ist undeutlich: ich fühlte mich unwohl, betrank mich sofort und verlor beim Poker. Gegen Mitternacht klingelte in dem verqualmten Zimmer das Telephon. Floro Bloom sah mich von der Seite an, das Gesicht vom Whiskey gerötet. Wenn er trank, wirkten seine Augen noch kleiner und noch blauer. Biralbo zögerte, den Hörer aufzunehmen. Einen Augenblick sahen wir drei uns an, als hätten wir auf den Anruf gewartet.

«Bauen wir drei Zelte», sagte Floro, als Biralbo ans Telefon ging. Mir kam es vor, als hätte es bereits sehr lange geklingelt und würde gleich aufhören. «Eines für Elias, das zweite für Moses...»

«Ich bin's», sagte Biralbo, sah uns argwöhnisch an und nickte zu etwas, das wir nicht erfahren sollten. «Ja. Sofort. Ich nehme ein Taxi. In fünfzehn Minuten bin ich da.»

«Zwecklos», sagte Floro. Biralbo hatte den Hörer aufgelegt und zündete sich eine Zigarette an. «Mir fällt nicht ein, für wen das dritte Zelt war...»

«Ich muß weg.» Biralbo suchte in seiner Tasche nach Geld, steckte die Zigaretten ein, es war ihm gleichgültig, daß wir noch da waren. «Ihr könnt hierbleiben, wenn ihr wollt, in der Küche ist Bier. Wahrscheinlich wird es spät.»

«*Malattia d'amore...*» sagte Floro Bloom so, daß nur ich es hören konnte. Biralbo hatte sich schon das Jackett angezogen und kämmte sich eilig vor dem Spiegel im Flur. Wir hörten, wie er die Tür zuschlug, und dann das Geräusch des Fahrstuhls. Keine Minute war seit dem Klingeln des Telephons vergangen, und Floro Bloom und ich waren allein, und plötzlich waren wir Eindringlinge in der Wohnung und im Leben eines anderen.

«Dem Wanderer Herberge zu geben.» Wehmütig ließ Floro die letzten Tropfen aus der leeren Flasche in sein

Glas tropfen. «Sieh ihn dir an: sie ruft, und er kommt wie ein Hund gelaufen. Er kämmt sich, bevor er geht. Er läßt seine besten Freunde sitzen...»

Von einem Fenster aus sah ich Biralbo aus dem Haus kommen und wie einen Schatten im Nieselregen zu den aufgereihten grünen Lichtern der Taxis laufen. «Komm. Komm so schnell du kannst», hatte Lucrecia ihn mit einer Stimme angefleht, die er nicht kannte, wie vom Weinen oder von Angst gebrochen, wie außer sich in tödlicher Dunkelheit, in einer fernen und vom Winter belagerten Stadt, hinter irgendeinem der Fenster und der schlaflosen Lichter, die ich von Biralbos Wohnung aus betrachtete, während er wieder im Halbdunkel eines Taxis davonfuhr und vielleicht begriff, daß ihn gegen seinen Willen und gegen jede Vernunft, gegen jede Art von Hoffnung, ein stärkerer Trieb als die Liebe, dem Zärtlichkeit völlig fremd war, jedoch nicht das Verlangen und nicht die Einsamkeit, noch immer mit Lucrecia verband.

Als er aus dem Taxi stieg, sah er ein einziges erleuchtetes Fenster ganz oben in der dunklen Fassade. Jemand stand am Fenster und trat zurück, als Biralbo allein im Licht der Straßenlaternen auftauchte. Er rannte eine unendlich lange Treppe hinauf. Er keuchte, und die Hände zitterten ihm, als er auf die Klingel drückte. Niemand öffnete ihm, erst nach einer Weile bemerkte er, daß die Tür nur angelehnt war. Er stieß sie auf und rief leise nach Lucrecia. Am Ende des Flures hinter matten Scheiben schien Licht. Es roch stark nach Zigarrenrauch und nach einem Damenparfüm, das nicht Lucrecia gehörte. Als Biralbo die Tür des erleuchteten Zimmers öffnete, traf ihn wie ein Schuß das Klingeln des Telephons. Es stand auf dem Boden neben der Schreibmaschine in einem Durcheinander von Büchern und von mit Spuren sehr großer Schuhe beschmutzten Papieren. Das Telephon klingelte mit hartnäckiger Grausamkeit, während Biralbo ins leere Schlafzimmer ging, das Bett war noch warm und zerwühlt, ins Bad, wo er Lucrecias blauen Bademantel sah, und in die fahle Küche voller unabgewaschener Gläser. Er ging zurück ins Wohnzimmer: eine Sekunde lang glaubte er, das Telephon hätte aufgehört zu klingeln, und erschrak, als es noch einmal läutete, länger und schriller. Er bückte sich, um den Hörer aufzunehmen und sah unter den von Schuhsohlen beschmutzten Papieren einen Brief, den er an Lucrecia geschrieben hatte. Er hörte ihre Stimme. Es kam ihm vor, als hielte sie beim Sprechen eine Hand auf die Muschel.

«Warum bist du so spät?»

«Ich bin so schnell gekommen, wie ich konnte. Wo bist du?»

«Hat dich jemand heraufkommen sehen?»

«Von unten sah es aus, als hätte jemand am Fenster gestanden.»

«Bist du sicher?»

«Ich glaube schon. Hier liegen Papiere und Briefe auf dem Boden herum.»

«Verschwinde sofort. Bestimmt beobachten sie dich.»

«Sag mir, was los ist, Lucrecia.»

«Ich bin in der Altstadt, Hostal Cubana, an der Plaza de la Trinidad.»

«Ich komme sofort.»

«Mach einen Umweg. Komm nicht, bevor du ganz sicher bist, daß dir niemand folgt.»

Biralbo wollte sie etwas fragen, als sie auflegte. Sinnloserweise horchte er noch einen Augenblick auf das Tuten des Telephons. Er betrachtete den verschmutzten Brief: er trug ein Datum vom Oktober vor zwei Jahren. Mit einem schwachen Gefühl von Loyalität sich selbst gegenüber steckte er ihn ein, ohne ihn zu lesen, und machte das Licht aus. Er trat ans Fenster: ihm war, als habe sich jemand im Schatten eines Hauseingangs versteckt, als habe er die Glut einer Zigarette gesehen. Die Scheinwerfer eines Autos beruhigten ihn: in dem Hauseingang stand niemand. Sehr langsam zog er die Tür hinter sich zu und ging, laute Schritte vermeidend, die Treppe hinunter. Auf dem letzten Absatz ließen ihn die Geräusche eines Gesprächs innehalten. Musik klang kurz auf und dann ein Frauenlachen, als hätte jemand eine Tür geöffnet und wieder geschlossen. Biralbo rührte sich nicht in der Dunkelheit und wartete, bis es wieder still war, bevor er weiterging. Erleichtert, doch argwöhnisch ging er auf den Lichtschein zu, der kalt und blaß wie das Mondlicht von der Straße in den Hausflur fiel. Ein Schatten schob sich plötzlich davor. Einen Augenblick lang verwirrte Biralbo das schmutzige Licht des Hauseingangs: vor sich, so nah, daß er es hätte berühren können, sah er das dunkle, grinsende Gesicht eines Mannes. Er sah ein Paar Kuhaugen und eine sehr große Hand, die sich ihm merkwürdig langsam entgegenstreckte, wie von sehr weit her hörte er eine Stimme seinen Namen sagen, «mein lieber Bichalbo», und als er diesen Körper mit einer Heftigkeit, die ihn selbst überraschte, umstieß und auf die Straße rannte, sah er wie in einem Blitz eine blonde Mähne und eine Hand, die einen Revolver hielt.

Die Schulter tat ihm weh: er erinnerte sich an das Geräusch eines schweren Körpers, der zu Boden fiel, und an obszönes Fluchen auf französisch. Er rannte, um die Gassen der Altstadt zu erreichen. Der kalte, salzige Seewind schlug ihm ins Gesicht, und er merkte, daß er nicht mehr wußte, wo er sich befand. Er hörte seine Schritte auf dem nassen Pflaster hallen, das Echo gab sie ihm in den leeren Straßen zurück, oder vielleicht waren es die Schritte des Mannes, der ihn verfolgte. Mit ungewohnter Klarheit sah er Lucrecias Gesicht vor sich. Die Luft ging ihm aus, doch er lief weiter, er rannte über einen beleuchteten Platz mit einem Palast und einer Uhr, er nahm den Geruch von feuchter Erde wahr und von Farnkraut am Hang des Monte Urgull, er fühlte, daß er unverwundbar war und daß er, wenn er jetzt nicht stehenblieb, ohnmächtig werden würde. Er lief an einem Eingang vorbei, aus dem rotes Licht auf die Straße fiel; eine Frau stand dort, die rauchte und ihm nachsah. Als tauchte er aus einem Brunnen auf, lehnte er sich an eine Wand, den Mund weit aufgerissen und die Augen fest geschlossen, im Rücken spürte er die Kälte des glatten Steins. Er öffnete die Augen, und der Regen blendete ihn, sein Haar war naß. Er stand neben der Kirche Santa María del Mar. In den Straßen, die ihm gegenüber auf den Platz zuliefen, sah er niemanden. Über seinem Kopf, über den Glockentürmen und den Dächern im gelblich grauen Dunst, aus dem der Regen still herabfiel, flatterten unsichtbare Möwen. Am Ende der dunklen

Straßen glänzten die hohen Gebäude der Boulevards, als würden sie von nächtlichen Scheinwerfern angestrahlt. Biralbo zitterte vor Erschöpfung und Kälte; er trat aus der Dunkelheit heraus und ging dicht an den Hauswänden, an den geschlossenen Läden der Bars entlang. Hin und wieder drehte er sich um: es war, als ginge nur er in dieser Nacht durch eine verlassene Stadt.

Das Hostal Cubana war beinahe so dreckig wie sein Name versprach. Seine Flure rochen nach leicht verschwitzten Laken, feuchten Wänden und nach in Schränken eingeschlossener Luft. Hinter dem Empfangstresen bearbeitete ein Buckliger ein Trimmrad. Mit einem schmutzigen Handtuch wischte er sich den Schweiß aus dem Gesicht, während er Biralbo mit verhaltenem Mißtrauen musterte.

«Die Señorita erwartet Sie», sagte er. «Zimmer einundzwanzig, am Ende des Flurs.»

Er rückte seine Brille zurecht, die die Augen vergrößerte, und deutete zu einer im Halbdunkel verschwimmenden Ecke. Biralbo bemerkte ein leichtes Zittern seiner geschwollenen, nahezu blauen Hände.

«Hören Sie», rief der Mann, als er bereits im Flur war. «Glauben Sie ja nicht, daß wir immer solche Sachen erlauben.»

Hinter den geschlossenen Türen hörte man Geräusche von Körpern und das Schnarchen von Betrunkenen. Unwirklichkeit hatte sich wieder Biralbos bemächtigt: als er an die Tür von Nummer einundzwanzig klopfte, glaubte er nicht, daß tatsächlich Lucrecia ihm öffnen würde. Er klopfte dreimal vorsichtig, als folge er einer Losung. Zuerst geschah nichts. Er dachte, daß er vielleicht wieder die Tür aufstoßen und dahinter niemanden finden würde, daß er sich vielleicht verlaufen habe und Lucrecia niemals wiederfinden würde.

Er hörte die Sprungfedern eines Bettes, Schritte von nackten Füßen auf unebenen Fliesen: ganz in der Nähe hustete jemand, und eine Tür wurde aufgeschlossen. Wieder roch es nach kaltem Schweiß und feuchten Wänden, und er konnte diesen Eindruck nicht mit der unangreifbaren Seligkeit in Beziehung bringen, nach so vielen Tagen in Lucrecias dunkle Augen zu sehen. Das offene Haar, die schwarze Hose und das enge, malvenfarbene Hemd ließen sie schlanker und größer erscheinen. Sie schloß die Tür, lehnte sich mit dem Rücken dagegen und umarmte Biralbo lange, ohne den Revolver aus der Hand zu legen. Vor Angst oder vor Kälte zitterte sie, als sei sie voller Verlangen. Beim Anblick der gemeinen Armut von Bett und Nachttisch, auf dem eine Lampe mit gesticktem Schirm stand, dachte Biralbo einen Augenblick betroffen an die Güte und das Erbarmen der Luxushotels, die sie stets geliebt hat. Es ist nicht wahr, dachte er, wir sind nicht hier, Lucrecia umarmt mich nicht, sie ist nicht zurückgekehrt.

«Sind sie dir gefolgt?» Nicht einmal ihr Gesicht glich dem von früher: die Jahre und die Einsamkeit hatten es gequält, vielleicht war es nicht mehr schön, aber wen kümmerte das, Biralbo jedenfalls nicht.

«Ich bin rausgerannt. Sie konnten mich nicht einholen.»

«Gib mir eine Zigarette. Ich habe nicht geraucht, seit ich mich hier eingeschlossen habe.»

«Sag mir, warum Toussaints Morton dich sucht.»

«Hast du ihn gesehen?»

«Ich habe ihn zu Boden gestoßen. Aber vorher hatte ich schon das Parfüm seiner Sekretärin in der Nase.»

«*Poison*. Sie nimmt nie ein anderes. Er kauft es ihr.»

Lucrecia hatte sich auf das Bett gelegt, sie zitterte immer noch und zog gierig den Rauch der Zigarette ein. An ihren nackten Füßen bemerkte Biralbo mit unendlicher Zärtlichkeit die roten Stellen von den hochhackigen Schuhen, die sie nicht zu tragen gewohnt war. Er beugte sich zu ihr und küßte sie zart auf die Wangen. Sie war geflohen, genau wie er, ihr Haar war feucht und ihre Hände eiskalt.

Sie sprach sehr langsam mit geschlossenen Augen und preßte manchmal die Lippen zusammen, damit Biralbo das trockene Klappern ihrer Zähne nicht hörte, wenn ein Schauder sie überfiel. Dann drückte sie Biralbos Hand an ihre Brust, grub ihm ihre blassen Nägel in die Knöchel, als fürchtete sie, er würde gehen oder sie würde, wenn er sie losließ, im Entsetzten untergehen. Wenn sie erzitterte, verlor sie den Faden ihrer eigenen Worte, die von einer fieberhaften Erregung verwischt wurden. Sie setzte sich auf und wartete still, während er eine Zigarette zwischen ihre Lippen schob, die nicht mehr rosig waren wie früher, sondern rauh und zu einer doppelten Linie aus Hartnäckigkeit und Einsamkeit zusammengepreßt, die sich manchmal zu ihrem alten Lächeln lösten, das Biralbo schon fast vergessen hatte, denn so hatte sie vor vielen Jahren gelächelt, wenn sie ihn küssen wollte. Er dachte, daß dieses Lächeln nicht ihm galt, daß es wie jene kindlichen Gesten war, die wir im Schlaf wiederholen.

Zum ersten Mal erzählte sie ihm von ihrem Leben in

Berlin: von Kälte und Unsicherheit, von gemieteten Zimmern, die abstoßender waren als das Hostal Cubana, von Malcolm, der aus Gründen, die sie nie erfuhr, das Wohlwollen seiner ehemaligen Partner oder Vorgesetzten verloren hatte und auch die Anstellung bei jener zweifelhaften Kunstzeitschrift, die niemals jemand gesehen hatte; sie sagte, daß Malcolm nach ein paar Monaten, in denen sie sich gezwungen sah, Kinder zu hüten oder die Büros und Häuser unaussprechlicher Deutscher zu putzen, eines Tages mit etwas Geld nach Hause gekommen war. Er grinste breit, stank nach Alkohol und verkündete, seine Pechsträhne sei bald zu Ende. Eine oder zwei Wochen später zogen sie in eine andere Wohnung, und es erschienen Toussaints Morton und seine Sekretärin Daphne.

«Ich schwöre dir, ich weiß nicht, wovon wir gelebt haben», sagte Lucrecia, «es war mir auch egal. Wenigstens sah ich keine Schaben mehr über den Spülstein laufen, wenn ich das Licht anmachte. Es schien, als würden Malcolm und Toussaints Morton sich schon eine Ewigkeit kennen, sie alberten viel herum, lachten laut, schlossen sich mit der Sekretärin ein, um über Geschäfte zu reden, wie sie sagten, verreisten und blieben einige Wochen fort. Und dann zeigte Malcolm mir ein Bündel Dollar oder Schweizer Franken und sagte: ‹Ich hab es dir versprochen, Lucrecia, ich hab dir gesagt, dein Mann zieht was ganz Großes an Land...› Plötzlich verschwanden Toussaints und Daphne. Malcolm wurde sehr unruhig, wir mußten die Wohnung aufgeben und gingen nach Norditalien, nach Mailand, eine Luftveränderung, sagte er...»

«Hat die Polizei euch gesucht?»

«Wir haben wieder in Zimmern mit Schaben gelebt. Malcolm lag den ganzen Tag auf dem Bett und fluchte auf Toussaints Morton, er schwor, es ihm heimzuzahlen, wenn er ihn zu fassen bekäme. Eines Tages holte er einen postlagernden Brief ab, kam mit einer Flasche Champagner zurück und sagte, wir würden wieder nach Berlin gehen. Das war letztes Jahr, im Oktober. Toussaints Morton war wieder sein bester Freund, er hatte alle Beschimpfungen vergessen, die er ihm an den Kopf hatte werfen wollen. Wieder zog er Geldbündel aus den Hosentaschen, er hatte etwas gegen Schecks oder Bankkonten. Vor dem Schlafengehen zählte er das Geld und legte es dann in die Nachttischschublade, den Revolver obendrauf...»

Lucrecia hielt inne; ein paar Sekunden lang hörte Biralbo nur das unregelmäßige Geräusch ihres Atems und spürte das krampfhafte Zittern ihrer Brust unter seiner ausgestreckten Hand. Lucrecia biß sich auf die Lippen und versuchte, einen Anfall zu unterdrücken; es schüttelte sie so heftig wie von Fieberkrämpfen. Sie sah zum Nachttisch, zu dem Revolver, der unter dem schwachen Licht der Lampe glänzte. Dann sah sie Biralbo mit einem Ausdruck von Ferne und Dankbarkeit an, mit dem ein Kranker einen Besucher ansieht.

«Fast täglich kamen Toussaints und Daphne zu uns zum Essen. Sie brachten sehr teure Weine mit, Kaviar, falschen, nehme ich an, geräucherten Lachs und solche Sachen. Toussaints band sich eine Serviette um den Hals und brachte Trinksprüche aus, er sagte, wir vier seien eine große Familie... Sonntags, wenn das Wetter schön war, fuhren wir zusammen aufs Land. Malcolm und Toussaints machte es Spaß, früh aufzustehen; sie bereiteten den Proviant vor, beluden den Kofferraum des Autos mit Körben, Decken und Kisten voller Flaschen, aber noch bevor wir abfuhren, waren sie schon betrunken, Malcolm wenigstens, ich glaube, der andere betrank sich nie, obwohl er sehr viel sprach und lachte, sah es immer so aus, als spielte er nur, daß wir eng befreundete Ehepaare wären. Daphne war es egal, sie lächelte, sprach wenig mit mir, beobachtete mich immer, sie traute mir nicht, aber dabei wirkte sie immer so, als würde sie fernsehen und sich schrecklich langweilen, damit kaschierte sie ihr Mißtrauen, manchmal holte sie sogar Nadeln und Wolle aus ihrer Tasche und fing an zu stricken... Die Männer waren für sich, tranken, hackten Feuerholz, nahmen sich gegenseitig auf den Arm, was ihnen außerordentlich viel Spaß machte, und erzählten sich leise, damit wir sie nicht hörten, schmutzige Witze. Weihnachten kamen sie und sagten, sie hätten eine Hütte an einem See gemietet, in einem Wald, wo wir Silvester feiern würden, ein familiäres Fest, nur wenige Gäste, aber dann erschien nur einer, sie nannten ihn den Portugiesen, er war aber wohl Belgier oder Deutscher. Er war sehr groß, hatte Tätowierungen auf den Armen und war ein exzessiver Biertrinker; wenn er eine Dose ausgetrunken hatte, zerdrückte er sie in der Hand und warf sie einfach weg. Ich erinnere mich, daß er an dem Tag, dem einunddreißigsten, bereits morgens getrunken hatte, und er ging zu Daphne hinüber, die strickte, ich glaube, er hat sie angefaßt, und sie packte eine Nadel und hielt sie ihm an den Hals. Er rührte sich nicht, wurde sehr blaß, ging dann aus dem Zimmer und hat uns beide, Daphne und mich, nicht mehr angesehen; erst später, am Abend, als Toussaints ihn auf dem Sofa, auf das er sich gelegt hatte, um Bier zu trinken, erdrosselte. Ich sehe immer noch, wie groß seine Augen wurden und wie sein Gesicht rot und blau anlief, und seine Hände... Malcolm hatte mir gesagt, sie würden mit dem Portugiesen das größte Geschäft ihres Lebens machen, sie würden so viel Geld verdienen, daß wir alle uns danach an der Riviera zur Ruhe setzen könnten, irgend etwas mit einem Bild, die drei waren den ganzen Vormittag am See spazierengegangen, obwohl es stark schneite, ich sah, wie sie immer wieder stehenblieben und gestikulierten, als stritten sie sich, dann schlossen sie sich in einem anderen Zimmer ein, während Daphne und ich das Essen machten, sie schrien sich an, aber ich konnte sie nicht verstehen, weil Daphne das Radio lauter stellte. Sie kamen erst viel später heraus, das Essen war kalt geworden, und sie sprachen kein Wort, alle drei waren sehr ernst, Toussaints schielte manchmal zu Daphne und grinste, er machte ihr Zeichen und sah, ohne etwas zu sagen, zu Malcolm hinüber, und während dessen aß der Portugiese mit lauten Geräuschen und sprach mit niemandem, er war im Hemd, trotz der Kälte, und sah aus, als wäre er Athlet gewesen oder etwas Ähnliches, bevor er zum Alkoholiker wurde, dann sah ich die Tätowierungen auf seinen Armen an und dachte, er könnte Fremdenlegionär in Indochina oder in Afrika gewesen sein, denn seine Haut war sonnenverbrannt. Draußen schneite es heftig, und es wurde schon dunkel, eine seltsame Stille lag in der Luft, eine Stille von Schnee, und ich spürte, irgend etwas

würde passieren, und mir brannte das Gesicht, ich hatte
viel Wein getrunken, darum zog ich mir die Jacke an und
ging nach draußen, eine Weile ging ich durch den Wald
zum See, aber plötzlich war mir, als wäre ich sehr weit
weg und würde mich verlaufen, im Schnee versinken,
ohne weiterzukommen, und meine Füße waren eiskalt.
Inzwischen war es dunkel geworden, ich ging zur Hütte
zurück, dem Licht aus dem Fenster entgegen, und als ich
näherkam, sah ich, was sie mit dem Portugiesen machten. Er stand hinter der Scheibe, genau vor mir, und sah
mich an; aber in dieser Stille schien alles sehr weit weg zu
sein oder gar nicht wahr, einer dieser Tricks, die Toussaints so liebt, als spielten sie jemanden erwürgen. Aber
es war kein Spiel, das Gesicht des Portugiesen war blau
angelaufen, und seine Augen sahen mich an. Toussaints
stand hinter ihm, über seine Schulter gebeugt, als sagte
er ihm etwas ins Ohr, und Malcolm drehte ihm einen
Arm auf den Rücken und hielt ihm mit der anderen
Hand die Pistole auf die Brust. Er drückte sie in das
weiße Hemd, und am Hals des Portugiesen traten die
Adern hervor und etwas sehr Dünnes, Blankes, ein Nylonfaden, schnürte ihm den Hals zusammen, ich erinnerte mich, den Faden gelegentlich in Toussaints Händen gesehen zu haben. Er spielte damit, wickelte ihn um
seine Finger, so, wie er sich die Fingernägel mit diesem
langen Zahnstocher saubermacht... Daphne war auch
dabei, aber sie wandte mir den Rücken zu, so ruhig, als
wenn sie strickte oder fernsah, und der Portugiese
strampelte ein wenig, es waren eher Krämpfe. Ich erinnere mich, daß er Jeans trug und Militärstiefel, aber ich
hörte seine Tritte auf den Holzboden nicht, und der

Schnee blendete mich, und dann sahen Toussaints und Malcolm mich an, ich rührte mich nicht, auch Daphne drehte sich zum Fenster um, und die Augen des Portugiesen starrten mich an, aber sie sahen mich nicht mehr, seine Beine zitterten etwas, dann hörten sie auf, sich zu bewegen, und Malcolm nahm die Pistole von seiner Brust, und der Portugiese sah mich immer noch an...»

Sie lief nicht weg. Als Malcolm herauskam, um sie zu holen, zitterte sie und rührte sich nicht von der Stelle, war von der Kälte unempfindlich geworden. An das, was danach geschah, erinnerte sie sich, als hätte sie es durch eine beschlagene Scheibe gesehen. Malcolm schob sie sanft in die Hütte hinein und zog ihr die nasse Jacke aus, dann saß sie auf dem Sofa, und vor ihr stand ein Glas Brandy, und Malcolm behandelte sie mit der gemeinen Aufmerksamkeit eines Ehemanns, der ein schlechtes Gewissen hat.

Unbeteiligt sah sie zu, was die anderen taten: Toussaints kam aus der Garage, klopfte den Schnee von seinen Schultern und brachte eine Plane und ein Seil, er kniete vor dem Portugiesen und sprach zu ihm wie zu einem Kranken, der aus der Betäubung nicht erwacht ist; er zog an seinen Beinen, während Malcolm ihn an den Schultern hochhob und Daphne die Plane vor Lucrecias Füßen auf dem Boden ausbreitete. Der Körper war sehr schwer, die Dielen dröhnten, als er darauffiel, die sehr knochigen, sehr großen Hände über dem Leib zusammengelegt, mit den Tätowierungen auf den Armen, das Gesicht auf eine seltsame Weise verdreht, auf die linke Schulter herabgesunken, die Augen waren jetzt geschlossen, denn Toussaints hatte ihm mit der Hand

über die Lider gestrichen. Wie ruppige, geschäftige
Krankenpfleger bewegten sie sich um den Toten herum
und wickelten ihn in die Plane, Malcolm hob seinen
Kopf, um das Seil unter dem Nacken durchzuziehen,
und ließ ihn dann einfach fallen, sie verknoteten das Seil
um seine Füße, zurrten die Plane um etwas, das kein
Körper mehr war, sondern ein Ballen, eine unbestimmte, schwere Form. Sie ächzten und fluchten, als sie
ihn anhoben, als sie, an Türen und Möbelkanten ansto-
ßend, hinausgingen, Daphne voran, die sich Gummi-
stiefel und einen rosa Regenmantel angezogen hatte und
in der Rechten eine Karbitlampe hochhielt, denn draußen, auf dem Weg zum See, blitzten die Schneeflocken
in einer Dunkelheit wie in einem geschlossenen Keller.
Lucrecia sah sie von der Hüttentür aus im Dunkel verschwinden und fühlte sich außer sich und so schwach, als
hätte sie sehr viel Blut verloren. Sie hörte vom Schnee
gedämpfte Stimmen, Toussaints Fluchen, Malcolms na-
sales und kurzatmiges Englisch, vielleicht sogar ihre
Atemgeräusche und dann Schläge, Axthiebe, denn der
See war zugefroren, schließlich ein Aufplatschen wie
von einem sehr großen Stein, der ins Wasser fällt, dann
nichts mehr, Stille, Stimmen, die der Wind zwischen
den Bäumen verwehte.

Am nächsten Morgen kehrten sie in die Stadt zurück.
Das Eis hatte sich über der gleichgültigen Oberfläche des
Sees wieder geschlossen. Mehrere Tage lang lag Lucrecia wie tot in einem Schlaf von Betäubungsmitteln. Malcolm pflegte sie, brachte ihr Geschenke, große Blumen-
sträuße, er sprach leise zu ihr, ohne jemals Toussaints
Morton oder Daphne zu erwähnen, die wieder ver-

schwunden waren. Er sagte, sie würden sehr bald in eine größere Wohnung ziehen. Als sie wieder aufstehen konnte, floh Lucrecia: sie war noch immer auf der Flucht, seit einem Jahr, sie konnte sich nicht vorstellen, daß diese Flucht einmal ein Ende haben würde.

«Und ich die ganze Zeit hier», sagte Biralbo überwältigt von einem Gefühl der Banalität und der Schuld: er ging jeden Morgen zum Unterricht, nahm friedfertig die Geringschätzung hin, den Verdacht, ein Versager zu sein, und wartete wie ein verschmähter Jüngling auf Briefe, die nicht kamen, wußte nichts von Lucrecia, war in seinem Warten untreu und nutzlos in seinem geduldig ertragenen Leid, ohne jede Vorstellung vom wirklichen Leben und dessen Grausamkeit. Er beugte sich zu Lucrecia hinunter, streichelte ihr über die hervorstehenden Backenknochen, die aus dem Halbdunkel auftauchten wie das Gesicht einer Ertrunkenen, und dabei spürte er an seinen Fingerspitzen die Feuchtigkeit von Tränen, und dann, als er ihr zart über das Kinn strich, ein leichtes Zittern, das bald ihren ganzen Körper schüttelte, wie die Wellen eines ins Wasser gefallenen Steins. Ohne die Augen zu öffnen, zog Lucrecia ihn an sich, umarmte ihn, schmiegte sich an seinen Leib, seine Schenkel, grub ihm die Nägel in den Nacken, halbtot vor Angst und Kälte, wie in jener Nacht, als ihr Atem die Scheibe beschlug, hinter der ein Mann langsam erdrosselt wurde. «Du hast mir etwas versprochen», sagte sie, das Gesicht an Biralbos Brust gepreßt, dann richtete sie sich auf die Ellenbogen auf, preßte ihren Leib gegen die harten Kanten seiner Hüften, um seinen Mund zu erreichen, als fürchtete sie, ihn zu verlieren: «Bring mich nach Lissabon.»

# 10

Er fuhr von Angst und Geschwindigkeit erregt: dies war nicht mehr, wie sonst, die Verlassenheit in einem Taxi, die Resignation vor einem Bourbon, das passive Gefühl, in einem in die Nacht geschleuderten Zug zu reisen, das stillstehende Leben der letzten Jahre. Er selbst lenkte den Rammbock der Zeit, wie wenn er am Klavier saß und die anderen Musiker und die Zuhörer von der Waghalsigkeit seiner Imagination und Disziplin in die Zukunft und ins Leere gestoßen wurden, und vom Rausch, in dem seine Hände sich auf den Tasten bewegten, nicht die Musik zähmend noch ihren Schwung bremsend, sondern sich ihm überlassend wie ein Reiter, der die Zügel in dem Augenblick strafft, in dem er seine Fersen dem Pferd in die Weichen drückt. Er fuhr Floro Blooms Wagen mit dem Ernst dessen, der endlich die Grenzen seiner selbst erreicht hat, den tiefsten Kern seines Lebens, der nicht mehr in den Hirngespinsten aus Erinnerung und Resignation lebte, und empfand die Vollkommenheit, in erhitzter Unbeweglichkeit zu verweilen, während er mit hundert Stundenkilometern dahinfuhr. Er war dankbar für jeden Moment, der sie weiter von San Sebastián fortbrachte, als löse die Entfernung sie von der Vergangenheit und befreie sie aus ihrem Bann, nur ihn und Lucrecia, Flüchtige aus einer verdammten Stadt, die hinter den Hügeln und dem Nebel bereits nicht mehr zu sehen war, damit keiner von beiden der Versuchung nachgeben konnte, sich nach ihr umzusehen. Die beleuchtete, zitternde Nadel im Armaturenbrett maß nicht die Geschwindigkeit, sondern den Mut seiner Seele, und die Blätter der Scheibenwischer schoben systematisch den Regen fort, um ihm die Straße nach Lissabon zu weisen. Wenn er den Kopf hob, um in den Rückspiegel zu sehen, sah er direkt in Lucrecias Gesicht. Er drehte den Kopf ein wenig, um ihr Profil zu sehen, wenn sie ihm eine Zigarette anzündete und zwischen die Lippen schob, er sah aus dem Augenwinkel ihre Hände, die einen anderen Sender suchten oder die Musik lauter stellten, wenn eines jener Stücke gespielt wurde, die einmal wahr gewesen waren, denn in Floro Blooms Wagen hatten sie Kassetten gefunden, die in alten besseren Zeiten im Lady Bird aufgenommen worden waren – es ist auch möglich, daß Floro sie mit Vorbedacht in den Wagen gelegt hatte –, aus einer Zeit, als sie sich noch nicht kannten, als Billy Swann und Biralbo zusammen spielten und sie am Ende zu ihnen kam und sagte, sie habe noch niemals jemanden so Klavier spielen hören wie ihn. Ich möchte mir vorstellen, daß sie auch das Band hörten, das in der Nacht aufgenommen wurde, in der Malcolm mir Lucrecia vorstellte, und auf dem in den Geräuschen der Gespräche und klirrenden Gläser im Hintergrund, über die sich Billy Swanns schrille Trompete erhob, eine Spur von meiner Stimme festgehalten war.

Sie hörten die Musik, während sie auf der Küstenstraße nach Westen fuhren, rechts immer die Klippen und das Meer, erkannten die heimlichen Hymnen, die sie, schon bevor sie sich kannten, miteinander verbündet hatten, denn später, als sie sie zusammen hörten, waren sie wie Bestandteile der Symmetrie ihres bisherigen Lebens, wie Propheten des Zufalls, der alles so richtete, daß sie einander begegneten, sogar bestimmte Musik aus den dreißiger Jahren: *Fly me to the Moon,* hatte Lucrecia zu ihm gesagt, als der Wagen die letzten Straßen von San Sebastián hinter sich ließ, «bring mich zum Mond, nach Lissabon».

Gegen sechs Uhr abends, es wurde bereits dunkel, hielten sie bei einem etwas abseits der Landstraße gelegenen Motel. Von der Straße aus waren nur beleuchtete Fenster hinter Bäumen zu sehen. Als er den Wagen abschloß, hörte Biralbo ganz in der Nähe das ruhige Rauschen der Ebbe. Mit ihrer Reisetasche über der Schulter und den Händen in den Taschen eines langen, karierten Mantels wartete Lucrecia schon im Licht der Hotelhalle. Wieder löste sich für Biralbo das alltägliche Gefühl für Zeit auf. Wenn er mit Lucrecia zusammen war, mußte er eine andere Methode finden, sie zu messen. Die vergangene Nacht, der Abend mit Floro Bloom und mit mir, alles, was geschehen war, bevor Lucrecia ihn anrief, gehörte einer fernen Vergangenheit an. Er war fünf oder sechs Stunden gefahren, als er vor dem Motel hielt; sie schienen ihm wenige, flüchtige Minuten. Es kam ihm unwahrscheinlich vor, daß er noch an diesem Morgen in San Sebastián gewesen war, daß es diese weit in der Dunkelheit zurückliegende Stadt überhaupt noch gab.

Doch, es gab uns noch. Es gefällt mir, gleichzeitig ablaufende Ereignisse der Vergangenheiten nachzuvollziehen: wahrscheinlich fragte ich im selben Augenblick

Floro Bloom nach ihm, in dem Biralbo ein Zimmer bestellte. Floro knöpfte seine Soutane zu und sah mich mit der sanften Traurigkeit derer an, die ein Unglück nicht verhindern konnten.

«Um acht Uhr stand er heute morgen vor meiner Tür. Wer kommt auf so eine Idee, bei dem Kater, den ich hatte. Ich stehe auf, fast wäre ich gestürzt, gehe lateinisch fluchend durch den Flur, und das Klingeln hört und hört nicht auf, wie einer von diesen skrupellosen Weckern. Ich mache die Tür auf: Biralbo. Mit so großen Augen, als hätte er überhaupt nicht geschlafen, mit diesem Türkengesicht, das er immer bekommt, wenn er sich nicht rasiert. Zuerst habe ich gar nicht begriffen, was er von mir wollte. Ich sagte: ‹Meister, hast du die ganze Nacht gewacht und gebetet, während wir schliefen?› Aber nichts, er ging gar nicht darauf ein, er hatte keine Zeit mit Späßen zu verlieren, ich mußte meinen Kopf unter kaltes Wasser halten, nicht einmal einen Kaffee durfte ich mir kochen. Er wollte, daß ich in seine Wohnung gehe. Er zeigte mir einen Zettel: die Liste der Sachen, die ich ihm bringen sollte. Seine Papiere, das Scheckheft, saubere Hemden, was weiß ich. Ah, und ein Bündel Briefe, die im Nachttisch liegen sollten. Was meinst du, von wem. Er wurde sogar geheimnisvoll, um diese Zeit, als wäre mir nach Geheimnissen zumute gewesen: ‹Floro, frag mich nichts, ich kann dir nichts sagen.› Ich geh raus, höre, daß er mich ruft, er kommt mir nachgelaufen, er hatte vergessen, mir seinen Schlüssel zu geben. Als ich zurückkam, empfing er mich, als wäre ich der Kurier des Zaren. Er hatte einen halben Liter Kaffee getrunken, und es sah so aus, als könnte er zwei Zigaretten gleichzeitig rauchen. Er wurde sehr ernst, sagte, er müsse mich um einen letzten Gefallen bitten. ‹Dafür sind Freunde da›, sagte ich, ‹um einen auszunutzen und einem nichts zu erzählen.› Er wollte sich mein Auto leihen. ‹Wohin fährst du?› Wieder spielte er den Geheimnisvollen. ‹Ich sag es dir, sobald ich kann.› Ich gebe ihm die Schlüssel und sage: ‹Schreib mal›, aber er hört mich gar nicht, er ist schon weg...»

Das Zimmer, das man ihnen gab, ging nicht aufs Meer. Es war groß und nicht unbedingt gemütlich oder angenehm, von einem durch eine unbestimmte Suggestion von Ehebruch mißglückten Luxus. Auf dem Weg dahin spürte Biralbo, wie ihn sein zerbrechliches Glück verließ, er hatte Angst. Um sie zu überwinden, dachte er: «Ich erlebe jetzt, was ich mir immer gewünscht habe, ich bin mit Lucrecia in einem Hotel, und sie wird nicht in einer Stunde gehen, wenn ich morgen aufwache, wird sie bei mir sein, wir fahren zusammen nach Lissabon.» Er schloß die Tür ab und drehte sich zu ihr um und küßte sie und suchte nach ihrer schlanken Taille unter dem Stoff des Mantels. Es war zu hell, Lucrecia ließ nur eine Nachttischlampe brennen. Sie benahmen sich mit einer unbestimmten Höflichkeit, einer gewissen Kühle, als wollten sie der Tatsache ausweichen, daß sie nach drei Jahren zum ersten Mal wieder miteinander schlafen würden.

Versteckt unter einer strengen Frisierkommode fanden sie einen mit Getränken gefüllten Kühlschrank. Wie Gäste auf einer Party, auf der sie niemanden kennen, setzten sie sich nebeneinander aufs Bett, die Gläser auf den Knien, und rauchten. Jede ihrer Bewegungen war das Versprechen von etwas, das sich dann nicht ereignete. Lucrecia lehnte sich ins Kissen zurück und betrachtete ihr Glas, die goldenen Kanten des Lichts auf den Eisstücken, dann sah sie Biralbo schweigend an, und in ihren von Erschöpfung und Ungläubigkeit verhangenen Augen erkannte er das Feuer von früher, nicht die Unschuld, aber das war ihm gleich, er liebte sie so, erfahrener, aus der Angst errettet, verletzlich, bezaubernd wie die Statue einer Göttin. Niemand würde sie finden; sie waren der Welt verloren, in einem Motel, in der Mitte der Nacht und des Sturms, der an den Scheiben rüttelte, jetzt hatte er den Revolver und würde sie zu verteidigen wissen. Er beugte sich vorsichtig zu ihr, als sie hochfuhr, als wäre sie mit einem Schlag hellwach, und zum Fenster sah. Sie hörten den Motor eines Wagens, das Geräusch von Reifen auf dem Kiesweg.

«Sie können uns nicht gefolgt sein», sagte Biralbo. «Das ist nicht die Hauptstraße. »

«Sie sind mir bis nach San Sebastián gefolgt.» Lucrecia trat ans Fenster. Hinter den Bäumen, vor dem Eingang des Motels, stand noch ein Wagen.

«Warte hier auf mich.» Die Sicherung des Revolvers prüfend verließ Biralbo das Zimmer. Er fürchtete nicht die Gefahr: ihn beunruhigte, daß die Angst Lucrecia wieder zu einer Fremden machte.

In der Halle scherzte ein Reisender mit dem Portier. Sie schwiegen, als er auftauchte, wahrscheinlich sprachen sie über Frauen. Er legte den Revolver ins Handschuhfach und fuhr zu einem Restaurant in der Nähe, das auf einem Neonschild Schnellgerichte und belegte Brote anbot. Auf der Rückfahrt schienen die Lichter einer Tankstelle von jenem Symbolgehalt zu sein, den die ersten Eindrücke eines unbekannten Landes besitzen, in das man nachts kommt, öde Bahnhöfe, dunkle Städte mit verschlossenen Fensterläden. Er versteckte den Wagen zwischen den Bäumen und hörte das langgezogene Knirschen von feuchtem Gras unter den Reifen. Als er zum Motel zurückging, sah er zu den erleuchteten Fenstern hinauf. Hinter einem davon wartete Lucrecia auf ihn. Flüchtig, ohne Schmerz, erinnerte er sich an alles, was er in San Sebastián zurückgelassen hatte: die Stadt selbst, das alte Leben, die Schule, das Lady Bird, dessen Lichter jetzt wahrscheinlich schon brannten.

Als er die Halle des Motels betrat, sagte der Portier gerade leise etwas zu dem Reisenden, und beide sahen ihn an. Er fragte nach seinem Schlüssel. Der Reisende wirkte leicht betrunken. Der Portier, ein magerer und sehr blasser Mann, grinste breit, als er ihm den Schlüssel gab, und wünschte ihm eine gute Nacht. Er hörte ersticktes Gelächter, als er zum Fahrstuhl ging. Er war beunruhigt und wagte nicht, es sich einzugestehen, er brauchte einen überzeugenden Bourbon, wie Floro Bloom ihn für seine besten Freunde in der geheimsten Kammer des Lady Bird verwahrte. Als er den Schlüssel ins Schloß der Zimmertür schob, dachte er: «Irgendwann einmal werde ich wissen, daß in dieser Geste mein Leben verschlüsselt war.»

«Verpflegung für eine lange Belagerungszeit», sagte er und zeigte Lucrecia die Tüte mit Butterbroten. Er hatte sie noch immer nicht angesehen. Sie saß in Unterwäsche im Bett, die Decke bis zur Taille gezogen. Sie las einen der Briefe, die sie Biralbo aus Berlin geschrieben

hatte. Leere Umschläge und handbeschriebene Blätter
lagen auf ihren angezogenen Knien und auf dem Nachttisch. Sie nahm rasch alles zusammen und sprang behende
aus dem Bett, um Pappbecher zu holen. Ein leichtes,
dunkles, seidiges Höschen bedeckte ihre Scham und zog
eine schmale Linie über ihre Hüften. Um ihr Gesicht
schimmerte das lockere, duftende Haar. Sie öffnete zwei
Dosen Bier, und der Schaum lief ihr über die Hände. Sie
fand ein Tablett, stellte die Becher darauf, sie schien Biralbos Reglosigkeit und sein Verlangen nicht zu bemerken.
Sie trank einen Schluck Bier, lächelte ihn mit feuchten
Lippen an und strich sich das Haar aus dem Gesicht.

«Merkwürdig, diese Briefe zu lesen, es ist so lange
her.»

«Warum wolltest du, daß ich sie mitnehme?»

«Ich wollte wissen, wie ich damals war.»

«Aber du hast mir nie die Wahrheit geschrieben.»

«Das, was ich dir schrieb, war die einzige Wahrheit.
Mein wirkliches Leben war eine Lüge. Dadurch, daß ich
dir schrieb, habe ich mich gerettet.»

«Mich hast du gerettet. Ich habe nur gelebt, um auf
deine Briefe zu warten. Als sie nicht mehr kamen, habe
ich aufgehört zu leben.»

«Was haben wir für ein Leben gehabt!» Lucrecia ver-
schränkte die Arme über der Brust, als wäre ihr kalt oder
als wollte sie sich selbst umarmen. «Wir haben Briefe
geschrieben oder auf sie gewartet, wir haben von Worten gelebt, so lange und so weit von einander entfernt.»

«Du warst immer bei mir, auch wenn ich dich nicht
sehen konnte. Ich ging durch die Straßen und erzählte
dir, was ich sah, wenn mir ein Lied im Radio gefiel,

dachte ich: ‹Bestimmt würde es Lucrecia auch gefallen, wenn sie es hören könnte.› Aber ich will nicht mehr daran denken. Jetzt sind wir hier. Neulich im Lady Bird hattest du recht: Erinnerung ist Lüge, wir wiederholen nicht, was vor drei Jahren war.»

«Ich habe Angst.» Lucrecia nahm eine Zigarette und wartete, daß er sie ihr anzündete. «Vielleicht ist es schon zu spät.»

«Wir haben alles überlebt. Wir werden uns jetzt nicht verlieren.»

«Wer weiß, ob wir uns nicht schon verloren haben.»

Er kannte dieses Zucken ihrer Mundwinkel, diesen Ausdruck strenger Nachsicht und Resignation, den die Zeit in Lucrecias Blick geprägt hatte. Aber er begriff, daß er nicht mehr, wie vor Jahren, das Zeichen einer vorübergehenden Mutlosigkeit war, sondern eine endgültige Geisteshaltung.

Unbewußt vollzogen sie die Schritte eines Gedenkens: auch in dieser Nacht, wie in der ersten, die unauslöschlicher in Biralbos Bewußtsein war als das, was er in der Gegenwart tat, löschte Lucrecia das Licht, bevor sie unter die Laken glitt. Genau wie damals rauchte er im Dunkeln seine Zigarette zu Ende und trank sein Glas leer, zog sich tastend aus und legte sich neben sie, eilig und ungeschickt mit dem vergeblichen Vorsatz, sich zurückzuhalten, der noch in den ersten Zärtlichkeiten zu spüren war. An etwas hatte er sich nie erinnern können, an den Geschmack ihres Mundes, an das zarte und anhaltende Zucken ihrer Schenkel, das Vergehen in Glück und Verlangen, in dem sie sich verlor, wenn sie sich um seine Schenkel schlangen.

Doch ein Teil seines Bewußtseins wurde nicht von dem Fieber erfaßt, sagte er mir, blieb unberührt von den Küssen, hellwach vor Mißtrauen und Einsamkeit, als hielte er selbst, still in einem Winkel des Zimmers, die schlaflose Glut seiner Zigarette wach und könnte sich in Lucrecias Armen sehen und sich ins Ohr flüstern, es wäre gar nicht wahr, was dort geschah, er könnte die Gnade einer so lange entbehrten Erfüllung nicht zurückgewinnen, sondern wollte mit geschlossenen Augen, den Körper blind an Lucrecias kühle Schenkel geschmiegt, das Trugbild einer unwiederholbaren, geträumten, vergessenen Nacht heraufbeschwören und festhalten.

Er spürte die Erbitterung in ihren Küssen, die Einsamkeit ihres Verlangens und empfand die Dunkelheit als Linderung. Er suchte in ihr die ein wenig feindselige Nähe des anderen Körpers und wollte noch nicht glauben, was seine Hände spürten, die hartnäckige Ruhe, die abwartende Vorsicht, mit der man das Feuer abwehrt. Er hörte jene Stimme, die ihm ins Ohr flüsterte, sah sich selbst in der Zimmerecke stehen, ein gleichgültiger Spitzel, der rauchend dem sinnlosen Agieren der Körper zusah, die beiden ruhelosen Schatten beobachtete, die schwer atmeten, als schaufelten sie in der Erde.

Dann machte er das Licht an und suchte die Zigaretten. Ohne das Gesicht aus den Kissen zu heben, bat Lucrecia ihn, das Licht wieder auszumachen. Bevor er es tat, sah Biralbo den Glanz ihrer Augen unter ihrem zerwühlten Haar. Mit jener Unbekümmertheit, die ihr eigen war, wenn sie barfuß ging, lief sie ins Badezimmer. Biralbo hörte wie eine Beleidigung den Lärm der Wasserhähne und das gurgelnde Wasser im Abfluß. Als sie herauskam, ließ sie das Licht an, das so blaß war wie das eines Kühlschranks. Er sah sie nackt und leicht vorgebeugt herankommen und zitternd ins Bett steigen. Sie schmiegte sich an ihn, das Gesicht noch feucht, mit zuckendem Kinn. Aber jene Zeichen von Zärtlichkeit beflügelten Biralbo nicht mehr: sie war tatsächlich eine andere, war es gewesen, seit sie zurückgekommen war, vielleicht schon lange vorher, schon bevor sie fortgegangen war. Die Entfernung war keine Lüge, sondern die Kühnheit, zu glauben, man hätte sie überwinden können, die Illusion, miteinander zu reden und Zigaretten anzuzünden, als wüßte man nicht, daß jedes Wort sinnlos war.

Biralbo erinnerte sich später nicht, ob er hatte schlafen können. Er wußte, daß er sie viele Stunden lang in der vom Badezimmerlicht indirekt beleuchteten Dunkelheit in den Armen hielt und daß sein Verlangen nicht einen Augenblick nachließ. Manchmal streichelte Lucrecia ihn im Schlaf und lächelte und sagte Dinge, die er nicht verstehen konnte. Sie hatte einen Alptraum und wachte zitternd auf, und er mußte ihr die Hände festhalten, die ihm das Gesicht mit den Nägeln zerkratzen wollten. Lucrecia machte das Licht an, als wollte sie sich vergewissern, daß sie wach sei. In dem überheizten Zimmer lastete die Schlaflosigkeit auf ihm. Biralbo verlor sich in der unruhigen Nähe der Träume: er sah das Zimmer, das Fenster, die Möbel, selbst seine auf der Erde liegenden Sachen, aber er war in San Sebastián oder hatte Lucrecia nicht an seiner Seite, oder es war eine andere Frau, die ihn so hartnäckig umarmte.

Er wußte, daß er eingeschlafen war, als er plötzlich mit der Gewißheit aus dem Schlaf fuhr, daß sich jemand im Zimmer bewegte: eine Frau, mit dem Rücken zu ihm, in einem fremden, roten Bademantel, Lucrecia. Er wollte sie noch in dem Glauben lassen, er schliefe. Er sah, wie sie vorsichtig den Kühlschrank öffnete und sich ein Glas eingoß, er schloß die Augen, als sie sich über den Nachttisch beugte, um sich eine Zigarette zu nehmen. Die Flamme des Feuerzeugs erhellte ihr Gesicht. Sie setzte sich ans Fenster, als wollte sie den Morgen erwarten. Das Glas stellte sie auf den Boden und neigte den Kopf, als versuche sie, etwas hinter den Scheiben zu erkennen.

«Du kannst dich nicht verstellen», sagte sie, als er zu ihr trat. «Ich habe gemerkt, daß du nicht schläfst.»

«Du kannst es auch nicht.»

«Wäre es dir lieber gewesen?»

«Ich habe es sofort gemerkt. Als ich dich das erste Mal berührte. Aber ich wollte nicht sicher sein.»

«Es kam mir vor, als wären wir nicht allein gewesen. Als ich das Licht ausmachte, füllte sich alles mit Gesichtern, Gesichter der Leute, die hier vielleicht einmal geschlafen haben, dein Gesicht, nicht das von jetzt, das von vor drei Jahren, das von Malcolm, als es sich über mich beugte und ich mich nicht gewehrt habe.»

«Malcolm belauert uns also immer noch.»

«Ich hatte das Gefühl, er wäre ganz in der Nähe, im Nebenzimmer, und horchte. Ich habe von ihm geträumt.»

«Du wolltest mir das Gesicht zerkratzen.»

«Daß ich dich erkannte, hat mich gerettet. Danach habe ich nicht mehr davon geträumt.»

«Du bist aber wieder aufgewacht.»

«Du weißt nicht, daß ich kaum schlafe. Wenn ich in Genf etwas Geld hatte, habe ich mir Valium gekauft und Tabak, von dem Rest habe ich gegessen.»

«Du hast mir nicht erzählt, daß du in Genf gelebt hast.»

«Drei Monate, nachdem ich Berlin verlassen hatte. Ich bin fast verhungert. Aber da hungern nicht einmal die Hunde. In Genf kein Geld zu haben ist schlimmer als ein Hund zu sein oder eine Wanze. Davon gibt es Hunderte in diesen Hotels für Schwarze, überall, sogar in den Nachttischen. Ich schrieb dir und zerriß die Briefe. Ich besah mich im Spiegel und fragte mich, was du denken würdest, wenn du mich sehen könntest. Du kennst das Gesicht nicht, das man im Spiegel sieht, wenn man ins Bett gehen muß, ohne gegessen zu haben. Ich hatte Angst, in einem dieser Zimmer zu sterben oder mitten auf der Straße, daß man mich begräbt, ohne zu wissen, wer ich bin.»

«Hast du da den Mann auf dem Photo kennengelernt?»

«Ich weiß nicht, wen du meinst.»

«Das weißt du doch. Der dich im Wald umarmt.»

«Ich nehme dir immer noch übel, daß du meine Handtasche durchsucht hast.»

«Ich weiß, das hat Malcolm gemacht. Wer war das?»

«Bist du eifersüchtig?»

«Ja. Hast du mit ihm geschlafen?»

«Er hatte ein Photokopiergeschäft. Er hat mir Arbeit gegeben. Vor seiner Tür bin ich beinahe umgefallen.»

«Hast du mit ihm geschlafen?»

«Was geht dich das an?»

«Es geht mich was an. Hast du mit ihm keine Gesichter im Dunkeln gesehen?»

«Du begreifst überhaupt nichts. Ich war allein. Auf der Flucht. Sie haben mich gesucht, um mich umzubringen. Er war gütig, was wir beide nicht sind. Er war liebenswürdig und großzügig und hat mir nie Fragen gestellt, auch nicht, als er dein Photo in meiner Tasche sah, den Zeitungsausschnitt, den du mir geschickt hast. Er hat auch nicht gefragt, als ich ihn bat, mir das Krankenhaus zu bezahlen. Er tat so, als wäre er der Grund dafür.»

Lucrecia wartete schweigend auf eine Frage, die Biralbo nicht stellte. Sein Mund war ausgetrocknet und die Lungen taten ihm weh, doch er rauchte weiter mit einer Erbitterung, die mit Genuß nichts mehr zu tun hatte. Hinter den Bäumen wurde es Tag in einem glatten, grauen, von purpurfarbenen Fetzen durchzogenen Himmel, über dem es noch Nacht war. Seit Stunden hatte er das Meer nicht mehr gehört. Bald würde das erste Licht Nebel zwischen den Bäumen emporziehen. Vor dem Fenster stehend sprach Lucrecia weiter, ohne Biralbo anzusehen. Vielleicht gar nicht, damit er die Dinge erfuhr oder sie verstand, sondern damit auch er seinen Teil Strafe abbekäme, ein gerechtes Maß an Würdelosigkeit und Scham. «... In der Nacht damals, in der Hütte. Ich habe dir nicht alles erzählt. Sie haben mir Schlafmittel gegeben und Cognac, ich stolperte, als Malcolm mich ins Bett brachte. Ich sah ihn an und sah über seine Schulter hinweg den Kopf des Portugiesen mit den weit offenen Augen und der violetten Zunge, die ihm aus dem Mund heraushing. Malcolm zog mich aus wie ein schläf-

riges Kind, dann kamen Toussaints und Daphne herein,
sie lächelten, du weißt schon, wie Eltern, wenn sie hereinkommen, um gute Nacht zu sagen. Oder war das
vorher? Toussaints kam immer ganz nah an einen heran,
wenn er sprach, man konnte seinen Atem riechen. Er
sagte zu mir: ‹Wenn das gute Kind nicht schweigt,
schneidet Papa Toussaints Zunge ab.› Er sagte das auf
Spanisch, und es klang sehr seltsam, ich hatte seit Monaten nur deutsch oder englisch gesprochen und sogar geträumt. Selbst du hast deutsch mit mir gesprochen,
wenn ich von dir träumte. Dann sind sie gegangen. Ich
blieb mit Malcolm allein, ich sah, wie er sich im Zimmer
bewegte, aber ich schlief, er zog sich aus und ich merkte,
was er tun wollte, konnte es aber nicht verhindern, so
wie wenn man im Traum verfolgt wird und nicht laufen
kann. Er war schwer und bewegte sich auf mir, er win-
selte mit geschlossenen Augen, biß mir in den Mund
und den Hals und bewegte sich, und ich wünschte nur,
es würde endlich aufhören, damit ich schlafen kann,
Malcolm stöhnte mit offenem Mund, als würde er sterben, er beschmierte mein Gesicht mit seinem Sabber. Er
bewegte sich nicht mehr, aber er war so schwer wie ein
Toter, da begriff ich, was das zu bedeuten hatte: er war
so schwer wie der Portugiese, als sie ihn an Kopf und
Beinen packten, hochhoben und auf die Plane fallen ließen. Später, in Genf, fingen die Ohnmachtsanfälle an,
und wenn ich morgens aufstand, mußte ich erbrechen,
das kam aber nicht vom Hunger, und mir fiel Malcolm
ein und jene Nacht. Seine Spucke. Wie er ganz nah an
meinem Mund stöhnte.»

Es war bereits hell. Biralbo zog sich an und sagte, er

würde zwei Tassen Kaffee holen. Als er damit zurückkam, stand Lucrecia noch immer am Fenster und sah hinaus, doch jetzt machte das Licht ihre Züge schärfer und ihre Haut blasser gegen die rote Seide, in die sie sich einhüllte, ein sehr weites, um die Taille zusammengehaltenes Gewand von unbestimmtem chinesischen oder mittelalterlichen Aussehen. Er dachte kummervoll oder erbittert, daß wahrscheinlich der Mann auf dem Photo es ihr geschenkt hatte. Als Lucrecia sich auf das Bett setzte, um den Kaffee zu trinken, kamen aus dem roten Stoff ihre Knie und ihre Schenkel zum Vorschein. Nie hatte er sie so sehr begehrt. Er wußte, daß er von sich aus gehen mußte, daß er es sagen mußte, bevor sie ihn darum bat.

«Ich bringe dich nach Lissabon», sagte er. «Ich werde keine Fragen stellen. Ich liebe dich.»

«Du wirst nach San Sebastián zurückfahren. Du wirst Floro Bloom den Wagen zurückbringen. Sag ihm, ich habe ihn nicht vergessen.»

«Niemand außer dir ist mir wichtig. Ich bitte dich um nichts, nicht einmal, meine Geliebte zu sein.»

«Geh mit Billy Swann. Nimm gleich morgen ein Flugzeug. Du wirst der beste schwarze Pianist der Welt werden.»

«Das würde mir nichts bedeuten, wenn du nicht bei mir bist. Ich tue, was du willst. Ich tue alles, damit du dich wieder in mich verliebst.»

«Du begreifst immer noch nicht, daß ich alles dafür geben würde, damit das passiert. Aber das einzige, was ich wirklich will, ist sterben. Immer, jetzt, auf der Stelle.»

Noch nie, auch nicht, als sie sich kennenlernten, hatte Biralbo in ihren Augen eine solche Zärtlichkeit gesehen: traurig und stolz und verzweifelt dachte er, daß er so etwas nie wieder in den Augen irgendeines anderen Menschen sehen würde. Als sie aufstand, küßte Lucrecia ihn mit halbgeöffneten Lippen. Sie ließ den Morgenmantel aus roter Seide zu Boden gleiten und ging nackt ins Badezimmer.

Biralbo trat an die geschlossene Tür. Die Hand reglos auf dem Griff horchte er auf das Rauschen des Wassers. Dann zog er sein Jackett an, steckte die Schlüssel ein und nach kurzem Zögern, das Grinsen Toussaints Mortons vor Augen, auch den Revolver. Seine Brieftasche beulte ihm die Tasche ungewohnt aus; ihm fiel ein, daß er sein ganzes Geld von der Bank geholt hatte, bevor er San Sebastián verließ. Er nahm ein paar Scheine und legte den Rest zwischen die Seiten eines Buches auf dem Nachttisch. Als er die Tür schon leise geöffnet hatte, kehrte er noch einmal um; er hatte Lucrecias Briefe vergessen. Eine gelbe, horizontal einfallende Sonne spiegelte sich in den Scheiben der Hotelhalle. Es roch nach feuchter Erde und dichtem Gras, als er zum Wagen ging. Erst als er anfuhr und sich eingestand, daß er unwiderruflich fortging, begriff er die letzten Worte, die Lucrecia zu ihm sagte, den Ernst, mit dem sie sie ausgesprochen hatte: auch er wollte jetzt sterben, so leidenschaftlich, rachsüchtig und kalt, wie man sich nur etwas wünscht, was einem allein gehört, was einem von jeher zugestanden hat.

**158**

# 11

**P**ünktlich um Mitternacht wurden die Lichter im Metropolitano gedämpft, die Gespräche wurden leiser, und ein blauroter Scheinwerfer kreiste den Raum ein, in dem die Musiker spielen würden. Mit der erfahrenen Lässigkeit von Gangstern, die sich anschicken, zu verabredeter Zeit ein Verbrechen zu begehen, kippten die Mitglieder des *Giacomo Dolphin Trio*, die an einem Ende der Bar lehnten, dem sich nur die blonde Kellnerin oder ich näherten, ihre Getränke hinunter, drückten die Zigaretten aus und nickten sich zu. Der Bassist bewegte sich mit der Gemessenheit einer schwarzen Mamsell. Bedächtig und lustlos grinsend setzte er sich auf seinen Hocker und lehnte den Steg des Basses gegen die linke Schulter, dabei sah er die Zuschauer aufmerksam an, als kenne er außer Herablassung keine andere Tugend. Buby, der Schlagzeuger, setzte sich mit der Umsicht und Geschicklichkeit eines schlafwandelnden Boxers hinter seine Instrumente und strich, noch ohne sie anzuschlagen, kreisförmig mit den Besen darüber, als spielte er bereits. Er trank niemals Alkohol, in Reichweite seiner Hand stand stets eine Orangenlimonade. «Buby ist ein Puritaner», hatte Biralbo mir erzählt, «er nimmt nur Heroin.» Biralbo verließ als letzter die Bar und sein Whiskeyglas. Langsam, ohne jemanden anzusehen,

**159**

ging er mit seinem krausen Haar, der dunklen Brille, den hängenden Schultern, die Hände wie ein Revolverheld an den Hüften, zum Flügel und griff, während er sich setzte, in einer abrupten Bewegung mit ausgestreckten Fingern über die Tasten. Es wurde still; ich hörte, wie er den Rhythmus mit den Fingern schnippte und mit einem Fuß auf dem Boden schlug, und ohne Ankündigung begann die Musik, als hätten sie in Wahrheit schon eine ganze Weile gespielt und uns wäre es erst jetzt erlaubt, sie zu hören, ohne Vorspiel, ohne Pathos, ohne Anfang und ohne Ende, so wie man plötzlich den Regen hört, wenn man auf die Straße tritt oder in einer Winternacht das Fenster öffnet.

Mich hypnotisierten vor allem ihr starrer Blick und die Geschwindigkeit ihrer Hände, jeder Teil ihrer Körper, wo der Rhythmus sichtbar werden konnte, die Köpfe, die Schultern, die Fersen, alles an diesen drei Männern bewegte sich, instinktiv aufeinander abgestimmt, wie sich die Kiemen und Flossen der Fische im geschlossenen Raum eines Aquariums bewegen. Es sah so aus, als machten nicht sie die Musik, als hätten sie sich ihr vielmehr willfährig ergeben, als wären sie von ihr durchdrungen und brächten sie über die Schallwellen zu unseren Ohren und zu unseren Herzen, mit der stillen Arroganz eines Wissens, das nicht einmal sie beherrschten, das unablässig und unabhängig in der Musik pulsierte, wie das Leben in unseren Adern oder die Angst und das Verlangen in der Dunkelheit. Neben dem Whiskeyglas auf dem Flügel hatte Biralbo einen Zettel liegen, auf dem er im letzten Augenblick die Titel notiert hatte, die sie spielen wollten. Mit der Zeit lernte ich, die Stücke zu erkennen und auf die stille Wut zu warten, mit der sie die Melodien zerpflückten, um dann zu ihnen zurückzukehren, wie ein Fluß nach einer Überschwemmung in sein Bett zurückkehrt, und je öfter ich sie hörte, desto mehr erfuhr ich von ihnen über mein Leben und selbst über meine Erinnerungen, über das, wonach ich mich Zeit meines Lebens vergeblich gesehnt hatte, über all die Dinge, die ich nie haben würde und die ich in der Musik so deutlich erkannte wie die Züge meines Gesichts in einem Spiegel.

Während sie spielten, errichteten sie strahlende, durchscheinende Gebäude, die dann wie gläserner Staub zusammenfielen, oder öffneten weite Räume der Ruhe, die an die reine Stille grenzten, und dann schäumte die Musik ganz plötzlich auf, daß es in den Ohren schmerzte, und überschwemmte das Gehör mit einem gelenkten Tumult aus Grausamkeit und Dissonanz. Grinsend, die Augen halb geschlossen, als wüßten sie von nichts, kehrten sie schließlich zu einer Stille wie von geflüsterten Worten zurück. Bevor der Beifall einsetzte, gab es immer einen Augenblick der Betroffenheit und des Schweigens.

Ich sah Biralbo zu, unergründlich und allein, zynisch und selbstgefällig hinter seiner dunklen Brille, ich beobachtete von der Bar des Metropolitano aus die unveränderliche und heimatlose Eleganz seiner Bewegungen und fragte mich, ob jene Stücke, *Burma, Fly me to the Moon, Just one of those Things, Alabama Song, Lisboa*, noch immer auf Lucrecia anspielten. Ich glaubte, daß ich, schon wenn ich ihre Titel aussprach, alles begreifen würde. Darum brauchte ich so lange, um zu verstehen, was er eines Nachts sagte: daß die Autobiographie das schmutzigste Vergehen sei, das ein Musiker begehen könne, wenn er spielt. Darum mußte ich mich unter anderem darauf besinnen, daß er nicht mehr Santiago Biralbo hieß, sondern Giacomo Dolphin, denn er hatte mich ermahnt, ihn vor anderen stets so zu nennen. Nein, es war nicht nur eine Spitzfindigkeit, um wer weiß welchen Nachforschungen der Polizei zu entgehen; seit über einem Jahr war dies sein einziger und richtiger Name, das Zeichen dafür, daß er mit erschreckender Disziplin den bösen Zauber der Vergangenheit gebrochen hatte.

Zwischen San Sebastián und Madrid war seine Biographie ein weißer Fleck, über den quer der Name einer einzigen Stadt, Lissabon, geschrieben stand und die Daten und Orte, wo er einige Schallplatten aufgenommen hatte. Ohne sich von Floro Bloom oder von mir zu verabschieden – in der letzten Nacht, in der wir zusammen im Lady Bird tranken, sagte er mir nicht, daß er fortgehen würde –, war er mit der Entschlossenheit und Umsicht dessen, der für immer geht, aus San Sebastián verschwunden. Ungefähr ein Jahr lebte er in Kopenhagen. Seine erste Platte mit Billy Swann wurde dort aufgenommen; *Burma* und *Lisboa* waren nicht darauf. Nachdem sie einige Male in Deutschland und Schweden gewesen waren, spielte das Billy Swann Quartett, zu dem der gehörte, der sich damals noch nicht Giacomo Dolphin nannte, bis Mitte 1984 in verschiedenen Lokalen in New York. Aus Anzeigen in einer Zeitschrift, die ich unter Biralbos Papieren fand, erfuhr ich, daß das Trio Giacomo Dolphin – der Name stand damals aber noch nicht in seinem Paß – in jenem Sommer regelmäßig in verschiedenen Nachtclubs von Quebec auftrat. (Als ich das las, fielen mir Floro Bloom und die Eichhörnchen ein, die ihm aus der Hand gefressen hatten, und mich überkam ein anhaltendes Gefühl von Dankbarkeit und Verstoßensein.) Im September 1984 kam Billy Swann nicht zu einem bestimmten Festival nach Italien, weil er in eine französische Klinik eingeliefert worden war. Zwei Monate später dementierte eine andere Zeitschrift, daß er gestorben sei, und führte als Beweis seine bevorstehende Teilnahme an einem in Lissabon stattfindenden Konzert an. Es war nicht vorgesehen, daß Santiago Biralbo mit ihm spielte. Er tat es auch nicht, der Pianist, der Billy Swann am 12. Dezember in einem Theater von Lissabon begleitete, war, den Zeitungen nach, ein Musiker irischer oder italienischer Herkunft, der sich Giacomo Dolphin nannte.

Anfang des Monats Dezember war er in Paris gewesen, ohne irgend etwas zu tun, er ging nicht einmal durch die Stadt, die ihn langweilte. In seinem Hotelzimmer las er Kriminalromane, trank bis spät in die Nacht in verrauchten Nachtclubs, ohne mit irgend jemandem zu sprechen, Französisch ist ihm immer sehr schwer gefallen, er sagte, es ermüde ihn sofort, wie bestimmte sehr süße Liköre. Er war in Paris, wie er sonstwo hätte sein können, allein, mit vagen Aussichten auf einen Vertrag, der nicht kam, aber auch das machte ihm nichts aus, es war ihm sogar lieb, daß es ein paar Wochen dauerte, bis man ihn anrief, und als das Telephon schließlich läutete, war es, wie wenn ein verhaßter Wecker klingelte. Es war einer von Billy Swanns Musikern, Oscar, der Bassist, derselbe, der später mit ihm im Metropolitano spielte.

Er rief ihn aus Lissabon an, und seine Stimme klang so fern, daß Biralbo nicht gleich verstand, was er sagte: Billy Swann sei sehr krank, die Ärzte fürchteten, er würde sterben. In letzter Zeit hatte er wieder angefangen zu trinken, sagte Oscar, er trank bis zur Bewußtlosigkeit, und wenn er aus einer Besäufnis wieder zu sich kam, trank er weiter. Eines Tages war er an einer Bar umgekippt, und man hatte ihn im Krankenwagen in eine Anstalt für Irre und pathologische Trinker bringen müssen, ein altes Sanatorium außerhalb von Lissabon, ein Platz, der aussah wie eine an einem bewaldeten Berg hängende Burg. Ohne das volle Bewußtsein wiederzuerlangen, rief er nach Biralbo und sprach mit ihm, als säße er an seinem Bett, er fragte nach ihm, bat darum, ihn nicht zu benachrichtigen, man solle ihm nichts weiter sagen, er solle nur so schnell wie möglich kommen, um mit ihm zu spielen. «Aber es ist durchaus möglich, daß er nie wieder spielt», sagte Oscar. Biralbo notierte die Adresse des Sanatoriums, hängte ein und packte seine saubere Wäsche, seinen Paß, seine Kriminalromane, das Gepäck eines Heimatlosen. Er wollte nach Lissabon fahren, aber noch brachte er den Namen der Stadt, in der Billy Swann vielleicht sterben würde, mit dem Titel eines Liedes, das er selbst geschrieben hatte, nicht zusammen, und nicht einmal mit einem lange Zeit in seiner Erinnerung eingeschlossenen Ort. Erst einige Stunden später, in der Halle des Flughafens, als er in leuchtenden Buchstaben *Lisboa* auf dem Schirm stehen sah, auf dem die Flüge angezeigt wurden, erinnerte er, welche Bedeutung dieses Wort vor so langer Zeit, in einem anderen Leben, für ihn gehabt hatte, und er

wußte, daß alle Städte, in denen er gelebt hatte, seit er
aus San Sebastián fortgegangen war, Stationen einer langen Reise gewesen waren, die jetzt vielleicht zu Ende
ging. So lange hatte er gewartet und war geflohen, und
nun würde er in zwei Stunden in Lissabon sein.

# 12

Er hatte sich eine so dunstige Stadt wie San Sebastián oder Paris vorgestellt. Die klare Luft überraschte ihn, die Helligkeit der rosa- und ockerfarbenen Fassaden der Häuser, die einheitliche, rötliche Farbe der Dächer, das stille, goldene Licht, das auf den Hügeln der Stadt mit einem Glanz verweilte, als hätte es gerade geregnet. Vom Fenster seines Zimmers in einem Hotel mit düsteren Fluren, wo alle Menschen leise sprachen, sah er auf einen Platz mit lauter gleichen Balkonen und das Profil der Statue eines Königs zu Pferde, der pathetisch nach Süden wies. Er stellte fest, daß Portugiesisch, wenn es zu schnell gesprochen wurde, ihm so unverständlich war wie Schwedisch. Und auch, daß die meisten Menschen ihn ohne Schwierigkeiten verstanden: man sagte ihm, daß der Ort, zu dem er wollte, nicht weit von Lissabon entfernt lag. In einem altmodischen, breiten Bahnhof stieg er in einen Zug, der sofort in einen sehr langen Tunnel einfuhr; als er wieder herauskam, wurde es bereits dunkel. Er sah Stadtviertel mit hohen Gebäuden, wo die Lichter angingen, und nahezu menschenleere Stationen, wo dunkelhäutige Männer dem Zug entgegensahen, als hätten sie sehr lange auf ihn gewartet, und dann stiegen sie nicht ein. Manchmal sausten die Lichter von Zügen, die nach Lissabon fuhren, an seinem Fenster vorbei. Erregt vom Alleinsein und Schweigen, sah er unbekannte Gesichter und fremde Orte, als betrachtete er jene gelben Funken, die im Dunkeln auftauchen, wenn man die Augen schließt. Wenn er die Augen schloß, war er nicht in Lissabon: dann fuhr er in der Metro unter Paris hindurch oder in einem jener Züge, die im Norden Europas dunkle Birkenwälder durchqueren.

Nach jeder Station war der Zug etwas leerer. Als er allein in seinem Waggon saß, fürchtete Biralbo, er hätte sich verfahren. Er spürte die Niedergeschlagenheit und den Argwohn dessen, der mit der letzten Metro fährt und niemanden hört oder sieht und fürchtet, daß dieser Zug nicht dorthin fährt, wohin er laut Anzeige fahren soll, oder daß die Führerkabine leer ist. Endlich stieg er auf einem Bahnhof mit gekachelten Wänden aus. Eine Frau, die über den Bahnsteig wanderte und eine Signalleuchte schwenkte – Biralbo dachte, daß die Lampe aussah wie eine dieser großen Unterwasserlaternen, die die Taucher im vorigen Jahrhundert benutzten –, erklärte ihm den Weg zum Sanatorium. Es war ein dunstiger, mondloser Abend, und als er aus dem Bahnhof trat, bemerkte Biralbo den kräftigen Geruch nach feuchter Erde und Pinienrinde. Genauso roch es in San Sebastián in manchen Winternächten im Unterholz des Monte Urgull.

Er schritt über die schlechtbeleuchtete Landstraße, und hinter der Furcht, daß Billy Swann schon gestorben sein könnte, verbarg sich ein nicht uneingestandenes Gefühl von Gefahr und verschütteter Erinnerung, das die Lichter der vereinzelten Häuser, den Waldgeruch der Nacht, das Geräusch von Wasser, das irgendwo ganz in der Nähe zwischen den Bäumen tropfte und rann, zu Symbolen machte. Er konnte den Bahnhof nicht mehr sehen, und es kam ihm vor, als schlössen sich die Nacht und die Straße hinter ihm, er war nicht sicher, ob er verstanden hatte, was die Frau mit der Laterne ihm gesagt hatte. Dann machte die Straße eine Kurve, und er sah den hohen Schatten eines Berges mit lauter Lichtern und ein Dorf, dessen Häuser sich um einen Palast oder eine Burg mit hohen Säulen und Bogen und seltsamen, von unten angestrahlten Türmen oder konischen Schornsteinen gruppierten, die durch das fackelartige Licht noch höher wirkten.

Es war ganz genauso, als verirrte man sich in einer Traumlandschaft und schritte auf das einzige Licht zu, das in der Dunkelheit flackert. Links von der Straße fand er den Weg, von dem die Frau gesprochen hatte, und das Hinweisschild zum Sanatorium. Der Weg wand sich zwischen den Bäumen bergauf, schwach von gelben, im Gestrüpp versteckten Laternen beleuchtet. Ihm fiel ein, was Lucrecia einmal gesagt hatte: nach Lissabon zu kommen sei, wie ans Ende der Welt zu kommen. Er erinnerte sich, daß er in der letzten Nacht von ihr geträumt hatte, einen kurzen und von Erbitterung durchzogenen Traum, in dem er ihr Gesicht sah, wie es vor vielen Jahren gewesen war, als sie sich kennenlernten, und zwar so genau, daß er sie erst beim Erwachen erkannte. Er dachte, der Waldgeruch sei schuld daran, daß er sich an sie erinnerte; die strenge Gewohnheit des Vergessens durchbrechend, kehrte er nach San Sebastián zurück, dann zu einem weiter entfernten, noch unbekannten Ort, wie zu einer Station, deren Namen er vom Zugfenster aus noch nicht hatte lesen können. Es war, erklärte er mir in Madrid, als verwischten sich, seit er in Lissabon angekommen war, die Grenzen der Zeit und seine bewußte Ausrichtung auf die Gegenwart und auf das Vergessen, die er, wie seine Könnerschaft in der Musik, ausschließlich durch Disziplin und Willenskraft erlangt hatte. Es war, als wäre auf dem Weg durch diesen Wald unsichtbar die Grenze zwischen zwei feindlichen Ländern gezogen und er hätte sie irgendwo überschritten. Das begriff er, fürchtete er, als er beim Sanatorium ankam und die Lichter der Halle sah und die davor in einer Reihe stehenden Wagen. Er hatte sich nicht an eine Wanderung in San Sebastián erinnert, am Fuß des Urgull entlang, es waren nicht jener Geruch und nicht der Nebel und die Feuchtigkeit, die den ganzen Jammer darüber, daß er Lucrecia in einem anderen Zeitalter seines Lebens und der Welt verloren hatte, wieder aufbrechen ließen. Ein anderer Ort und eine andere Nacht waren ihm eingefallen, die Lichter eines Hotels, die auf ein zwischen Pinien und hohem Farn verstecktes Auto schienen, eine abgebrochene Reise nach Lissabon, das letzte Mal, das er mit Lucrecia zusammen gewesen war.

Eine Nonne mit einer Haube, die wie weiße Flügel um ihren Kopf schwebten, sagte ihm, es sei keine Besuchszeit mehr. Er erklärte, daß er von sehr weit her gekommen sei, um Billy Swann zu sehen, daß er fürchtete, ihn tot zu finden, wenn er auch nur eine Stunde oder einen Tag später käme. Mit geneigtem Kopf lächelte die Nonne zum ersten Mal. Sie war jung und hatte blaue Augen und sagte freundlich auf englisch: «Mr. Swann wird nicht sterben. Jedenfalls nicht jetzt.» Ihre steife,

weiße Haube wiegend ging sie über die kalten Fliesen
der Korridore, als bewege sie sich mit winzigen Schritten, und führte Biralbo zu Billy Swanns Zimmer. Von
den hohen Bogengängen hingen Lampenkugeln,
schmutzig vom Staub, wie in alten Kinos, und in jedem
Winkel der Flure und auf den Treppenabsätzen dösten
Saaldiener in grauen Uniformen an Tischen, die aussahen, als wären sie aus alten Büroräumen requiriert worden. Auf einer Bank vor einer geschlossenen Tür saß
Oscar, der Bassist, die mächtigen Arme verschränkt und
den Kopf auf die Brust gesunken, als wäre er eingeschlafen.

«Er hat sich nicht fortgerührt, seit Mr. Swann hierhergebracht worden ist.»

Die Nonne hatte geflüstert, doch Oscar hob den
Kopf, rieb sich die Augen und grinste Biralbo müde,
dankbar und überrascht an.

«Er hat sich wieder erholt», sagte er. «Heute geht es
ihm viel besser. Er hatte Angst, das Konzert verpaßt zu
haben.»

«Wann wolltet ihr spielen?»

«Nächste Woche. Er ist überzeugt davon, daß wir
spielen werden.»

«Mr. Swann ist verrückt geworden.» Die Nonne
wiegte den Kopf, und die Flügel ihrer Haube wirbelten
die Luft auf.

«Ihr werdet spielen», sagte Biralbo. «Billy Swann ist
unsterblich.»

«Schwierig.» Oscar rieb sich noch immer die Augen
mit seinen großen Fingern mit den hellen Nägeln. «Der
Pianist und der Schlagzeuger sind abgehauen.»

«Dann spiele ich mit euch.»

«Der Alte war traurig, weil du nicht mit nach Lissabon kommen wolltest», sagte Oscar. «Als wir ihn hierherbrachten, wollte er zuerst nicht, daß wir dich benachrichtigen. Aber wenn er phantasierte, sagte er immer deinen Namen.»

«Sie können hineingehen», sagte die Nonne in der halb geöffneten Tür. «Mr. Swann ist wach.»

Noch bevor er ihn sah, schon bei dem Geruch von Krankheit und Medizin, der in der Luft hing, überkam Biralbo ein tiefes Gefühl von Loyalität und Zärtlichkeit, auch von Schuld und Mitleid und von Erleichterung, denn er hatte nicht mit Billy Swann nach Lissabon gehen wollen, und zur Strafe hätte er ihn beinahe nicht wiedergesehen. Gemeiner Verrat ist das, hatte er ihn einmal sagen hören, wenn man, selbst wenn man gar nicht mehr verliebt ist, die Liebe seinen Freunden vorzieht. Er trat in das Zimmer und konnte Billy Swann nicht gleich sehen. Es war sehr dunkel. Er sah ein großes Fenster und ein mit Plastik bezogenes Sofa, und darauf lag das schwarze Futteral der Trompete; rechts davon standen ein hohes, weißes Bett und eine Lampe, die schräg die harten Züge eines Affen, den leichten, unter Laken und Decken kaum noch vorhandenen Körper Billy Swanns in einem absurden gestreiften Pyjama beleuchtete. Die Arme am Körper entlang ausgestreckt, den Kopf in die gewaltigen Kissen gelehnt, ruhte Billy Swann so reglos, als posiere er für eine Friedhofsskulptur. Als er Stimmen hörte, wurde er lebendig und tastete auf dem Nachttisch nach seiner Brille.

«Hundesohn», sagte er und deutete mit dem langen

gelben Fingernagel seines Zeigefingers auf Oscar. «Ich hatte dir verboten, ihn anzurufen. Ich hatte dir gesagt, daß ich ihn nicht in Lissabon sehen will. Du dachtest, ich sterbe, stimmt's? Du hast die alten Freunde zu Billy Swanns Beerdigung eingeladen.»

Die Hände zitterten ihm leicht, sie waren noch fleischloser als sonst, nur Haut und Knochen, genau wie sein Gesicht, Backenknochen und Schläfen und die gespannten Kiefer einer Leiche, ein Skelett, das zur Parodie des lebenden Mannes geworden ist, den es zusammenhält. Nur Sehnen und von den Adern des Alkoholikers durchzogene Haut. Das schwarze Brillengestell sah aus, als sei es ein Teil des Knochengerüstes, ein Teil dessen, was von ihm übrigbleiben würde, wenn er schon lange tot war. Aber in seinen Augen, die wie in eine undankbare Pappmaske eingegraben schienen, und in der bitteren Linie seines Mundes hatten sich sein Stolz und sein Spott unberührt erhalten, die heilige Kraft zu Blasphemie und Zurückweisung, jetzt gerechtfertigter denn je, denn er sah dem Tod mit der gleichen Geringschätzung entgegen, mit der er dem Mißerfolg entgegengesehen hatte.

«Da bist du also», sagte er zu Biralbo, und als er ihn umarmte, hängte er sich an ihn wie ein hinterlistiger Boxer. «Du wolltest nicht mit mir in Lissabon spielen, aber um mich sterben zu sehen, bist du hergekommen.»

«Ich wollte dich um Arbeit bitten, Billy», sagte Biralbo. «Oscar hat mir gesagt, du hättest keinen Pianisten.»

«Falschzüngiger Judas.» Ohne die Brille abzunehmen, lehnte Billy Swann seinen Kopf wieder tief in die

Kissen. «Keinen Schlagzeuger und keinen Pianisten. Niemand will mit einem Toten spielen. Was hast du in Paris gemacht?»

«Im Bett Kriminalromane gelesen. Du bist nicht tot, Billy. Du bist lebendiger als wir.»

«Erklär das Oscar und den Nonnen und dem Arzt. Wenn sie hereinkommen, beugen sie sich ein bißchen vor, um mich zu mustern, als sähen sie mich schon im Sarg.»

«Wir spielen am zwölften zusammen, Billy. Wie in Kopenhagen, wie in alten Zeiten.»

«Was weißt du von alten Zeiten, Jungchen. Das war lange bevor du geboren bist. Manch einer ist im richtigen Moment gestorben und spielt seit dreißig Jahren in der Hölle oder wo immer Gott Leute wie uns hinschickt. Sieh mich an, ich bin ein Schatten, ich bin ein Vertriebener. Nicht aus meiner Heimat, nein, aus meiner Zeit. Wir, die wir noch hier sind, tun so, als wären wir noch nicht gestorben, aber das stimmt nicht, wir sind Betrüger.»

«Wenn du spielst, lügst du nie.»

«Ich sage aber auch nicht die Wahrheit.»

Als Billy Swann lachte, zog sich sein Gesicht wie in einem schmerzhaften Krampf zusammen. Biralbo dachte an die Photos auf seinen ersten Schallplatten, das Gesicht eines Revolverhelden oder Casanova mit einer von Brillantine glänzenden Tolle über den Augen. Das also hatte die Zeit mit seinem Gesicht gemacht: sie hatte es verzerrt, die Stirn, über der noch ein Rest jener verwegenen Tolle lag, einfallen lassen und, wie bei einem Schrumpfkopf, in einer einzigen Grimasse Nase und

Mund zusammengefaßt und das gespaltene Kinn, das nahezu verschwand, wenn Billy Swann Trompete spielte. Vielleicht ist er tot, dachte Biralbo, aber niemand hat ihn gebeugt, niemand und nichts, niemals, nicht einmal der Alkohol oder das Vergessen.

Es klopfte an der Tür. Oscar, der wie ein schweigender Wächter daneben stehengeblieben war, öffnete sie einen Spalt, um zu sehen, wer es war. In der Öffnung erschien der wiegende und beflügelte Kopf der Nonne, die das Zimmer musterte, als suchte sie versteckten Whiskey. Sie sagte, es sei sehr spät, es wäre Zeit, Mr. Swann schlafen zu lassen.

«Ich schlafe nie, Schwester», sagte Billy Swann. «Bringen Sie mir eine Flasche Meßwein, und bitten Sie den Gott der Katholiken, er möge mich von der Schlaflosigkeit heilen.»

«Ich komme morgen wieder.» Biralbo, der sich die Angst seiner Kindheit vor den weißen Hauben der Nonnen bewahrt hatte, gehorchte sofort der Aufforderung zu gehen. «Ruf mich an, wenn du etwas brauchst. Wann immer du willst. Oscar hat die Nummer von meinem Hotel.»

«Ich will nicht, daß du morgen kommst.» Billy Swanns Augen sahen hinter den Brillengläsern größer aus. «Verschwinde aus Lissabon, gleich morgen, heute nacht noch. Ich will nicht, daß du hier bleibst und wartest, bis ich sterbe. Nimm Oscar gleich mit.»

«Wir werden zusammen spielen, Billy. Am zwölften.»

«Du wolltest nicht nach Lissabon mitkommen, weißt du noch?» Billy Swann richtete sich auf und hielt sich dabei an Oscar fest, ohne Biralbo anzusehen, wie ein Blinder. «Ich weiß, daß du Angst hattest und daß du mir darum vorgelogen hast, du würdest in Paris spielen. Bereue es jetzt nicht. Du hast immer noch Angst. Hör auf mich und hau ab und dreh dich nicht mehr um.»

Aber es war Billy Swann, der sich in jener Nacht fürchtete, sagte Biralbo, der sich fürchtete zu sterben oder daß jemand zusehen würde, wie er starb, oder daß er in den letzten Stunden des Vollbringens nicht allein sein würde. Er hatte nicht nur Angst um sich selbst, sondern auch um Biralbo, wer weiß, ob nicht nur um Biralbo, der nicht sehen sollte, was Billy Swann bereits in jenem Zimmer des Sanatoriums am Ende der Welt entdeckt hatte. Als wollte er ihn vor einem Schiffbruch retten oder vor der Ansteckung des Todes, forderte er ihn auf zu gehen, und dann fiel er in die Kissen zurück, und die Nonne zog ihm die Decke hoch und löschte das Licht.

Als Biralbo auf den Bahnhof kam, war er überrascht, daß es erst neun Uhr abends war. Er dachte, daß jene Plätze, das Sanatorium, der Wald, das Dorf, die Burg mit den konischen Türmen und den unter Efeu verborgenen Mauern, ausschließlich nächtlicher Natur waren, niemals würde der Morgen sie erreichen, oder sie würden sich im Licht der Sonne auflösen wie der Nebel. In der Bahnhofskantine trank er einen klaren Schnaps und rauchte eine Zigarette, während er auf die Abfahrt des Zuges wartete. Mit einer Mischung aus Glück und Entsetzen fühlte er sich verloren und fremd, mehr noch als in Stockholm oder in Paris, denn die Namen jener Städte gab es wenigstens auf den Landkarten. Mit der ängstlichen Überlegenheit dessen, der in einem fremden Land allein ist, kippte er noch einen Schnaps hinunter und stieg in den Zug; er kannte den Bewußtseinszustand genau, in den ihn der Alkohol, das Alleinsein und die Fahrt versetzen würden. Er sagte *Lisboa*, als er die Lichter der Stadt näherkommen sah, wie man den Namen einer Frau ausspricht, die man küßt und die einen nicht anrührt. In einer Station, die ausgestorben zu sein schien, hielt der Zug neben einem, der in entgegengesetzter Richtung fuhr. Der Pfiff ertönte, und beide Züge setzten sich langsam in Bewegung, mit dem Lärm von Metall, das ohne Rhythmus zusammenschlägt. Biralbo wurde nach vorn gestoßen und sah in die Fenster des anderen Zuges, in deutliche und ferne Gesichter, die er nie wiedersehen würde, die ihn mit der gleichen Melancholie anblickten wie er sie. Allein im letzten Wagen, kurz vor den roten Lichtern und der wieder eingekehrten Dunkelheit, rauchte mit gesenktem Kopf eine Frau. Sie war so in sich gekehrt, daß sie nicht einmal den Kopf hob, um hinauszusehen, als ihr Zug anfuhr. Sie trug eine dunkelblaue Jacke mit hochgestelltem Kragen und sehr kurzes Haar. «Es war das Haar», sagte Biralbo, «darum habe ich sie nicht gleich erkannt.» Vergeblich sprang er auf und winkte mit der Hand ins Leere, denn sein Zug war in einen Tunnel hineingestürzt, als er begriff, daß er eine Sekunde lang Lucrecia gesehen hatte.

# 13

Er wußte nicht mehr, wie lange, wie viele Stunden oder Tage er gleich einem Schlafwandler durch die Straßen und über die Treppen von Lissabon gewandert war, durch die schmutzigen Gassen, zu den hohen Aussichtsterrassen und Plätzen mit Säulen und Reiterstandbildern von Königen, zwischen den großen düsteren Schuppen und Müllhalden am Hafen hindurch, auf der anderen Seite der unendlich langen roten Brücke über den Fluß, der so breit war wie ein Meer, in Gegenden mit Häuserblocks, die sich wie Leuchttürme oder Inseln mitten in unbebautem Land erhoben, auf gespenstischen Bahnsteigen in den Vororten der Stadt, deren Namen er las, ohne sich erinnern zu können, auf welchem er Lucrecia gesehen hatte. Er wollte den Zufall bezwingen, damit das Unmögliche sich wiederholte. Er sah in das Gesicht jeder Frau, der er auf der Straße begegnete, die reglos hinter den Scheiben einer Straßenbahn oder eines Busses an ihm vorbeifuhr, die im Fond eines Taxis saß oder in einer leeren Straße an einem Fenster erschien. Alte, teilnahmslose, nichtssagende, freche Gesichter, unendlich viele Gesten und Blicke und blaue Jacken, die niemals zu Lucrecia gehörten, die einander so glichen wie die Kreuzungen, die dunklen Hauseingänge, die rötlichen Dächer und der Irrgarten der übelsten Straßen von Lissabon. Eine erschöpfte Hartnäckigkeit, die er früher Verzweiflung genannt hätte, trieb ihn vorwärts, wie das Meer den treibt, der keine Kraft mehr hat zu schwimmen, und selbst wenn er sich eine Pause gönnte und in ein Café ging, suchte er sich einen Tisch, von dem aus er die Straße sehen konnte, und aus dem Taxi, das ihn um Mitternacht in sein Hotel zurückbrachte, sah er auf die leeren Gehsteige der Alleen und die von Neonreklame beleuchteten Ecken, wo einzelne Frauen mit verschränkten Armen herumstanden. Wenn er das Licht ausmachte und sich aufs Bett legte und rauchte, sah er in der Dunkelheit immer noch Gesichter und Straßen und Menschenmengen in lautloser Geschwindigkeit vorüberziehen, wie die Projektionen einer Laterna magica, und die Müdigkeit ließ ihn nicht schlafen, als verließe sein Blick den ruhenden, erschöpften Körper auf dem Bett, um in die Stadt zurückzukehren und sich darin bis ans Ende der Nacht rastlos weitersuchend zu verlieren.

Er war jetzt jedoch nicht mehr sicher, daß er Lucrecia gesehen hatte, noch daß es Liebe war, die ihn zwang, sie zu suchen. In diesem hypnotischen Zustand, in dem er allein durch eine unbekannte Stadt wanderte, wußte er nicht einmal, ob er sie suchte; er wußte nur, daß er Tag und Nacht gegen die Ruhe gefeit war, daß in jeder Gasse, die die Hügel von Lissabon hinaufstieg oder plötzlich wie in eine Schlucht abfiel, ein unbeugsamer und heimlicher Ruf ertönte, dem er folgen mußte. Er hätte vielleicht gehen sollen und können, als Billy Swann es von ihm verlangte, doch jetzt war es zu spät, als hätte er den letzten Zug verpaßt, um aus einer belagerten Stadt herauszukommen.

Morgens fuhr er zum Sanatorium. Vergeblich belauerte er abergläubisch die Fenster der entgegenkommenden Züge und las die Namen der Stationen, bis er sie auswendig kannte. In einen ihm viel zu großen Bademantel gehüllt, mit einer Decke über den Knien, verbrachte Billy Swann die Tage damit, vom Fenster seines Zimmers aus über den Wald und das Dorf zu schauen; er sprach so gut wie nie. Ohne sich umzudrehen, hob er die Hand, um eine Zigarette zu erbitten, und dann ließ er sie brennen, ohne sie mehr als ein- oder zweimal an die Lippen zu heben. Biralbo sah ihn von hinten vor der grauen Helligkeit des Fensters, reglos und allein, wie ein Standbild auf einem leeren Platz. Von der langen, gekrümmten Hand, die die Zigarette hielt, stieg senkrecht der Rauch auf. Er bewegte sich ein wenig, um die Asche abzuschütteln, die neben ihn fiel, ohne daß er es zu bemerken schien, aber wenn man zu ihm trat, bemerkte man, daß seine Finger ganz leicht, doch unaufhörlich zitterten. Ein lauer, regenfeuchter Nebel verhängte die Landschaft und ließ Orte und Dinge weit entfernt erscheinen. Biralbo erinnerte sich nicht, Billy Swann je so gelassen gesehen zu haben oder so ergeben, so losgelöst von allem, selbst von der Musik und vom Alkohol. Manchmal sang er mit leiser Stimme etwas vor sich hin, behutsam und in sich gekehrt, Verse alter Litaneien der Schwarzen oder Liebeslieder, immer mit dem Rücken zu Biralbo vor dem Fenster, mit dünner, brechender Stimme, und preßte dann die Lippen zusammen, um gemächlich den Klang der Trompete nachzuahmen. Als Biralbo am ersten Morgen hereinkam, hörte er ihn seltsame Variationen über eine Melodie erfinden, die ihm zugleich unbekannt und vertraut klang: *Lisboa*. Er blieb in der Tür stehen, denn Billy Swann schien ihn nicht bemerkt zu haben und summte die Musik vor sich hin, als wäre er allein; mit dem Fuß schlug er dazu leise den Takt.

«Du bist also doch nicht abgefahren», sagte er, ohne sich umzudrehen, und starrte in die Scheibe des Fensters wie in einen Spiegel, in dem er Biralbo sehen konnte.

«Ich habe gestern abend Lucrecia gesehen.»

«Wen?» Jetzt wandte Billy Swann sich um. Er hatte sich rasiert, und das schüttere Haar, das noch immer schwarz war, glänzte von Brillantine. Die Brille und der Morgenrock gaben ihm das Aussehen eines friedfertigen Rentners. Aber die Glut seiner Augen und die seltsame Spannung der Knochen unter der Haut seiner Wangen nahmen diesen Eindruck sofort zurück. So müssen die Kiefer eines frisch rasierten Toten glänzen, dachte Biralbo.

«Lucrecia. Erzähl mir nicht, du könntest dich nicht an sie erinnern.»

«Das Mädchen aus Berlin», sagte Billy Swann in einem Ton wie von Schwermut oder Spott. «Bist du sicher, daß du kein Gespenst gesehen hast? Ich habe sie immer für eines gehalten.»

«Ich habe sie in einem Zug gesehen, der hierherfuhr.»

«Willst du wissen, ob sie mich besucht hat?»

«Das wäre eine Möglichkeit.»

«Außer dir und Oscar kommt niemand auf die Idee, einen Ort wie diesen hier aufzusuchen. In den Korridoren riecht es nach Tod. Hast du das nicht bemerkt? Es riecht nach Alkohol, nach Chloroform und Blumen, wie in einem Beerdigungsunternehmen in New York. Nachts hört man Schreie. Kerle, die mit Riemen an ihr Bett geschnallt sind und Schaben an ihren Beinen heraufkrabbeln sehen.»

«Nur für eine Sekunde.» Jetzt stand Biralbo neben Billy Swann und sah auf den dunkelgrünen, nebligen Wald, die vereinzelten Villen im Tal mit Rauchsäulen über den Dächern, die Überdachung des Bahnhofs in der Ferne. Ein Zug fuhr gerade ein, geräuschlos, wie es schien. «Ich habe nicht gleich begriffen, daß ich sie gesehen hatte. Sie hat sich die Haare abgeschnitten.»

«Das war deine Phantasie, Junge. Dies ist ein sehr seltsames Land. Hier geschehen die Dinge anders, als wären sie vor Jahren passiert, und man erinnerte sich an sie.»

«Sie war in dem Zug, Billy, ich bin ganz sicher.»

«Na und, was geht dich das an?» Billy Swann nahm langsam die Brille ab. Das tat er immer, wenn er jemanden die ganze Kraft seiner Verachtung spüren lassen wollte. «Du warst geheilt, oder? Wir hatten eine Abmachung. Weißt du noch? Ich würde aufhören zu trinken, und du würdest aufhören, wie ein Hund deine Wunden zu lecken.»

«Du hast mit dem Trinken nicht aufgehört.»

«Jetzt habe ich es getan. Billy Swann wird nüchterner ins Grab gehen als ein Mormone.»

«Hast du Lucrecia gesehen?»

Billy Swann setzte sich die Brille wieder auf und sah ihn nicht an. Aufmerksam blickte er zu den vom Regen verdunkelten Türmen oder Schornsteinen des Palastes, als er in einem einstudierten, neutralen Tonfall, als spräche er zu einem Dienstboten, zu jemandem, den man nicht wahrnimmt, wieder zu reden begann.

«Wenn du mir nicht glaubst, frag doch Oscar. Er wird dich nicht anlügen. Frag ihn, ob mich ein Gespenst besucht hat.»

«Doch das einzige Gespenst war nicht Lucrecia, das war ich», sagte Biralbo über ein Jahr später zu mir, in der letzten Nacht, in der wir uns trafen, im Zimmer seines Hotels in Madrid auf dem Bett liegend, hemmungslos trunken und heiter vom Whiskey, so klar im Kopf und fern von allem, als spräche er vor einem Spiegel. Er war derjenige, der kaum noch existierte, der auf seinen Wegen durch Lissabon ausgelöscht wurde wie die Erinnerung an ein Gesicht, das man nur ein einziges Mal gesehen hat. Auch Oscar bestritt, daß eine Frau Billy Swann besucht hätte: bestimmt nicht, er wäre immer da, er hätte sie sicher gesehen, warum sollte er ihn belügen. Wieder ging er allein den Weg durch den Wald hinunter und trank etwas im Bahnhof, während er auf den Zug zurück nach Lissabon wartete. Er sah zu den rosa gestrichenen Mauern und den weißen Bogengängen des Sanatoriums hinauf und dachte an die seltsame Ruhe Billy Swanns, der jetzt reglos hinter einem der Fenster saß, er spürte nahezu sein Lauern und sein Mißfallen, und er dachte an die Art, wie seine Stimme die Melodie jenes Liedes gesummt hat, das Biralbo, lange bevor er nach Lissabon gekommen war, geschrieben hatte.

Er kehrte in die Stadt zurück, um sich in ihr zu verlieren wie in einer jener Nächte voll Musik und Bourbon, die nie ein Ende zu finden schienen. Aber jetzt hatte der Winter die Straßen verdunkelt, und die Möwen flogen über den Dächern und Reiterstandbildern, als suchten sie Schutz vor den stürmischen Winden des Meeres. Am frühen Abend gab es stets einen Augenblick, in dem die Stadt vollkommen vom Winter erobert schien. Vom Flußufer stieg der Nebel auf und verwischte den Horizont und die höchsten Gebäude auf den Hügeln; das rote Geländer der über die grauen Wasser gespannten Brücke endete im Nichts. Aber dann begannen die Lichter anzugehen, die Reihen der Laternen in den Alleen, die schwachen Leuchtreklamen, die flackerten und blinkten und Namen oder Zeichen und flüchtige Neonlinien bildeten und rhythmisch den niedrigen Himmel von Lissabon rosa und rot und blau färbten.

Er war immer unterwegs, schlaflos hinter dem hochgestellten Kragen seines Mantels. Er erkannte Plätze, an denen er oft vorbeigekommen war, oder verlief sich, wenn er ganz sicher war, den Plan der Stadt zu kennen. Es war, sagte er mir, als würde man langsam einen gespritzten Gin trinken, der so klar ist wie Glas oder ein kalter Dezembermorgen, als würde man sich eine giftige, süße Substanz impfen, die das Bewußtsein über die Grenzen des Verstandes und der Angst hinaus erweitert. Er nahm alles mit einer eisigen Präzision wahr, hinter der er manchmal spürte, wie leicht man in den Wahnsinn abgleiten kann. Er lernte, daß es für jemanden, der lange in einer fremden Stadt allein ist, nichts gibt, was nicht zum ersten Anzeichen einer Halluzination werden kann; daß das Gesicht des Kellners, der ihm den Kaffee brachte, oder des Portiers, dem er den Zimmerschlüssel aushändigte, so irreal waren wie die plötzlich gefundene und wieder verlorene Gegenwart Lucrecias, wie sein eigenes Gesicht in einem Toilettenspiegel.

Er hörte nicht auf, sie zu suchen, und dachte doch kaum an sie. Wie der Nebel und die Wasser des Tejo Lissabon von der Welt trennten und die Stadt nicht in einen Ort, sondern eine Landschaft in der Zeit verwandelten, spürte er zum ersten Mal in seinem Leben die vollkommene Abseitigkeit seiner Handlungsweise. Er entfernte sich ebenso weit von seiner eigenen Vergangenheit und seiner eigenen Zukunft wie von den Dingen, die ihn nachts in seinem Hotelzimmer umgaben. Vielleicht lernte er in Lissabon jenes verwegene und hermetische Glück kennen, das mir in der ersten Nacht, in der ich ihn im Metropolitano spielen sah, an ihm aufgefallen war. Ich erinnere mich an etwas, das er einmal sagte: Lissabon sei die Heimat seiner Seele, die einzig mögliche Heimat für Menschen, die als Fremde geboren werden.

Auch für diejenigen, die beschließen, als Abtrünnige zu leben und zu sterben. Einer von Billy Swanns Grundsätzen war, daß jeder Mann mit Selbstachtung das Land, in dem er geboren ist, haßt und es für immer verläßt, um sich seinen Staub von den Sandalen zu schütteln.

Eines Abends hatte Biralbo sich völlig erschöpft in einem Viertel verlaufen, aus dem er zu Fuß vor Dunkelwerden nicht herausgefunden hätte. Verlassene Schuppen aus roten Ziegeln standen am Fluß aufgereiht. Am Ufer, das so schmutzig war wie eine Müllhalde, lagen alte Werkstücke im Unkraut wie Gerippe ausgestorbener Tiere. Biralbo hörte entfernt ein bekanntes Geräusch wie von schleifendem Metall. Eine Straßenbahn kam langsam näher, hoch und gelb zwischen den schmutzigen Mauern und Schutthaufen auf den Gleisen schwankend. Er stieg ein; er verstand nicht, was der Schaffner ihm erklärte, aber es war ihm gleich, wohin sie fuhr. In der Ferne strahlte im Dunst über der Stadt die Wintersonne, doch die Landschaft, durch die Biralbo fuhr, hatte das Grau eines verregneten Abends. Am Ende einer Fahrt, die ihm unendlich lang vorkam, hielt die Straßenbahn auf einem offenen Platz an der Mündung des Flusses mit tiefen von Statuen gekrönten Bogengängen und Marmorhöfen und einer Treppe, die ins Wasser führte. Auf einem Postament mit weißen Elefanten und Engeln, die bronzene Trompeten hochhielten, packte ein König, dessen Namen Biralbo nie erfuhr, die Zügel seines Pferdes und richtete sich mit der Gelassenheit eines Helden auf gegen den Wind des Meeres, der nach Hafen und nach Regen roch.

Es war noch hell, doch die Lichter in der hohen, feuchten Düsternis der Bogengänge begannen schon anzugehen. Biralbo ging unter einem Bogen mit Allegorien und Wappen hindurch und verlor sich sofort in Straßen, von denen er nicht wußte, ob er sie schon einmal gesehen hatte. Aber das passierte ihm in Lissabon immer: es gelang ihm nicht, zwischen Unkenntnis und Erinnerung zu unterscheiden. Es waren engere und dunklere Straßen mit tiefen Lagerhäusern und schweren Hafengerüchen. Er ging über einen großen Platz, der so eisig war wie ein Sarkophag aus Marmor, auf dem die gekrümmten Schienen der Straßenbahnen im Pflaster glänzten, und durch eine Straße, in der es nicht eine einzige Tür gab, nur eine lange, ockerfarbene Mauer mit vergitterten Fenstern. Er bog in eine tunnelartige Gasse, die nach Keller roch und nach Kaffeesäcken, und er lief rascher, als er hinter sich die Schritte eines anderen Mannes hörte.

Er bog noch einmal ab, besessen von der Angst, man würde ihn verfolgen. Einem auf einer Stufe sitzenden Bettler gab er ein Geldstück, der hatte neben sich eine vollkommen intakte, orangefarbene Beinprothese mit einer karierten Socke, mit Riemen und Schnallen und einem sehr sauberen, nahezu melancholischen Schuh. Er sah schmutzige Hafenkneipen und Eingänge zu Pensionen oder unverkennbaren Bordellen. Als stiege er in einen Brunnen hinunter, bemerkte er, daß die Luft dikker wurde: immer mehr Bars und immer mehr Gesichter, dunkle Masken, kalte Schlitzaugen, blasse und starre Züge in Hauseingängen mit roten Birnen, bläuliche Lider, Lächeln wie von zerschnittenen Lippen, die Zigaretten hielten und sich kräuselten, um ihm von den Ecken her nachzurufen und von den Eingängen der Nachtclubs mit gepolsterten Türen und purpurfarbenen Samtvorhängen unter der Leuchtreklame, die an- und ausging, obwohl es noch nicht Nacht war, als wartete sie nur darauf und kündigte es schon an.

Namen von Städten und Ländern, von Häfen und fernen Gegenden, von Filmen, Namen, die unbekannt und erregend flackerten wie Lichter einer von einem nächtlichen Flugzeug aus betrachteten Stadt, wie Korallenbüsche oder Eiskristalle zusammengefügt. Texas, las er, Hamburg, rote und blaue, gelbe, violette, flüchtige Buchstaben, schmale Neonstreifen, Asien, Jakarta, Mogambo, Goa, jede Bar und jede Frau boten sich ihm unter

einer perversen und geheiligten Widmung an, und er
ging, als wanderte er mit dem Zeigefinger über die
Weltkarten seiner Phantasie und seiner Erinnerung, des
uralten Instinkts der Angst und des Verlorenseins, den
jene Namen immer in ihm wachgerufen hatten. Ein
Schwarzer mit dunkler Brille und sehr engem Regenmantel trat an ihn heran und zeigte ihm etwas in seiner
hellen Handfläche. Biralbo schüttelte den Kopf, und der
andere zählte auf englisch Dinge auf: Gold, Heroin,
einen Revolver. Er hatte Angst und gefiel sich darin wie
im Rausch der Geschwindigkeit, wenn man nachts mit
dem Auto fährt. Billy Swann fiel ihm ein, der immer,
wenn er in eine unbekannte Stadt kam, allein die gefähr-
lichsten Straßen aufsuchte. Und dann sah er das Wort
aufleuchten: an der letzten Straßenecke zitterte das blaue
Licht, als wollte es ausgehen, hoch oben in der Dunkelheit wie eine Laterne, wie die Lichter auf der letzten
Brücke in San Sebastián. Für einen Augenblick sah er es
nicht mehr, dann entstanden blaue Blitze, und endlich
leuchteten einer nach dem anderen die einzelnen Buchstaben wieder über der Straße und bildeten einen Namen, einen Ruf: *Burma*.

Er ging hinein wie jemand, der die Augen schließt und
sich ins Leere stürzt. Blonde Frauen mit breiten Schenkeln und von strenger Häßlichkeit tranken an der Bar.
Schemenhaft sah er Männer auf irgend etwas warten,
vor Kabinen mit roten Birnen, die manchmal ausgingen, zählten sie heimlich Geldstücke ab. Dann kam jemand mit gesenktem Kopf aus einer der Kabinen, und
ein anderer Mann ging hinein, und man hörte, wie er
von innen abschloß. Eine Frau trat zu Biralbo. «Nur vier

Fünfundzwanzig-Escudo-Stücke», sagte sie. Er fragte in zögerndem Portugiesisch, warum das Lokal Burma hieße. Die Frau lächelte, ohne zu verstehen, und wies in den Gang, wo die Kabinen aufgereiht waren. Biralbo betrat eine. Sie war so eng wie die Toilette in einem Zug und hatte in der Mitte ein dunkles, rundes Fenster. Eine nach der anderen ließ er die vier Münzen in einen senkrechten Schlitz fallen. Das Licht in der Kabine ging aus, und eine rosafarbene Helligkeit beleuchtete das Fenster, das an ein Bullauge erinnerte. «Das bin nicht ich», dachte Biralbo, «ich bin nicht in Lissabon, dieses Lokal heißt nicht Burma.» Hinter der Scheibe wand sich oder tanzte eine blasse und nahezu nackte Frau auf einer Drehscheibe. Sie bewegte die ausgestreckten Hände und tat so, als streichle sie sich, streng und abweisend ging sie in die Knie oder legte sich hin, bäumte sich auf und sah manchmal ausdruckslos die Reihe der runden Fenster entlang.

Biralbos Fenster wurde dunkel, als legte sich Reif darüber. Ihm war kalt, als er hinausging, und er irrte sich in der Richtung. Der Tunnel mit den Kabinen führte ihn nicht zur Bar, sondern in ein kahles Zimmer mit nur einer Glühbirne und einer angelehnten Metalltür. An den Wänden waren feuchte Flecken und obszöne Zeichnungen. Biralbo hörte Schritte von Leuten, die eine Eisentreppe heraufkamen, er hatte aber nicht Zeit genug, der Versuchung zu folgen, sich zu verstecken. Eine Frau und ein Mann erschienen, sich um die Taille haltend, in der Tür. Der Mann war zerzaust und wich Biralbos Blick aus. Biralbo ging weiter, als sie ihn nicht mehr sehen konnten. Die Treppe führte zu einer sehr schwach beleuchteten Garage oder einem Lagerraum hinunter. In einem Eisengerüst strahlte das Zifferblatt einer Uhr wie Schwefel über einem leeren Raum, der aussah wie eine verlassene Tanzfläche.

Wie auf manchen Bahnhöfen mit gotischen Kuppeln und hohen, rauchgeschwärzten Glasfenstern, herrschte an diesem Ort das Gefühl von unendlichen Entfernungen, das vom Halbdunkel, von den über den Türen brennenden roten Birnen, der aufdringlichen und aggressiven Musik, die in dem leeren Raum und in den Metallstreben der Treppe widerhallte, noch gesteigert wurde. Hinter einer langen, menschenleeren Bar bereitete ein blasser Kellner im Smoking ein Tablett mit Getränken vor. Vielleicht lag es am Licht, daß Biralbo glaubte, er hätte eine dünne Schicht rosafarbenen Puders auf den Wangen. Es klingelte. Über einer Metalltür ging das rote Licht an. Mit dem Tablett auf einer Hand ging der Kellner quer durch den Salon und klopfte an die Tür. In dem Augenblick, in dem er sie öffnete, ging das Licht aus. Biralbo glaubte zu hören, wie sich der Lärm von Gelächter und Gläserklirren mit der Musik mischte.

Aus einer anderen Tür weiter hinten kam ein Mann und richtete sich mit einer gewissen Dreistigkeit die Hosen, wie jemand, der aus einer Toilette kommt. Es gab dort noch eine Bar, beleuchtet wie die tiefsten Kapellen der Kathedralen. Ein anderer Kellner im Smoking und ein einsamer Kunde zeichneten sich dort so scharf ab wie Scherenschnitte. Der Mann, der sich die Hosen zugeknöpft hatte, setzte einen Hut auf, den er tief in die Stirn zog, und zündete sich eine Zigarette an. Hinter ihm erschien eine Frau, sie fuhr sich mit den Fingern durch die blonde Mähne und steckte eine Puderdose oder einen Spiegel in ihre Handtasche, dabei schürzte sie die Lippen. Von der Bar, die der Treppe nach oben am nächsten war, beobachtete Biralbo, wie sie an ihm vorbeigingen und mit vielen Zischlauten und dunklen portugiesischen Vokalen leise miteinander sprachen. Als die Absätze der Frau schon auf den Metallstufen widerhallten, roch es noch immer nach einem sehr starken und vulgären Parfüm.

«Ist der Herr allein?» Der Kellner war mit dem leeren Tablett zurückgekommen und sah ihn ohne ein Lächeln über den Marmortresen an. Er hatte ein sehr langes Gesicht und platt über der Stirn anliegendes Haar. «Das ist im Burma nicht nötig.»

«Danke», sagte Biralbo. «Ich erwarte jemanden.»

Der Kellner grinste ihn mit seinen viel zu roten Lippen an. Er glaubte ihm natürlich nicht, vielleicht wollte er ihn aufmuntern. Biralbo bestellte einen Gin und sah zu der entsprechenden Bar am anderen Ende des Raums. Der gleiche Kellner, der gleiche Smoking mit einem Schnitt wie von 1940, der gleiche Trinker mit hängenden Schultern und reglosen Händen neben dem Glas. Fast war er erleichtert, als er bemerkte, daß er nicht in einen Spiegel sah, denn der andere rauchte nicht.

«Warten Sie auf eine Frau?» Der Kellner sprach ein brauchbares, eigenwilliges Spanisch. «Wenn sie kommt, können Sie auf fünfundzwanzig gehen. Sie läuten, und ich bringe die Gläser.»

«Das Lokal gefällt mir. Und sein Name», sagte Biralbo und grinste, wie einsame und standhafte Trinker grinsen. Ihn beunruhigte die Vorstellung, daß der andere Trinker vielleicht genau dasselbe zu dem anderen Kellner sagte. Aber das Beste an reinem und eiskaltem Gin ist, daß er einen sofort umhaut. «Burma. Warum heißt das Lokal so?»

«Sind Sie Journalist?» Der Kellner wurde mißtrauisch. Sein Lächeln war wie aus Glas.

«Ich schreibe ein Buch.» Biralbo spürte glücklich, daß das Lügen sein Leben nicht versteckte, sondern es vielmehr erfand. *«Lissabon bei Nacht.»*

«Sie müssen nicht alles erzählen. Das würde meinen Chefs gar nicht gefallen.»

«Das hab ich auch nicht vor. Nur Tips, Sie wissen schon... Manch einer kommt in eine Stadt und findet nicht, was er sucht.»

«Trinkt der Herr noch einen Gin?»

«Sie haben meine Gedanken erraten.» Nachdem er so viele Tage lang mit niemandem gesprochen hatte, überkam Biralbo ein hemmungsloses Verlangen zu reden und zu lügen. «Burma. Gibt es das schon lange?»

«Seit ungefähr einem Jahr. Früher war hier ein Kaffeelager.»

«Die Besitzer haben Pleite gemacht, nehme ich an. Hieß es damals auch schon so?»

«Es hatte keinen Namen, Señor. Hier ist irgendwas los gewesen. Irgendwie wurde hier nicht wirklich mit Kaffee gehandelt. Die Polizei hat das ganze Viertel abgeriegelt. Sie sind in Handschellen abgeführt worden. Der Prozeß war in der Zeitung.»

«Schmuggler?»

«Verschwörer.» Der Kellner stützte sich vor Biralbo auf den Tresen, beugte sich weit zu ihm hinüber und sprach leise, mit übertriebener Geheimnistuerei. «Was Politisches. Burma war ein Geheimbund. Hier waren Waffen gelagert...»

Es läutete, und der Kellner ging wie mit verhaltenen Tanzschritten zu einer der Türen, über der das rote Licht angegangen war. Der andere Trinker löste sich langsam von der hinteren Bar und ging auf einer verdächtigen Geraden in Richtung Ausgang. Wie aufeinander folgende Blitze fielen Licht und Dunkelheit auf sein Gesicht. Er war sehr groß, und bestimmt war er betrunken, die Hände hatte er in den Taschen einer Art Militärjacke vergraben. Er war kein Portugiese und auch kein Spanier, er schien überhaupt kein Europäer zu sein. Er hatte große Zähne, einen gestutzten, rötlichen Bart und ein etwas plattes Gesicht, und die seltsame Wölbung seiner Stirn gaben ihm eine entfernte Ähnlichkeit mit einem Saurier. Er blieb vor Biralbo stehen, schwankte über seinen großen Schnallenstiefeln, grinste mit der gedämpften Verwunderung, der schwerfälligen Begeisterung eines Betrunkenen. Beim Anblick seiner blauen Augen kehrte Biralbos Erinnerung zu den besten Tagen des Lady Bird zurück, zu der reinen und geradezu jünglinghaften Glückseligkeit darüber, daß Lucrecia ihn liebte. «Kennst du mich nicht mehr?» sagte der andere, und er erkannte sein Lachen, seinen schwerfälligen nasalen Akzent. «Kennst du den alten Bruce Malcolm nicht mehr?»

# 14

**D**a standen wir uns nun gegenüber», sagte Biralbo, «und sahen uns argwöhnisch und freundlich an, wie zwei Bekannte, die sich nicht sehr nahe gekommen sind und sich nach weniger als fünf Minuten nichts mehr zu sagen haben. Aber er war mir sympathisch. So viele Jahre lang hatte ich ihn gehaßt, und nun freute ich mich, mit ihm zusammen zu sein und von alten Zeiten zu reden. Wahrscheinlich war der Gin an allem schuld. Als ich ihn sah, blieb mir beinahe das Herz stehen. Er erinnerte sich an San Sebastián, an Floro Bloom, an alles. Ich dachte, daß nichts zwei Männer mehr verbindet, als dieselbe Frau geliebt zu haben. Und sie verloren zu haben. Auch er hatte Lucrecia verloren...»

«Habt ihr über sie gesprochen?»

«Ich glaube ja. Nach drei oder vier Gins.» Er sah in das Lokal und sagte: «Das würde Lucrecia bestimmt gefallen.»

Aber es dauerte eine Weile, bis sie diesen Namen nannten, sie streiften ihn stets, hielten inne, bevor sie ihn aussprachen, wie vor einem leeren Kreis, den sie nicht zu sehen vorgaben, den sie sich gegenseitig mit Alkohol und Worten verdeckten, mit Fragen und Lügen über die letzte Zeit und mit Erinnerungen an eine Vergangenheit, deren beste Tage ihnen gemeinsam gehörten, denn der leere Raum, den sie erst nach langem Zögern zu benennen wagten, verband sie wie ein uralter Schwur. Sie bestellten noch mehr Gin, immer den vorletzten, sagte Malcolm, der sich noch an ein paar spanische Witze erinnerte, sie kamen auf immer weiter zurückliegende Ereignisse, stritten über Details, die sie aus der Vergessenheit hervorholten, über sinnlose Genauigkeit, wann sie einander das erste Mal gesehen hatten, das erste Konzert von Billy Swann im Lady Bird, die trockenen Martinis von Floro Bloom, reine Alchemie, sagte Malcolm, den Kaffee mit Sahne im Viena, das geruhsame Leben von San Sebastián, es war kaum zu glauben, daß erst vier Jahre vergangen waren, was hatten sie seither gemacht: nichts, Verfall, schäbige Erfahrungen, Gewitztheit, mit der man dem Unglück aus dem Weg ging, ein bißchen mehr Geld verdiente, indem man Bilder verkaufte und in Nachtclubs zu kalter Städte Klavier spielte, Einsamkeit, sagte Malcolm mit trüben Augen, *loneliness,* und preßte das Glas zwischen seinen von rötlichem Haar beschatteten Fingern, als wollte er es zerdrücken. Dann spürte Biralbo Angst und Kälte und Trostlosigkeit wie die ersten Zeichen eines Katers und dachte, daß Malcolm vielleicht eine Pistole bei sich hatte, die Pistole, die Lucrecia gesehen hatte, die er einmal einem Mann, der mit einem Nylonfaden erdrosselt wurde, auf die Brust drückte... Aber nein, wer glaubt schon solche Geschichten, wer kann sich vorstellen, daß es außer in Romanen und in den Nachrichten Mörder gibt und daß sie sich zu einem setzen und Gin trinken und in einem Keller von Lissabon nach gemeinsamen Freunden fragen. Beide waren sie in gleicher Weise allein und betrunken, von der gleichen Feigheit und Wehmut niedergedrückt. Der einzige sichtbare Unterschied war, daß Malcolm nicht rauchte, und selbst das machte sie zu Komplizen, denn beide erinnerten sich an die Kräuterbonbons, die Malcolm damals immer bei sich gehabt hatte und jedem anbot, auch Biralbo, der einmal nachts, von Erbitterung und Eifersucht vergiftet, ein solches Bonbon vor der Tür des Lady Bird auf die Erde geworfen und zertreten hatte. Plötzlich schwieg Malcolm vor seinem leeren Glas und sah Biralbo an, nur mit den Augen, ohne den Kopf zu heben.

«Aber ich habe dich immer beneidet», sagte er mit veränderter Stimme, als hätte er bis dahin den Betrunkenen nur gespielt. «Ich war halb tot vor Neid, wenn du Klavier spieltest. Du hörtest auf, wir klatschten, du kamst, dein Glas in der Hand, grinsend an unseren Tisch, mit diesem verächtlichen Blick, ohne jemanden zu beachten.»

«Ich hatte nur Angst. Damals hat mich alles erschreckt, Klavier zu spielen, allein schon einen Menschen anzusehen. Ich hatte Angst, sie würden sich über mich lustig machen.»

«... ich habe dich beneidet, wegen der Art, wie dich die Frauen angesehen haben.» Malcolm sprach weiter, ohne ihn zu hören. «Dir waren sie egal, du hast sie nicht einmal gesehen.»

«Ich habe nie geglaubt, daß sie mich ansehen würden», sagte Biralbo; mißtrauisch meinte er, Malcolm würde ihm etwas vorlügen, von jemand anderem sprechen.

«Sogar Lucrecia. Ja, sie auch.» Malcolm hielt inne, als

stünde er vor der Lösung eines Rätsels, er trank einen Schluck Gin, wischte sich den Mund mit der Hand ab. «Du hast es nicht gemerkt, aber ich habe nicht vergessen, wie sie dich angesehen hat. Du bist aufs Podium gestiegen, hast ein paar Töne angeschlagen, und schon gab es für sie nichts mehr außer deiner Musik. Ich erinnere mich, daß ich einmal dachte: ‹Genauso soll einen die Frau ansehen, die man liebt. Das wünscht sich jeder Mann.› Sie hat mich verlassen, wie du weißt. Ein ganzes Leben zusammen, und dann läßt sie mich in Berlin hängen.»

Er lügt, dachte Biralbo und versuchte, sich gegen eine unsichtbare Falle zur Wehr zu setzen, gegen das fiebrige Gefühl von Alkohol, er tut so, als hätte er nie etwas gewußt, um etwas, was ich nicht weiß und was ich vor ihm verbergen muß, herauszubringen, er hat immer gelogen, weil er gar nicht anders kann, seine Wehmut ist gelogen, seine Freundschaft, sein Kummer, sogar der Glanz in diesen viel zu blauen Augen, die nichts als reine Kälte ausdrücken, auch wenn er wirklich allein in Lissabon herumirrt, genau wie ich allein bin und herumirre und an Lucrecia denke, und wenn er aus dem einfachen Grund mit mir redet, daß ich sie auch gekannt habe. Man muß auf der Hut sein und nichts mehr trinken, ihm sagen, daß man gehen muß, so schnell wie möglich verschwinden, jetzt sofort. Aber der Kopf war ihm schwer, die Musik verwirrte ihn und das sich ständig verändernde Licht, er würde noch ein paar Minuten warten, nur noch ein Glas...

«Ich wollte dich schon immer etwas fragen», sagte Malcolm, er war so ernst, daß er nüchtern wirkte, möglicherweise mit dem Ernst dessen, der im nächsten Augenblick zu Boden geht. «Eine persönliche Frage.» Biralbo erstarrte, er bereute, so viel getrunken zu haben und immer noch dort zu sitzen. «Antworte mir nicht, wenn du nicht willst. Aber wenn du antwortest, versprich mir, daß du die Wahrheit sagst.»

«Versprochen», sagte Biralbo. Um sich zu schützen, dachte er: Jetzt sagt er es. Jetzt wird er mich fragen, ob ich mit seiner Frau geschlafen habe.

«Warst du in Lucrecia verliebt?»

«Das spielt heute doch keine Rolle mehr. Das ist lange her, Malcolm.»

«Du hast mir die Wahrheit versprochen.»

«Vorhin hast du gesagt, ich hätte die Frauen gar nicht wahrgenommen, nicht einmal sie.»

«Lucrecia doch. Wir sind oft zum Frühstück ins Viena gegangen und haben dich getroffen. Und im Lady Bird, weißt du noch? Du hast gespielt, und dann hast du dich zu uns gesetzt. Ihr habt viel miteinander gesprochen, nur damit ihr euch dabei in die Augen sehen konntet, ihr kanntet alle Bücher und hattet alle Filme gesehen und wußtet alle Namen von allen Schauspielern und allen Musikern, weißt du noch? Ich habe euch zugehört und hatte den Eindruck, ihr unterhaltet euch in einer Sprache, die ich nicht verstehe. Darum hat sie mich verlassen. Wegen der Filme und der Bücher und der Musik. Streite es nicht ab, du warst in sie verliebt. Weißt du, warum ich sie aus San Sebastián weggebracht habe? Ich werde es dir sagen. Du hast recht, es spielt keine Rolle mehr. Ich habe sie weggebracht, damit sie sich nicht in dich verliebt. Auch wenn ihr euch nicht kennengelernt hättet, wenn ihr euch nie getroffen hättet, ich wäre doch eifersüchtig gewesen. Ich werde dir noch etwas sagen: ich bin es noch.»

Biralbo bemerkte undeutlich, daß sie nicht allein im großen Keller des Burma waren. Blonde Frauen und Männer, die sich hinter den Gesten, mit denen sie rauchten, verbargen, gingen die Metalltreppe hinauf und hinunter, und die roten Lichter über den geschlossenen Türen leuchteten immer wieder auf. Als durchquerte er eine Wüste, ging er durch den ganzen Raum, um zum Waschraum zu gelangen. Das Gesicht ganz nah an den eisigen Kacheln dachte er, es sei sehr viel Zeit vergangen, seit er Malcolm verlassen hatte, daß noch viel mehr vergehen würde, bis er wieder bei ihm war. Er wollte hinausgehen, konnte die Tür jedoch nicht öffnen, die Stille verwirrte ihn und die Wiederholung der im Glanz der fluoreszierenden Röhren vervielfältigten Porzellanformen. Er beugte sich vor, um sich über einem Waschbecken, das so groß war wie ein Taufbecken, Wasser ins Gesicht zu spritzen. Als er die Augen öffnete, war noch jemand im Spiegel zu sehen. Plötzlich kehrten alle Gesichter seiner Erinnerung zurück, als hätten der Gin oder Lissabon sie gerufen, alle für immer vergessenen Gesichter, die hoffnungslos verlorenen und die, von denen er geglaubt hatte, er würde sie nie wiedersehen. Was nützte es, aus den Städten zu fliehen, wenn sie einen bis ans Ende der Welt verfolgen. Er war in Lissabon, im irrealen Waschraum des Burma Club, aber das Gesicht, das er vor sich hatte, vielmehr hinter sich, denn als er die Pistole sah, zögerte er einen Augenblick, sich umzudrehen, gehörte ebenfalls in die Vergangenheit und ins Lady

Bird. Mit unerschütterlicher Selbstzufriedenheit grinsend, zielte Toussaints Morton auf seinen Nacken. Er sprach immer noch wie ein Schwarzer im Film oder wie ein schlechter Schauspieler, der im Theater einen französischen Akzent nachahmt. Sein Haar war grauer geworden, und er war dicker, doch er trug noch die gleichen Hemden und goldenen Armbänder und war von einer ruhigen, falschen Höflichkeit.

«Lieber Freund», sagte er. «Drehen Sie sich ganz langsam um, aber heben Sie bitte nicht die Hände, das ist vulgär, das vertrage ich nicht einmal im Kino. Es genügt, wenn Sie sie von Ihrem Körper weghalten. So. Erlauben Sie mir, daß ich Ihre Taschen durchsuche. Spüren Sie etwas Kaltes im Nacken? Das ist meine Pistole. Im Jackett nichts. Ausgezeichnet. Jetzt nur noch die Hose. Ich verstehe Sie ja, sehen Sie mich nicht so an, für mich ist das genauso unangenehm wie für Sie. Stellen Sie sich vor, es kommt jemand herein. Er wird das Schlimmste denken, wenn er mich in einem Waschraum so dicht an Sie gepreßt sieht. Aber machen Sie sich keine Sorgen, Freund Malcolm paßt vor der Tür auf. Natürlich verdient er unser Vertrauen nicht, nein, auch nicht das Ihre, aber ich muß zugeben, ich habe auch nicht gewagt, ihn allein zu lassen. Es könnte uns sonst vielleicht etwas zustoßen. Darum ist die sanfte Daphne bei ihm. Daphne, erinnern Sie sich nicht? Meine Sekretärin. Sie wollte Sie gern wiedersehen. Nichts in der Hose. Die Socken? Es gibt Leute, die ein Messer darin haben. Sie nicht. Daphne hat zu mir gesagt: ‹Toussaints, Santiago Biralbo ist ein großartiger junger Mann. Es wundert mich gar nicht, daß Lucrecia seinetwegen diesen Idioten Malcolm verlassen hat.› Jetzt gehen wir raus. Kommen Sie nicht auf die Idee zu schreien oder wegzulaufen wie damals, als wir uns das letzte Mal trafen. Glauben Sie mir, wenn ich Ihnen sage, daß dieser Schlag mir immer noch wehtut? Daphne hat recht. Ich bin unglücklich gefallen. Sie glauben, wenn Sie um Hilfe rufen, holt der Kellner die Polizei. Irrtum, mein Freund. Niemand wird irgend etwas hören. Haben Sie nicht bemerkt, wie viele Läden für Hörgeräte es in dieser Stadt gibt? Machen Sie die Tür auf. Bitte, nach Ihnen. So, die Hände auseinander, sehen Sie geradeaus, lächeln Sie. Ihr Haar ist zerzaust. Sie sind blaß. Ist Ihnen der Gin nicht bekommen? Wie können Sie sich auch mit Malcolm in Bars herumtreiben. Lächeln Sie Daphne zu. Sie schätzt Sie mehr, als Sie glauben. Bitte, geradeaus. Sehen Sie das Licht dahinten?»

Er spürte keine Angst, nur eine im Magen zurückgehaltene Übelkeit und Zerknirschung darüber, zuviel getrunken zu haben, und das hartnäckige Gefühl, als passierten diese Dinge nicht wirklich. Hinter ihm plauderte Toussaints Morton jovial mit Malcolm und Daphne, die rechte Hand hielt er in der Tasche seiner braunen Windjacke, den Arm leicht angewinkelt, als ahme er die verkrampfte Haltung eines Tangotänzers nach. Als sie unter der großen von der Decke herabhängenden Uhr hindurch kamen, färbten sich ihre Hände und Gesichter blaßgrün. Biralbo hob den Kopf und sah einen Spruch, der um das Zifferblatt herumlief: *Um Oriente ao oriente do Oriente.* Toussaints Morton sagte ihm sanft, er solle vor einer der geschlossenen Türen stehenbleiben. Alle Türen waren aus Metall und schwarz oder sehr dunkelblau angestrichen, genau wie die Wände und der Holzfußboden. Malcolm öffnete und trat mit gesenktem Kopf, wie ein ergebener Hotelpage, zur Seite, um die anderen vorbeizulassen.

Der Raum war klein und eng und roch nach ordinärer Seife und kaltem Schweiß. Ein Sofa, eine Lampe, eine Kletterpflanze aus Plastik und ein Bidet waren darin. In dem rosigen Licht verschwamm eine unbestimmte Hintergrundmusik von Gitarren und Orgel. «Vielleicht bringen sie mich hier um», dachte Biralbo gleichmütig und ernüchtert und betrachtete die Tapeten an den Wänden, den lachsfarbenen Polsterstoff des Sofas mit länglichen Flecken und Brandstellen von Zigaretten. Die vier konnten sich in einem so engen Raum kaum bewegen, es war fast, als führe er in der Metro; dabei spürte er in der Wirbelsäule dieses harte, kalte Ding und im Nacken den schweren Atem von Toussaints Morton. Daphne musterte streng das Sofa und setzte sich mit zusammengepreßten Knien auf die äußerste Kante. Mit einem Schwung warf sie die Platinmähne aus dem Gesicht und blieb dann reglos sitzen, Biralbo das Profil zugewandt, und besah das rosafarbene Porzellan des Bidets.

«Setz du dich auch hin», befahl ihm Malcolm. Jetzt hatte er die Pistole.

«Lieber Freund», sagte Toussaints Morton, «Sie müssen Malcolms Grobheit entschuldigen, er hat viel zuviel getrunken. Und das ist nicht nur seine Schuld. Er hat Sie gesehen und mich angerufen, ich bat ihn, Sie ein wenig zu unterhalten, nicht bis zu diesem Grad, versteht sich. Darf ich Ihnen sagen, daß auch Ihr Atem nach Gin riecht?»

«Es ist spät», sagte Malcolm. «Wir haben nicht die ganze Nacht Zeit.»

«Ich hasse diese Musik.» Toussaints Morton sah sich im Zimmer um und suchte die unsichtbaren Lautsprecher, aus denen eine barocke Fuge zu leiern begann. «Daphne, schalte das ab.»

Alles war noch seltsamer, als es still wurde. Die Musik von draußen drang nicht durch die gepolsterten Wände. Aus der oberen Tasche seiner Jacke holte Toussaints Morton ein Transistorradio und zog die Antenne so weit heraus, daß sie an die Zimmerdecke stieß. Unter Pfeiftönen waren portugiesische, italienische, spanische Stimmen zu hören, Toussaints Morton horchte und fluchte und fummelte mit seinen Herkulesfingern an dem Apparat herum. Dann hielt er inne und grinste, als er etwas empfing, was sich wie eine Opernouvertüre anhörte. «Jetzt wird er mich schlagen», dachte Biralbo, ein unverbesserlicher Kinofan. «Er wird die Musik ganz laut stellen, damit niemand mein Schreien hört.»

«Ich liebe Rossini», sagte Toussaints Morton. «Das perfekte Gegenmittel gegen diesen ganzen Verdi und diesen ganzen Wagner.»

Er stellte den Transistor zwischen die Hähne des Bidets, setzte sich auf den Rand des Beckens und summte mit geschlossenem Mund die Melodie mit. Unbehaglich, vielleicht aus einem leichten Schuldgefühl heraus oder vom Alkohol mitgenommen, verlagerte Malcolm sein Gewicht mal auf das eine, mal auf das andere Bein. Er hielt die Pistole auf Biralbo gerichtet, vermied es aber, ihm ins Gesicht zu sehen.

«Mein lieber Freund. Mein sehr lieber Freund.» Toussaints Mortons Gesicht verzog sich zu einem breiten, väterlichen Grinsen. «Das ist alles sehr unangenehm. Glauben Sie mir, auch für uns. Es wird daher besser sein, das, was wir zu tun haben, so schnell wie möglich hinter uns zu bringen. Ich stelle Ihnen drei Fragen, Sie geben mir auf jede eine Antwort, und wir alle vergessen, was gewesen ist. Nummer eins: Wo ist die schöne Lucrecia. Nummer zwei, wo ist das Bild. Nummer drei, wenn es kein Bild mehr gibt, wo ist das Geld. Bitte sehen Sie mich nicht so an, sagen Sie mir nicht, was Sie gerade sagen wollten. Sie sind ein Gentleman, das wußte ich gleich, als ich Sie zum ersten Mal sah. Sie glauben, Sie müßten uns belügen, weil Sie meinen, Lucrecia damit zu schützen, denn ein Gentleman spricht nicht über die Geheimnisse einer Dame. Erlauben Sie mir, Ihnen klarzumachen, daß wir dieses Spielchen kennen. Wir haben es schon einmal gespielt, in San Sebastián, erinnern Sie sich.»

«Seit Jahren habe ich von Lucrecia nichts mehr gehört.» Biralbo überkam eine Langeweile, wie wenn man einen offiziellen Fragebogen beantwortet.

«Komisch, daß Sie dann in einer gewissen Nacht aus ihrer Wohnung kamen, und zwar sehr rüpelhaft.» Toussaints Morton faßte sich an die linke Schulter und tat so, als lebten alte Schmerzen wieder auf. «Daß Sie am nächsten Tag zusammen auf eine lange Reise gingen...»

«Ist das wahr?» Als würde er plötzlich wach, hob Malcolm die Pistole und sah Biralbo zum ersten Mal, seit sie in das Zimmer gegangen waren, direkt an. Daphnes weit aufgerissene, starre Augen wanderten mit leichtem Zukken, wie die Augen eines Vogels, von einem zum anderen.

**203**

«Malcolm», sagte Toussaints Morton, «ich sähe es lieber, wenn du nach so vielen Jahren nicht gerade diesen Moment auswähltest, um zu begreifen, daß du der letzte bist, der davon erfährt. Beruhige dich. Hör auf Rossini. *La gazza ladra...*»

Malcolm fluchte auf englisch und hielt Biralbo die Pistole ein wenig näher vors Gesicht. Schweigend sahen sie sich an, als wären sie allein im Raum oder als hörten sie die Worte des anderen nicht. Aber in Malcolms Augen war weniger Haß als Verwunderung oder Angst oder der Wunsch, etwas zu erfahren.

«Darum hat sie mich also verlassen», sagte er, sprach aber nicht von Biralbo, er sprach laut aus, was er nie zu denken gewagt hatte. «Um sich das Bild zu schnappen und es zu verkaufen und dann das ganze Geld mit dir durchzubringen...»

«Eineinhalb Millionen Dollar, vielleicht etwas mehr, wie Sie zweifellos wissen.» Auch Toussaints Morton beugte sich zu Biralbo vor und senkte die Stimme. «Doch es gibt da ein kleines Problem, mein Freund. Das Geld gehört uns. Wir wollen es haben, verstehen Sie? Jetzt.»

«Ich weiß nicht von welchem Geld und welchem Bild Sie reden.» Biralbo lehnte sich in dem Sofa zurück, damit ihm Mortons Atem nicht ins Gesicht blies. Er war ruhig, noch ein wenig betäubt vom Gin und ungeduldig, nahezu vollkommen außerhalb seiner selbst und der Situation. «Aber ich weiß, daß Lucrecia nicht einen Pfennig hatte. Nichts. Ich habe ihr mein ganzes Geld gegeben, damit sie San Sebastián verlassen konnte.»

«Damit sie nach Lissabon fahren konnte, wollen Sie

sagen. Oder irre ich mich? Zwei Liebende treffen sich wieder und begeben sich auf eine lange Reise...»

«Ich habe sie nicht gefragt, wohin sie fuhr.»

«Das war auch nicht nötig.» Toussaints Morton grinste nicht mehr. Plötzlich sah er aus, als hätte er das nie getan. «Ich weiß, daß Sie zusammen weggefahren sind, sogar, daß Sie am Steuer saßen. Soll ich Ihnen das genaue Datum sagen? Daphne hat es in ihrem Kalender notiert.»

«Lucrecia ist vor Ihnen geflohen.» Schon eine ganze Weile sehnte Biralbo sich nach einer Zigarette. Langsam holte er Zigaretten und Feuerzeug aus der Tasche, hielt dabei Malcolms lauerndem Blick stand und zündete sich eine Zigarette an. «Ich weiß auch ein paar Sachen, zum Beispiel, daß sie Angst hatte, Sie würden sie umbringen, wie diesen Mann, den Portugiesen.»

Toussaints Morton hörte ihm zu und mimte schamlos den Neugierigen, der eifrig auf das Ende eines Witzes wartet, um dann loszulachen, er hob die Schultern und grinste. Endlich lachte er laut los und schlug sich mit seinen breiten Handflächen auf die Schenkel.

«Und das sollen wir Ihnen glauben?» Ernst sah er erst Biralbo und dann Malcolm an, als müßte er sein ganzes Mitleid zwischen den beiden verteilen. «Sie wollen mir weismachen, daß Lucrecia Ihnen nichts von dem Plan erzählt hat, den sie uns geklaut hat? Sie haben nichts über Burma gewußt?»

«Er lügt», sagte Malcolm. «Überlaß ihn mir. Ich krieg die Wahrheit schon aus ihm raus.»

«Ruhig, Malcolm», Toussaints Morton schob ihn zur Seite, wobei seine goldenen Armbänder klimperten und blitzten. «Ich fürchte, unser Freund Biralbo ist genauso ein Tölpel wie du... Sagen Sie mir, mein Herr.» Jetzt sprach er wie einer von diesen Polizisten, voller Geduld und Güte, beinahe mitleidig. «Lucrecia hatte Angst vor uns. In Ordnung. Das bedaure ich, kann es aber verstehen. Sie hatte Angst und floh, weil sie gesehen hatte, wie wir einen Mann umbrachten. Die Menschheit hat in jener Nacht keinen besonderen Verlust erlitten, aber mit Recht werden Sie jetzt sagen, daß dies nicht der Augenblick ist, über solche Details nachzudenken. Auch in Ordnung. Nur eines möchte ich Sie fragen: Warum ging die schöne Lucrecia, die so entsetzt war über ein Verbrechen, das sie nicht hätte sehen sollen, nicht sofort zur Polizei? Es war ganz einfach, sie war uns entkommen und wußte genau, wo die Leiche lag. Aber sie hat es nicht getan... Können Sie sich nicht denken, warum?»

Biralbo sagte nichts. Er hatte Durst, und seine Augen tränten, die Luft war verqualmt. Daphne musterte ihn mit einem gewissen Interesse, wie man jemanden mustert, der im Zug neben einem sitzt. Er mußte fest bleiben, nicht mit der Wimper zucken, so tun, als wüßte er alles und sagte nichts. Ein Brief von Lucrecia fiel ihm ein, der letzte, ein Umschlag, den er mehrere Monate später, nachdem sie San Sebastián für immer verlassen hatte, leer gefunden hatte. Burma, wiederholte er bei sich, Burma, als sagte er eine Zauberformel, deren Sinn er nicht kannte, ein unentschlüsseltes heiliges Wort.

«Burma», sagte Toussaints Morton. «Es ist bedauerlich, daß die Leute vor nichts mehr Respekt haben. Irgend jemand mietet das Lokal, usurpiert den Namen und macht das ganze zu einem Bordell. Als wir auf der

Straße das Schild sahen, habe ich zu Daphne gesagt: ‹Was würde der verstorbene Dom Bernardo Ulhman Ramires sagen, wenn er noch einmal zurückkäme?› Aber ich sehe, Sie wissen nicht einmal, wer Dom Bernardo war. Die Jugend hat keine Ahnung und will sich über alles hinwegsetzen. Dom Bernardo persönlich hat in Zürich einmal zu mir gesagt – ich sehe ihn noch vor mir, wie ich Sie jetzt sehe –, ‹Morton›, hat er gesagt, ‹was meine Generation und meine Klasse betrifft, ist das Ende der Welt gekommen. Uns bleibt kein anderer Trost, als schöne Bilder und Bücher zu sammeln und in internationale Badeorte zu fahren.› Sie hätten seine Stimme hören sollen, die Majestät, mit der er zum Beispiel ‹Oswald Spengler› sagte oder ‹Asien› oder ‹Zivilisation›. In Angola haben ihm ganze Urwälder gehört und Kaffeeplantagen, größer als Portugal, und sein Palast, mein Freund, auf einer Insel mitten in einem See, zu meinem Bedauern habe ich ihn nie gesehen, aber es heißt, er sei ganz aus Marmor gewesen, wie das Tadsch Mahal. Dom Bernardo Ulhman Ramires war kein Großgrundbesitzer, er war das Oberhaupt eines großartigen Reiches, das er im Urwald errichtet hatte, ich nehme an, die Kerle haben das ganze jetzt in eine Kommune von malariazerfressenen Landstreichern verwandelt. Dom Bernardo liebte den Orient, er liebte die große Kunst, er wollte, daß seine Sammlungen mit den besten ganz Europas vergleichbar wären. ‹Morton›, sagte er, ‹wenn ich ein Bild sehe, das mir gefällt, ist es mir egal, wieviel Geld ich dafür bezahlen muß.› Vor allem liebte er die französische Malerei und alte Karten, er brachte es fertig, durch die halbe Welt zu reisen, um ein

Bild anzusehen, und ich habe sie für ihn gesucht, nicht nur ich, er hatte ein Dutzend Agenten, die in Europa auf der Suche nach Bildern und Karten unterwegs waren. Nennen Sie mir irgendeinen großen Meister: Dom Bernardo Ulhman Ramires hatte ein Bild oder eine Zeichnung von ihm. Er liebte auch das Opium, warum soll ich das verheimlichen, das nimmt ihm nichts von seiner Größe. Während des Krieges arbeitete er in Südostasien für die Engländer, und von dort hat er den Geschmack am Opium mitgebracht und eine Sammlung Pfeifen, mit der sich keine in der Welt messen kann. Ich erinnere mich, wie er mir immer ein portugiesisches Gedicht aufsagte. Eine Zeile lautete: ‹Um Oriente ao oriente do Oriente...› Langweile ich Sie? Das tut mir leid, ich bin sentimental. Ich verabscheue eine Gesellschaft, in der es keinen Platz für Männer wie Dom Bernardo Ulhman Ramires gibt. Ich weiß, Sie halten nichts vom Imperialismus. Auch darin sind Sie Malcolm ähnlich. Sie sehen meine Hautfarbe und denken: ‹Toussaints Morton müßte alle Kolonialreiche hassen.› Irrtum, mein Freund. Wissen Sie, wo ich wäre ohne den Imperialismus, wie Malcolm sagt? Bestimmt nicht hier, was Sie erleichtern würde. Auf einer Kokospalme in Afrika, und würde wie ein Affe herumklettern. Wahrscheinlich würde ich das Tamtam schlagen und Masken aus Baumrinde schnitzen... Ich wüßte nichts von Rossini, nichts von Cézanne. Und jetzt kommen Sie mir um Gottes Willen nicht mit dem *bon sauvage*.»

«Er soll uns von dem Cézanne erzählen», sagte Malcolm. «Er soll sagen, was er und Lucrecia mit dem Bild gemacht haben.»

«Mein lieber Malcolm», Toussaints Morton grinste mit päpstlicher Gelassenheit, «deine Ungeduld wird dir noch einmal zum Verhängnis. Ich habe eine Idee: nehmen wir unseren Freund Biralbo doch in unsere fröhliche Gemeinschaft auf. Schließen wir einen Vertrag miteinander. Unterstellen wir einmal, daß seine geschäftliche Verbindung zu der schönen Lucrecia nicht so zufriedenstellend war wie die emotionale... Mein Angebot ist folgendes, mein Freund, das beste und das letzte: Sie helfen uns wiederzubekommen, was uns gehört, und wir schließen Sie bei der Verteilung des Gewinns mit ein. Weißt du noch, Daphne, dasselbe Angebot haben wir dem Portugiesen gemacht.»

«Es gibt keinen Vertrag», sagte Malcolm. «Nicht, solange ich hier bin. Er denkt, er kann uns betrügen, Toussaints, er hat gegrinst, während du geredet hast. Sag schon, wo das Bild ist, wo das Geld ist, Biralbo. Sag es, oder ich bring dich um. Auf der Stelle.»

Er umklammerte den Griff der Pistole so heftig, daß seine Knöchel weiß wurden und die Hand zitterte. Daphne rückte langsam von Biralbo ab, stand auf und glitt mit dem Rücken an der Wand entlang. «Malcolm», sagte Toussaints Morton leise, «Malcolm», doch der hörte und sah ihn nicht, er starrte nur in Biralbos ruhige Augen, als verlangte er von ihm Angst und Unterwerfung, und bestätigte auf diese Weise stumm und so starrsinnig, wie er die Pistole gepackt hielt, das Fortbestehen eines alten Grolls, die sinnlose und nahezu gemeinsame Wut darüber, das Recht auf die Erinnerungen und auf die Würde der Niederlage verloren zu haben.

«Steh auf», sagte er, und als Biralbo stand, setzte er

ihm die Pistole mitten auf die Brust. Aus der Nähe war sie so groß und obszön wie ein Stück Eisen. «Rede jetzt, los, oder ich bring dich um.»

Biralbo erzählte mir später, daß er geredet hatte, ohne zu wissen, was er sagte; daß ihn in dem Augenblick das Grauen unverwundbar machte. Er sagte:

«Schieß doch, Malcolm. Du tätest mir damit einen Gefallen.»

«Wo habe ich das schon mal gehört?» sagte Toussaints Morton, aber Biralbo kam es vor, als klänge seine Stimme aus einem anderen Zimmer, denn er sah vor sich nur Malcolms Augen.

«In *Casablanca*», sagte Daphne unbeteiligt und pedantisch. «Bogart sagt das zu Ingrid Bergman.»

Als er das hörte, vollzog sich mit Malcolms Gesicht eine Veränderung. Er sah Daphne an und vergaß, daß er die Pistole in der Hand hielt, die nackte Wut und die nackte Grausamkeit verzerrten seinen Mund und machten seine Augen noch kleiner, als er Biralbo wieder ansah und sich auf ihn stürzte.

«Filme», sagte er, aber es war sehr schwer, seine Worte zu verstehen. «Das war das einzige, was euch wichtig war, ja? Wer eure Filme nicht kannte, den habt ihr verachtet, ihr habt nur davon geredet und von euren Büchern und von eurer Musik, aber ich wußte, daß ihr nur von euch selbst gesprochen habt, niemand hat euch interessiert und nichts, die Wirklichkeit war zu armselig für euch, so war es doch, oder?»

Biralbo sah Malcolms breiten, großen Körper auf sich zukommen, als wollte er auf ihn stürzen, er sah seine Augen so nah, daß sie ihm unwirklich vorkamen, und

als er zurückwich, stieß er gegen das Sofa, und Malcolm
kam wie eine Lawine immer näher. Da trat er ihm in den
Leib, warf sich zur Seite, um dem Stürzenden auszuweichen, und dann hatte er die Hand vor sich, die noch immer die Pistole hielt, er schlug darauf, biß hinein, und
Dunkelheit breitete sich über ihm aus, und als er die Augen wieder aufschlug, hatte er die Pistole in der rechten
Hand. Die Pistole in der Faust stand er auf, Malcolm
hockte zusammengekrümmt auf den Knien, den Kopf
auf dem Sofa, und Daphne und Toussaints Morton
starrten ihn an und wichen zurück. «Ruhig», raunte
Morton, «ganz ruhig, mein Freund», aber ein Grinsen
brachte er nicht mehr zustande, er starrte auf die Pistole,
die jetzt auf ihn gerichtet war. Biralbo machte ein paar
Schritte rückwärts und tastete an der Tür entlang, auf
der Suche nach der Klinke, doch er fand sie nicht. Malcolm wandte ihm jetzt das Gesicht zu und richtete sich
sehr langsam auf, endlich ging die Tür auf, Biralbo ging
rückwärts hinaus und dachte, daß Kinohelden auf diese
Weise einen Raum zu verlassen pflegen, knallte die Tür
hinter sich zu und rannte zu der eisernen Treppe. Erst als
er durch das rosagetönte Schummerlicht der Bar lief, wo
die blonden Frauen tranken, wurde ihm bewußt, daß er
die Pistole noch immer in der Hand hielt und daß viele
Augenpaare ihm überrascht und erschrocken nachsa-
hen.

## 15

**E**r lief auf die Straße, und als ihm plötzlich die feuchte
Nachtluft ins Gesicht schlug, wußte er, warum er keine
Angst hatte: wenn er Lucrecia verloren hatte, war ihm
alles egal. Er steckte die schwere Pistole in seine Manteltasche, und, von einer seltsamen Schwerfälligkeit gedämpft, wie sie uns manchmal im Traum lähmt, blieb er
ein paar Sekunden stehen. Über seinem Kopf ging das
Schild des Burma Club in kurzen Intervallen an und aus
und erhellte eine hohe Mauer mit leeren Balkonen. Er
ging eilig, die Hände in den Taschen, als käme er zu spät
zu einer Verabredung, rennen konnte er nicht, denn eine
Menge wie in einem asiatischen Hafen war auf der
Straße, blaue und grüne Gesichter unter der Neonreklame, einsame weibliche Nachtschwärmer, Gruppen
von Schwarzen, die sich bewegten, als gehorchten sie
einem Rhythmus, den nur sie hörten, Scharen von Männern mit kupferfarbenen Wangen und orientalischen
Zügen, die in einer trüben Sehnsucht nach Städten zusammengekommen waren, deren Namen über der
Straße blinkten, *Shanghai, Hong Kong, Goa, Jakarta.*
   Er spürte die tödliche Gelassenheit dessen, der weiß,
daß er ertrinkt, und drehte sich noch einmal nach dem
Schild *Burma* um, das noch so nah war, als hätte er sich
überhaupt nicht bewegt. Jenen Augenblick empfand er

als unendlich lange Minute und sah in unzählige Gesichter, um Malcolm, Toussaints Morton und Daphne, sogar Lucrecias Gesicht darunter zu finden. Er wußte, daß er laufen müßte, doch es fehlte ihm an Willenskraft, wie wenn man weiß, daß man aufstehen muß und sich noch einen Aufschub gewährt und, wenn man die Augen wieder öffnet, meint, sehr lange geschlafen zu haben, während nicht eine Minute vergangen ist und man wieder beschließt, jetzt aufzustehen. Die Pistole war schwer, erzählte er mir, und es waren so viele Gesichter und Körper, durch die er sich einen Weg bahnen mußte, daß es war, als zöge man durch das Dickicht eines Urwalds. Dann drehte er sich um und sah Malcolm in demselben Augenblick, in dem dessen blaue Augen ihn von weitem entdeckten, aber Malcolm kam genauso langsam vorwärts, als schwämme er gegen einen kräftigen Strom voller hinderlichem Gestrüpp an. Er war größer als die anderen und hatte den Blick auf Biralbo gerichtet wie auf das Ufer, das er erreichen wollte, und dadurch kamen beide noch langsamer voran, denn sie ließen einander nicht aus den Augen und stießen gegen Körper, die sie nicht sahen und die hin und wieder den anderen in der Menge verdeckten, so daß sie sich aus dem Blick verloren. Aber sie fanden sich immer wieder, und die Straße nahm kein Ende, sie wurde düsterer mit weniger Gesichtern und weniger Lichtern von Nachtclubs, und plötzlich sah Biralbo Malcom allein und reglos mitten auf der menschenleeren Straße breitbeinig vor seinem eigenen Schatten stehen. Da rannte er los, und die Gassen öffneten sich vor ihm wie eine Landstraße vor den Scheinwerfern eines Autos. Hinter sich hörte er Malcolms Schritte wie Trommelschläge und sogar sein Keuchen, sehr weit weg und ganz nah, wie eine Drohung oder eine Klage in der Stille der strahlenden, leeren Plätze, der weiten Plätze mit Säulen, der Straßen mit großen Schaufenstern, wo seine und Malcolms Schritte im Gleichschritt klangen, und je mehr die Atemnot ihn erstickte, verlor sich sein Bewußtsein von Raum und Zeit, er war in Lissabon und in San Sebastián, er floh vor Malcolm, wie er in einer anderen Nacht vor Toussaints Morton geflohen war, diese Verfolgungsjagd durch eine doppelte Stadt, die sich gegen ihn zu einem Labyrinth und zur Hatz verschworen hatte, ging niemals zu Ende.

Auch hier sahen die Straßen plötzlich alle gleich aus, zum Teil der Nacht überlassen, leere Aussichten auf hellere Plätze, von denen das schwache und deutliche Brausen einer bewohnten Stadt kam. Er lief auf diese Lichter zu wie auf ein Trugbild, das sich immer weiter entfernt. Hinter sich hörte er das gemächliche Rattern einer Straßenbahn, das Malcolms Schritte übertönte, und er sah sie hoch und gelb und leer wie ein treibendes Schiff vorüberfahren und etwas weiter entfernt anhalten, vielleicht konnte er sie noch erreichen, jemand stieg aus, und es dauerte einen Augenblick, bis die Straßenbahn wieder anfuhr, Biralbo war fast auf ihrer Höhe, als sie sich langsam wieder in Bewegung setzte und sich schwankend entfernte. Wie jemand, der auf einem Bahnsteig dem Zug nachsieht, den er verpaßt hat, blieb Biralbo stehen, Augen und Mund weit aufgerissen wischte er sich den Schweiß aus dem Gesicht und den Speichel von den Lippen und hatte Malcolm vergessen und den Zwang zu fliehen, und obwohl es ihn unendliche Kraft kostete, drehte er sich langsam um und sah, daß auch Malcolm, ein paar Meter entfernt, auf dem gegenüberliegenden Kantstein stehengeblieben war, wie auf dem Sims eines Gebäudes, von dem er sich hinunterstürzen wollte; keuchend und hustend strich er sich das rote Haar aus dem Gesicht. Biralbo tastete nach der Pistole in seiner Tasche; eine plötzliche Halluzination zeigte ihm, wie er auf Malcolm zielte, und beinahe hörte er den Schuß und den dumpfen Fall des Körpers auf die Gleise; es wäre so unendlich einfach, wie die Augen zu schließen und sich nie wieder von der Stelle zu rühren und tot zu sein, aber Malcolm kam bereits auf ihn zu, als versänke er mit jedem Schritt in einer Straße aus Sand. Er lief wieder los, aber er konnte nicht mehr, links sah er eine dunklere Straße, eine Treppe, einen schmalen Turm, höher als die Dächer der Häuser, auf merkwürdige Weise allein zwischen ihnen, mit gotischen Fenstern und eisernen Streben, er rannte auf ein Licht zu und eine angelehnte Tür, hinter der ein Mann stand, ein Schaffner, der um die Hüfte eine Tasche voller Münzen trug und ihm eine Fahrkarte reichte. «Fünfzehn Escudos», sagte er, schob ihn ins Innere und schloß umständlich eine Art Eisengitter, drehte eine kupferne Kurbel, und jener Ort, an dem Biralbo sich noch gar nicht umgesehen hatte, begann zu zittern und zu knirschen wie die Balken eines Dampfschiffes und erhob sich. Auf der anderen Seite des Gitters waren ein Gesicht und zwei Hände, die daran rüttelten, Malcolm, der langsam im Boden versank und vollständig verschwand, als Biralbo noch gar nicht richtig begriffen hatte, daß er sich in einem Fahrstuhl befand und daß er nun nicht mehr rennen mußte.

Der Schaffner, eine Frau mit einem Kopftuch und ein Mann mit weißen Schläfen und strengem Regenmantel sahen ihn aufmerksam und vorwurfsvoll an. Das Gesicht der Frau war sehr breit, sie kaute etwas und musterte mit methodischer Langsamkeit Biralbos verdreckte Schuhe, sein Hemd, das aufgedunsene, schweißnasse Gesicht, seine in der Manteltasche verborgene rechte Hand. Hinter den gotischen Fenstern breitete sich die Stadt aus und entfernte sich, je höher der Fahrstuhl kam: weiße Plätze wie Seen aus Licht, schwache Leuchtreklamen über den Dächern vor der Dunkelheit, die wohl die Mündung des Flusses war, Häuser an einem Hügel, auf dem eine von Scheinwerfern brutal angestrahlte Burg thronte.

Er fragte, wo er sei, als der Fahrstuhl hielt: in der Oberstadt, sagte der Schaffner. Er ging auf einen Steg hinaus, auf dem der kalte Seewind blies wie auf dem Deck eines Schiffes. Treppen und Mauern verlassener Häuser fielen senkrecht zu den tief unten liegenden Straßen ab, wo Malcolm vielleicht noch herumlief. Vor dem Turm einer eingefallenen Kirche stand ein Taxi, das ihm so merkwürdig und reglos vorkam wie jene Insekten, die man überrascht, wenn man das Licht anmacht. Er bat den Taxifahrer, ihn zum Bahnhof zu fahren. Er blickte durch das Rückfenster und suchte die Lichter eines anderen Wagens, sah sich die Gesichter an den dunklen Ecken genau an. Dann drückte ihn die Erschöpfung in das Kunststoffpolster, und er wünschte, die Taxifahrt würde noch lange dauern. Mit halbgeschlossenen Augen versank er in der Stadt wie in einer Unterwasserlandschaft, erkannte Plätze, Standbilder, Schilder alter Läden oder Lagerhäuser, den Eingang zu seinem Hotel, und es kam ihm vor, als sei es sehr lange her, daß er es verlassen hatte.

Ganz Lissabon, sagte er mir, auch die Bahnhöfe, ist ein Labyrinth aus Treppen, die nie bis ganz oben hinaufgelangen, immer erhebt sich darüber noch eine Kuppel oder ein Turm oder eine unerreichbare Reihe gelber Häuser. Über Rolltreppen und Gänge mit dreckigen Pissoirs gelangte er zu dem Bahnsteig, von dem der Zug ging, mit dem er jeden Morgen zu Billy Swann fuhr.

Ein paar Male fürchtete er, man würde ihm immer noch folgen. Er sah sich um, und jeder Blick war der eines heimlichen Feindes. In der Bahnhofskneipe der Endstation wartete er, bis niemand mehr auf dem Bahnsteig war und trank einen Schnaps. Er fürchtete auch die Blicke der Kontrolleure und der Kellner, er vermutete darin und in den Worten, die er hinter seinem Rücken hörte und nicht ganz verstand, eine Verschwörung, aus der er sich vielleicht nicht würde befreien können. Sie sahen ihn an, möglicherweise erkannten sie ihn und vermuteten, daß er auf der Flucht sei und ein Fremder. Im Spiegel des Waschraums erschreckte ihn sein Gesicht. Sein Haar war zerzaust, er war sehr blaß, seine Krawatte hing ihm locker wie ein Strick um den Hals, aber das Erschreckendste war die Fremdheit seiner Augen, die nicht mehr so blickten wie noch vor ein paar Stunden, sie schienen Mitleid mit ihm zu haben und ihm zugleich seine Verurteilung vorauszusagen. «Ich bin's», sagte er laut und sah die stummen Lippen sich im Spiegel bewegen, «ich bin Santiago Biralbo.»

Die Dinge, die dunklen Orte, die von Dächern mit

Rauchsäulen umgebenen konischen Türme des Palastes, der Waldweg behielten in der Verschwiegenheit der Nacht jedoch einen geheimnisvollen und stillen Charakter. Vor dem Sanatorium lud ein Mann Taschen und Koffer in einen großen Wagen, ein blankes Taxi, das nicht aussah wie die alten Taxis von Lissabon. «Oscar», sagte Biralbo. Der Mann drehte sich zu ihm um, denn in der Dunkelheit hatte er ihn nicht erkannt, vorsichtig lehnte er den Baß in den Rücksitz. Als er sah, wer ihn angesprochen hatte, grinste er, wischte sich die Stirn mit einem Taschentuch, das im Halbdunkel so weiß war wie sein Grinsen.

«Wir gehen», sagte er. «Heute abend. Billy hat entschieden, daß es ihm besser geht. Er wollte dich im Hotel anrufen. Du kennst ihn ja, er will, daß wir morgen mit den Proben beginnen.»

«Wo ist er?»

«Drinnen. Er verabschiedet sich von den Nonnen. Ich fürchte, er wird ihnen seine letzte Flasche Whiskey schenken.»

«Trinkt er wirklich nicht mehr?»

«Orangensaft. Er sagt, er sei tot. ‹Tote sind Abstinenzler, Oscar.› Das sagt er zu mir. Er raucht viel und trinkt Orangensaft.»

Oscar drehte sich abrupt um und verstaute den Baß und die Koffer im Innern des Taxis. Als er wieder herauskam, lehnte Biralbo an der Wagentür und sah ihn an.

«Oscar, ich muß dich was fragen.»

«Natürlich. Du machst ein Gesicht wie ein Polizist.»

«Wer hat das Sanatorium bezahlt? Ich habe heute

morgen eine Rechnung gesehen. Sie war verdammt hoch.»

«Frag das ihn.» Ohne Biralbo anzusehen zog Oscar sich aus dieser zu großen Nähe zurück und wischte sich mit dem Taschentuch die verschwitzten Hände. «Da kommt er ja.»

«Oscar.» Biralbo verstellte ihm den Weg und zwang ihn stehenzubleiben. «Er hat dir befohlen, mich anzulügen, stimmt's? Er hat dir verboten, mir zu sagen, daß Lucrecia hier war...»

«Ist was los?» Groß und zerbrechlich, in seinen Mantel gehüllt, die Hutkrempe genau auf der Höhe seiner Brille, eine Zigarette zwischen den Lippen und das Futteral mit der Trompete in der Hand kam Billy Swann im Gegenlicht auf sie zu. «Oscar, geh und sag dem Fahrer, daß wir losfahren können.»

«Sofort, Billy.» Oscar gehorchte erleichtert, wie jemand, der es geschafft hat, einer Bestrafung zu entgehen. Er behandelte Billy Swann mit einem ehrfürchtigen Respekt, der manchmal nicht von Furcht zu unterscheiden war.

«Billy», sagte Biralbo und bemerkte wie ihm die Stimme zitterte, als habe er viel getrunken oder eine vollkommen schlaflose Nacht hinter sich, «sag mir, wo sie ist.»

«Du siehst schlecht aus, mein Junge.» Billy Swann stand dicht vor ihm, aber Biralbo sah seine Augen nicht, nur die blanken Gläser seiner Brille. «Du siehst eher aus wie ein toter Mann als ich. Freust du dich nicht, mich zu sehen? Der alte Swann ist zurückgekehrt ins Reich der Lebendigen.»

«Ich frage dich, wo Lucrecia ist, Billy. Sag mir, wo ich sie finden kann. Sie ist in Gefahr.»

Billy Swann wollte ihn zur Seite schieben, um ins Taxi zu steigen, aber Biralbo rührte sich nicht. Es war so dunkel, daß er Billy Swanns Gesicht nicht sehen konnte, und das machte es noch verschlossener, eine blasse, dunkle Höhlung unter der Hutkrempe. Billy Swann aber sah ihn. Die Lichter der Eingangshalle beleuchteten Biralbos Gesicht. Er stellte den Trompetenkasten ab, warf die Zigarette nach einem kurzen Zug, der die harte Linie seiner Lippen sichtbar machte, fort, zog sehr langsam seine Handschuhe aus und bewegte seine Finger, als wären sie eingeschlafen.

«Du solltest dein Gesicht sehen, mein Junge. Du bist in Gefahr.»

«Ich habe nicht die ganze Nacht Zeit, Billy. Ich muß sie vor ihnen finden. Sie wollen sie umbringen. Mich hätten sie beinahe schon umgebracht.»

Er hörte eine Tür zufallen und dann Stimmen und Schritte auf dem Kiesweg. Oscar und der Fahrer kamen auf sie zu.

«Fahr mit uns», sagte Billy Swann. «Wir setzen dich an deinem Hotel ab.»

«Du weißt, daß ich nicht mitfahren werde, Billy.» Der Fahrer hatte den Motor angelassen, aber Biralbo wich nicht von der vorderen Wagentür. Ihm war kalt, und er fühlte sich fiebrig, er hatte ein Gefühl von großer Eile und Schwindel. «Sag mir, wo Lucrecia ist.»

«Bist du soweit, Billy?» Oscar hatte seinen großen, wolligen Kopf aus dem Fenster gestreckt und sah Biralbo mißtrauisch an.

«Diese Frau ist nicht gut für dich, mein Junge», sagte Billy Swann und schob ihn mit einer entschiedenen Geste zur Seite. Er öffnete die Wagentür, legte das Trompetenfutteral auf den Sitz und befahl dem Fahrer, sich Zeit zu lassen. Er sprach englisch, aber der Motor ging aus. «Vielleicht nicht ihretwegen. Vielleicht, weil irgend etwas in dir ist, das nichts mit ihr zu tun hat und das dich kaputt macht. So etwas wie Whiskey oder Heroin. Ich weiß, wovon ich rede, und du weißt auch, daß ich es weiß. Ich brauche mir in diesem Moment nur deine Augen anzusehen. Sie sehen aus wie meine, wenn ich mich eine Woche lang mit einer Kiste Flaschen einschloß. Steig ein. Schließ dich in deinem Hotel ein. Am zwölften spielen wir zusammen, und dann verschwinden wir von hier. Sobald du ins Flugzeug steigst, wird es sein, als wärst du nie in Lissabon gewesen.»

«Du begreifst nicht, Billy, es geht nicht um mich. Es geht um sie. Sie bringen sie um, wenn sie sie finden.»

Ohne den Hut abzunehmen, setzte sich Billy ins Taxi und legte das schwarze Trompetenfutteral auf seine Knie. Er zog die Tür noch nicht zu. Wie um sich Zeit zu nehmen, zündete er eine Zigarette an und stieß den Rauch zu Biralbo aus.

«Du glaubst, daß du derjenige bist, der sie gesucht hat, daß du sie neulich zufällig im Zug gesehen hast. Aber sie hat immer wieder dich gesucht, und ich wollte nicht, daß du davon erfährst. Ich habe ihr verboten, dich zu sehen. Sie hat mir gehorcht, weil sie vor mir Angst hat, genau wie Oscar. Erinnerst du dich an das Theater in Stockholm, wo wir gespielt haben, bevor ich nach Amerika ging? Sie war da, im Publikum, sie war von

Lissabon gekommen, um uns zu sehen. Um dich zu sehen, besser gesagt. Und kurze Zeit später, in Hamburg, hat sie fünf Minuten, bevor du kamst, meine Garderobe verlassen. Sie hat mich hierhergebracht und die Ärzte im voraus bezahlt. Sie hat jetzt viel Geld. Sie lebt allein. Ich nehme an, sie wartet in diesem Augenblick auf dich. Sie hat mir erklärt, wie man zu ihr kommt. Von dem Bahnhof da unten geht alle zwanzig Minuten ein Zug Richtung Küste. Steig an der vorletzten Station aus, wenn du einen Leuchtturm siehst. Den mußt du hinter dir lassen und ungefähr eine halbe Meile gehen, das Wasser immer zu deiner Linken. Sie sagte, das Haus habe einen Turm und einen Garten mit einer Mauer. Am Tor steht ein portugiesischer Name. Frag mich nicht danach, in der Sprache kann ich kein einziges Wort behalten. Haus der Wölfe oder so ähnlich.»

«*Quinta dos Lobos*», sagte Oscar in der Dunkelheit. «Ich hab es behalten.»

Billy Swann schloß die Tür des Taxis und sah Biralbo unbarmherzig an, während er die Scheibe hochdrehte. Einen Augenblick, als der Fahrer wendete, um in den Weg hineinzufahren, schien ihm das Licht einer Laterne direkt ins Gesicht. Es war ein mageres und strenges Gesicht und so unbekannt, als wäre der Mann, dessen Züge Biralbo nicht hatte sehen können, während er ihm zuhörte, ein Betrüger.

# 16

Ich erinnere mich, wie er in der letzten Nacht in seinem Hotelzimmer viele Stunden lang sprach, vergiftet vom Tabak und von Worten, wie er innehielt, um sich eine Zigarette anzuzünden oder kurze Schlucke aus einem Glas zu trinken, in dem nur noch sehr wenig Eis war, es war schon spät, drei oder vier Uhr morgens; von Namen und Orten zwanghaft besessen, von denen er so kühl zu sprechen begonnen hatte, war er entschlossen, so lange zu reden, bis die Nacht zu Ende war, und zwar nicht nur diese, zukünftige Nacht in Madrid, die wir beide jetzt zusammen verbrachten, sondern auch jene andere, die in seinen Worten wieder zurückgekehrt war, um sich seiner und auch meiner wie eines umzingelten Feindes zu bemächtigen. Er erzählte mir seine Geschichte nicht, er war aus dem Hinterhalt von ihr gepackt worden, wie ihn manchmal die Musik packte, ohne daß sie ihm Atem ließ noch die Möglichkeit zu schweigen oder zu entscheiden. Aber nichts davon zeigte sich in seiner bedächtigen und gelassenen Stimme noch in seinen Augen, die mich nicht mehr ansahen, die, während er sprach auf die Glut der Zigarette starrten oder auf das Eis in seinem Glas oder auf die geschlossenen Vorhänge zum Balkon, die ich hin und wieder zur Seite schob, um ohne Erleichterung zu sehen, daß uns niemand von der anderen Straßenseite aus belauerte. Er sprach in der unbeteiligten und sorgfältigen Art dessen, der eine Erklärung abgibt, als ginge es um das Leben eines anderen. Vielleicht wollte er nicht aufhören, bis er am Ende war, weil er wußte, daß wir uns nie wiedersehen würden.

«Und dann», sagte er, «als ich wußte, wo Lucrecia war, als Billy Swanns Taxi wegfuhr und ich allein auf dem Waldweg stand, war alles wie immer, wie in San Sebastián, wenn ich mit ihr verabredet war und es mir vorkam, als wären die Stunden oder Minuten, bis ich sie sehen würde, die längsten meines Lebens und die Bar oder das Hotel, wo sie auf mich wartete, läge am anderen Ende der Welt. Und auch die gleiche Angst, sie könnte schon fortgegangen sein und ich könnte sie nicht finden. Anfangs, wenn ich in San Sebastián zu ihr ging, sah ich in alle Taxis, die mir entgegenkamen, aus Angst, Lucrecia könnte in einem davon sitzen.»

Er begriff, daß das Vergessen eine Lüge war und daß die einzige Wahrheit, von ihm selbst aus seinem Bewußtsein verbannt, seit er San Sebastián verlassen hatte, sich in seine Träume zurückgezogen hatte, wo weder Wille noch Groll sie erreichen konnten, in Träume, die ihm das alte Gesicht und die unangreifbare Zärtlichkeit Lucrecias zeigten, wie er sie vor fünf oder sechs Jahren gekannt hatte, als noch keiner von ihnen den Mut noch das Recht auf Verlangen und Unschuld verloren hatte. In Stockholm, in New York, in Paris, in fremden Hotels, wo er erwachte, nachdem er wochenlang nicht an Lucrecia gedacht hatte, erregt oder zufrieden mit der Gegenwart anderer flüchtiger Frauen, erinnerte er sich an

Träume und vergaß sie wieder, in denen ein schwacher
Schmerz das heile Glück der besten Tage seines Lebens
erhellte, die er mit ihr verlebt hatte, und die verschwommenen Farben, die die Welt nur damals besaß. Wie in
jenen Träumen suchte er sie jetzt und spürte sie schon,
ohne sie zu sehen, in einer Landschaft mit nächtlichen
Bäumen und Hügeln, die ihn rasch in Richtung Meer
führte. Er hielt nach allen Lichtern Ausschau und fürchtete, das des Leuchtturms nicht rechtzeitig zu erkennen,
um auszusteigen. Es war schon nach Mitternacht, und in
Biralbos Abteil war sonst niemand. Der Kontrolleur
sagte ihm, daß sie in zehn Minuten die vorletzte Haltestelle erreichen würden. Durch ein ovales Fenster sah er
ganz hinten die Metallstreben des nächsten Wagens
schaukeln, in dem offenbar auch niemand fuhr. Er sah
auf seine Uhr und wußte nicht genau, wie lange es her
war, daß er mit dem Kontrolleur gesprochen hatte. Er
wollte sich den Mantel anziehen, als er Malcolms Gesicht an die Scheibe des ovalen Hinterfensters gepreßt
sah.

Er stand auf, seine Muskeln waren eingeschlafen und
die Knie taten ihm weh. Der Zug fuhr so schnell, daß er
sich kaum aufrecht halten konnte, auch Malcolm nicht,
der mit gespreizten Beinen dastand, um das Gleichgewicht zu halten, vor ihm, während die Tür des Wagens
in einem plötzlichen kalten Windzug hin und her schlug,
der bis zu Biralbo wehte und das monotone Geräusch
der Zugräder auf den Gleisen hereintrug und ein Knirschen von Holz und Metallscharnieren, die in den Kur-
ven auseinanderzubrechen schienen. Er floh durch den
Gang, sich mit den Händen an der Reihe der Rücklehnen

festhaltend, wollte die Tür des nächsten Wagens öffnen, und es ging nicht, und Malcolm war bereits so nah herangekommen, daß er den Glanz seiner blauen Augen sehen konnte. Unsinnigerweise versteifte er sich darauf, die Tür in seine Richtung zu ziehen, und konnte sie deshalb nicht öffnen, ein Bremsen des Zuges stieß ihn gegen die Tür, und er fand sich voller Entsetzen und Schwindelgefühl über einer Plattform, die sich bewegte, als öffnete sie sich unter seinen Füßen ins Nichts, in den Raum zwischen zwei Eisenbahnwagen, über einer Dunkelheit, in der die Gleise aufblitzten und verschwanden; ein scharfer Wind drückte ihn gegen das Geländer, das ihm kaum bis zur Taille reichte und das er gerade noch packen konnte, als er mit dem Gefühl, sich sofort übergeben zu müssen, spürte, daß er auf die Gleise stürzen würde.

Er drehte sich um, Malcolm war nur einen Schritt entfernt auf der anderen Seite der Tür, mit einer blitzschnellen Bewegung müßte er das Geländer loslassen und auf den nächsten Wagen springen, ohne nach unten zu sehen, ohne zu beobachten, wie die Metallplatten sich über dem schwindelerregenden gewundenen Schienenstrang bewegten, den die Dunkelheit wie ein Brunnen verschlang. Mit geschlossenen Augen sprang er, und die Tür öffnete sich und schloß sich hinter ihm wieder mit einem hermetischen Schlag. Er rannte durch den leeren Wagen zur nächsten Tür mit einem ovalen Fenster: vielleicht endeten die aufeinanderfolgenden menschenleeren Sitzreihen, die gelben Lichter und die vom Wind geschüttelten dunklen Abgründe niemals, vielleicht fuhr der Zug nur, damit er Lucrecia suchte, von Malcolm verfolgt, den er jetzt nicht mehr sah, vielleicht konnte auch er nicht aus dem anderen Wagen heraus. Dann hörte er Gepolter und sah Malcolms Gesicht in der ovalen Scheibe, der gegen die Tür trat, die er, Biralbo, schon aufbekommen hatte, und mit vom Wind zerzaustem Haar auf ihn zukam; wieder eilte er in die Dunkelheit hinaus und hielt sich mit beiden Händen an dem eiskalten Geländer fest, aber drüben gab es keine andere Tür, nur eine graue Metallwand, er war bei der Lokomotive angelangt, und Malcolm kam langsam näher, vornübergebeugt, als ginge er gegen den Wind an.

Die Pistole fiel ihm ein. Er suchte sie und merkte, daß er sie in seinem Mantel zurückgelassen hatte. Wenn der Zug etwas langsamer führe, würde er vielleicht wagen abzuspringen. Aber der Zug raste, als stürzte er einen Abhang hinunter, und Malcolm öffnete bereits die einzige Tür, die sie noch voneinander trennte. Er lehnte sich mit dem Rücken gegen das schwankende Metall und sah ihn kommen, als würde er es nie schaffen, als trennte sie die Geschwindigkeit des Zugs. In Malcolms offenen Händen war die Pistole nicht. Er bewegte die Lippen, vielleicht schrie er irgend etwas, aber der Wind und der Lärm der Lokomotive verschluckten seine Worte, seine unbändige Wut. Mit weit gespreizten Beinen und ausgebreiteten Händen warf er sich auf Biralbo oder wurde in seine Richtung geschleudert. Sie kämpften nicht, es war, als umarmten sie einander oder stützten sich ungeschickt gegenseitig, um nicht zu fallen. Sie rutschten auf der Plattform aus, gingen in die Knie, richteten sich aneinandergekrallt wieder auf, um wieder zu stürzen oder gleichzeitig ins Leere gestoßen zu werden. Biralbo hörte ein Atmen, von dem er nicht wußte, ob es sein eigenes war oder Malcolms, Schimpfworte auf Englisch, die er vielleicht selbst ausstieß. Er spürte Hände und Nägel und Schläge und das Gewicht eines Körpers und hatte entfernt das Gefühl, daß sein Kopf gegen Metallkanten schlug. Er richtete sich auf, sah Lichter, etwas Warmes und Feuchtes lief ihm über die Stirn und blendete ihn. Er wischte sich die Augen mit der Hand und sah wie Malcolm sich neben ihm so langsam aufrichtete, als tauchte er aus einem Schlammsee auf, mit beiden Händen hielt Biralbo sich an seinen Hosenbeinen fest, an der ausgerissenen Tasche seines Jakketts. Größer und verschwommener denn je schwankte Malcolm über ihm und streckte die großen starren Hände nach seinem Hals aus, und einen Augenblick lang, als Biralbo zur Seite auswich, sah es aus, als beugte er sich über das Geländer, um die Tiefe des Bahndamms oder der Nacht abzuschätzen. Biralbo sah Malcolms Hände wie die Flügel von Vögeln fuchteln, sah einen zu Tode erschrockenen, hilfesuchenden Blick, als der Zug einen Satz machte, als würde er umstürzen. Biralbo fiel gegen die Metallplatten; er hörte einen Schrei, so schrill und langanhaltend wie das Kreischen der Bremsen, und schloß die Augen, als könnte die freiwillige Dunkelheit ihn davor bewahren, ihn zu hören.

Auf den Boden gedrückt blieb er liegen, denn er zitterte so stark, daß er sich nicht mehr auf den Beinen halten konnte. Jetzt standen vereinzelte Häuser zwischen den Bäumen, Bahnschranken, hinter denen Autos warteten. Der Zug fuhr etwas langsamer. Biralbo richtete sich auf die Knie auf, wischte sich noch einmal die schmutzige Feuchtigkeit aus dem Gesicht, er zitterte immer noch, und tastete nach einem Halt, um aufzustehen. Als der Zug schon fast hielt, sah er hinter den Bäumen ein hohes Licht, das verschwand und in einem langsamen und exakten Rhythmus wiederkam, wie das Schwanken eines Pendels. Als erwachte er aus einem Traum oder einer totalen Amnesie, war er überrascht, als ihm einfiel, wo er angekommen war und warum er dort war.

Er sprang auf die Gleise, damit niemand ihn sähe, und entfernte sich, zwischen leeren Eisenbahnwagen über unkrautüberwucherte Gleise stolpernd, von den Lichtern des Bahnhofs; er stieg über einen morschen Holzzaun, rutschte aus und fiel, als er einen Damm hinaufstieg, sah die Lichter des Bahnhofs nicht mehr und auch nicht den Leuchtturm. Halbtot vor Kälte ging er über feuchte und lockere Erde weiter, zwischen vereinzelten Bäumen, wich den Lichtern der Häuser aus, wo Hunde bellten, und Gartenmauern, die ihm den Weg versperrten. Als er endlos lange um eine solche Mauer herumgegangen war, fürchtete er, sich verlaufen zu haben. Er war in einer sauberen und gewöhnlichen Straße mit geschlossenen Toren und Laternen an der Ecke und Plastikpapierkörben. Er dachte: «Meine Kleider sind zerrissen, mein Gesicht ist blutverschmiert, wenn mich jemand sieht, ruft er die Polizei.» Aber er wollte nichts anderes mehr, als der geraden Linie der Straße folgen, er suchte das Geräusch des Meeres oder seinen Geruch und das Licht des Leuchtturms zwischen den Eukalyptusbäumen.

Bestimmt war die Straße so gerade und lang, weil sie neben der Küstenstraße herlief. Manchmal hörte Biralbo in der Nähe das Motorengeräusch von Autos und spürte schwach die Seeluft im Gesicht. Die immer gleichen Mauern der Grundstücke endeten schließlich auf schlammigem, unbebauten Land, aus dem sich gegen den dunklen Himmel die Gerüste eines Neubaus erhoben. Auf der einen Seite war die Landstraße und dann der Leuchtturm und die Steilküste zum Meer. Um den Scheinwerfern der Autos auszuweichen, entfernte er sich von der Chaussee und ging dicht an den Klippen, tief unter sich die wogende Gischt, die vor den Felsen glänzte. Er wollte nicht weiter hinsehen, denn der Sog der Tiefe machte ihm Angst, lähmte ihn, schien ihn zu rufen. Der Leuchtturm schien so hell wie ein großer, gelber Sommermond, ein sich drehendes, vielflächiges Licht, das seinen Schatten vervielfältigte und ihn verwirrte, wenn es erlosch. Mit gesenktem Kopf und den Händen in den Taschen trottete er eigensinnig weiter wie ein Landstreicher, ohne einen anderen Schutz gegen den Seewind als die hochgestellten Jackenaufschläge. Er war bereits weit vom Leuchtturm entfernt, als er über den Kronen der Kiefern das Haus sah, das Billy Swann ihm beschrieben hatte. Eine sehr lange Mauer, die man von der Straße aus nicht sehen konnte, dann ein angelehntes Tor und ein Name: *Quinta dos Lobos*.

Er ging hinein und fürchtete, Hundegebell zu hören. Das Tor öffnete sich geräuschlos, als er dagegen stieß, und nur, als er einen öden Garten durchschritt, hörte er das Knirschen seiner Schritte auf dem Kies. Er sah einen Turm, eine schmale Veranda mit Säulen, ein erleuchtetes Fenster. Er blieb vor der Tür stehen, mit dem gleichen Gefühl von Leere und Ende, das er auf der Platt-

form des Zuges und am Rand der Klippen gehabt hatte.
Er drückte auf die Klingel, und es geschah nichts. Er
läutete noch einmal. Dieses Mal hörte er sie, weit entfernt, hinten im Haus. Dann Stille, der Wind in den
Bäumen, die Gewißheit, daß er Schritte gehört hatte
und jemand reglos lauernd hinter der Tür stand. «Lucrecia», sagte er, als flüsterte er ihr ins Ohr, um sie zu
wecken, «Lucrecia.»

Aber ich kann mir das Gesicht, das Biralbo dann sah,
nicht vorstellen, und auch nicht, welcher Art ihr Wiedersehen war oder ihre Zärtlichkeit, ich habe sie nie zusammen gesehen und konnte sie mir zusammen auch nie
vorstellen. Was sie verband, was sie vielleicht immer
noch verbindet, war etwas, das in sich selbst das Geheimnis trug. Nie gab es Zeugen, nicht einmal als der
Zwang, sich verstecken zu müssen, nicht mehr bestand.
Wenn jemand, den ich nicht kenne, mit ihnen zusammen gewesen sein oder sie irgendwann einmal in einer
jener Bars und Hotels überrascht haben sollte, wo sie
sich in San Sebastián heimlich verabredeten, wird er
nichts von dem bemerkt haben, was sie tatsächlich besa-
ßen, da bin ich ganz sicher, nichts von jenem Netz aus
Worten und Gesten, aus Schamgefühl und Verlangen,
denn nie glaubten sie einander zu verdienen, und nie
wünschten oder hatten sie etwas, was nicht ausschließlich in ihnen selbst war, ein gemeinsames, unsichtbares
Reich, das sie fast nie bewohnten, weil seine Grenzen sie
so unabänderlich umgaben wie die Haut oder der Geruch die Formen eines Körpers. Wenn sie sich ansahen,
gehörten sie sich, so wie jemand weiß, wer es ist, wenn
er in den Spiegel schaut.

Eine ganze Weile blieben sie in der Tür stehen, ohne sich zu umarmen, ohne etwas zu sagen, als stünden sie vor jemandem, den sie nicht erwartet hatten. Schöner oder größer, nahezu unbekannt, mit sehr kurzen Haaren, in einer Seidenbluse, zog Lucrecia die Tür ganz auf, um ihn im vollen Licht zu sehen, und sagte, er solle hereinkommen. Vielleicht sprachen sie zuerst mit einer nicht durch die gemeinsame Erinnerung, sondern durch jene ängstliche und eilfertige Höflichkeit getrübten Distanz, die sie so oft zu Fremden machte, während ein Wort oder eine Zärtlichkeit genügt hätte, um sich zu erkennen.

«Was ist mit dir passiert?» sagte Lucrecia. «Was haben sie mit deinem Gesicht gemacht?»

«Du mußt weg von hier.» Als er sich an die Stirn griff, streifte er ihre Hand, die ihm das Haar aus dem Gesicht strich, um die Verletzung anzusehen. «Sie suchen dich. Und sie finden dich, wenn du nicht fliehst.»

«Deine Lippe ist aufgeplatzt.» Lucrecia berührte sein Gesicht, und er spürte ihre Fingerspitzen nicht. Er roch ihr Haar, sah die Farbe ihrer Augen so nah, alles kam wie aus der Ferne einer Ohnmacht auf ihn zu. Wenn er sich bewegte, wenn er einen Schritt machte, würde er umfallen. «Du zitterst ja. Komm, stütz dich auf mich.»

«Gib mir was zu trinken. Und eine Zigarette. Ich muß unbedingt rauchen. Ich habe die Zigaretten im Mantel gelassen. Genau wie die Pistole. Wer hätte das gedacht.»

«Was für eine Pistole? Aber sag jetzt nichts. Stütz dich auf mich.»

«Malcolms Pistole. Er wollte mich damit umbringen, und ich habe sie ihm abgenommen. Auf die dümmste Art.»

Er bemerkte die Dinge mit Unterbrechungen, in raschem Wechsel zwischen Klarheit und Lethargie. Wenn er die Augen schloß, war er wieder im Zug und fürchtete, das Schwindelgefühl würde ihn zu Boden werfen. Während er vorwärtsging, den Arm um Lucrecia gelegt, sah er sich in einem Spiegel und erschrak über sein blutbeschmiertes Gesicht und den roten Kranz um seine Pupillen. Sie half ihm, sich in einem kahlen Zimmer, in dem der Kamin brannte, auf ein Sofa zu setzen. Er öffnete die Augen, und Lucrecia war nicht mehr da. Er sah sie mit einer Flasche und zwei Gläsern zurückkommen. Sie kniete sich neben ihn, säuberte ihm das Gesicht mit einem feuchten Tuch und schob ihm dann eine Zigarette zwischen die Lippen.

«War das Malcolm?»

«Ich bin gegen irgend etwas gefallen. Etwas aus Metall. Vielleicht hat er mich auch gestoßen. Es war sehr dunkel. Wer weiß. Ich fiel und stand wieder auf, und er versuchte die ganze Zeit, mich zu schlagen. Armer Malcolm. Er war so wütend auf mich. Er war verrückt nach dir.»

«Wo ist er jetzt?»

«In einer anderen Welt, nehme ich an. Zwischen den Gleisen, wenn etwas von ihm übrig geblieben ist. Ich habe ihn schreien hören. Ich höre es noch.»

«Hast du ihn umgebracht?»

«Ich weiß es nicht. Ich glaube, ich habe ihn gestoßen, aber ich bin nicht sicher. Möglicherweise haben sie ihn schon gefunden. Du mußt hier weg.»

«Ist dir jemand gefolgt?»

«Toussaints Morton wird dich finden, wenn du nicht

gehst. Sobald er morgen die Zeitung liest, wird er wissen, wo er dich suchen muß. Er wird eine Woche brauchen oder einen Monat, aber er wird dich finden. Geh hier fort, Lucrecia.»

«Warum soll ich weggehen, jetzt, wo du gekommen bist?»

«Jeder kann hier herein. Du hattest nicht einmal das Tor verschlossen.»

«Ich habe es für dich offen gelassen.»

Biralbo trank sein Glas Bourbon in einem Zug aus und stützte sich auf Lucrecias Schulter, um aufzustehen. Er merkte, daß sie glaubte, er habe sie umarmen wollen, und daß sie darum auf diese Weise lächelte, als sie sich ihm zuneigte. Der Bourbon brannte in seinen aufgeplatzten Lippen und belebte ihn mit einer warmen und wohligen Langsamkeit. Er dachte, daß viele Jahre vergangen waren, seit Lucrecia ihn das letzte Mal so angesehen hatte wie jetzt: direkt und auf jede Einzelheit seiner Gegenwart achtend, nahezu hingerissen von der Intensität ihres eigenen Blicks und der Angst, irgendeine kleine Geste könnte ein Zeichen dafür sein, daß er gehen würde. Aber das war keine Erinnerung. Er erschauerte, als er begriff, daß er in Lucrecias Augen zum ersten Mal einen Ausdruck sah, den ausschließlich Malcolm gesehen hatte. Was seine Erinnerung ihm nie hatte erhalten können, wurde ihm durch die Eifersucht auf einen Toten zurückgegeben.

Er wusch sich das Gesicht mit kaltem Wasser in einem sehr großen Badezimmer, dem der Glanz des Porzellans und der Hähne die Stimmung eines alten Operationssaals verlieh. Die Unterlippe war geschwollen, und auf der Stirn hatte er eine Platzwunde. Er kämmte sich sorgfältig und zog die Krawatte zurecht, als müßte er zu einer Verabredung mit Lucrecia. Während er ins Wohnzimmer zurückging, wo sie auf ihn wartete, besah er sich zum ersten Mal das Haus. In jedem Raum schienen die Dinge als Alternative zur Leere, zur reinen Form des Raums und der Einsamkeit aufgestellt worden zu sein. Von einer sehr leisen Musik geleitet, fand er zu Lucrecia zurück, ohne sich in den Korridoren zu verlaufen.

«Wer spielt das?» fragte er. Die Musik gab ihm Linderung, wie die Luft einer lauen Mainacht, wie die Erinnerung an einen Traum.

«Du», sagte Lucrecia. «Billy Swann und du. *Lisboa.* Erkennst du dich nicht? Ich habe mich immer gefragt, wie du dieses Stück schreiben konntest, ohne je in Lissabon gewesen zu sein.»

«Genau darum. Jetzt könnte ich es nicht mehr schreiben.»

Er saß in einer Sofaecke vor dem Feuer, mitten in dem leeren Zimmer. Nur ein Bord mit Schallplatten und Büchern, ein niedriger Tisch, auf dem eine Lampe und eine Schreibmaschine standen, im Hintergrund eine Musikanlage mit kleinen roten und grünen Lichtern hinter dunklen Scheiben. Die Dinge, die man besitzt oder aufhebt, sind ohne Bedeutung, dachte er, die echten Einsiedler etablieren die Leere in den Räumen, in denen sie leben, und in den Straßen, durch die sie gehen. Am anderen Ende des Sofas rauchte Lucrecia und lauschte mit halb geschlossenen Augen der Musik, manchmal öffnete sie die Augen ganz, um Biralbo mit stiller Zärtlichkeit anzusehen.

«Ich muß dir eine Geschichte erzählen», sagte sie.

«Ich will sie nicht wissen. Ich habe heute nacht so viele gehört.»

«Du mußt sie kennen. Dieses Mal sage ich dir die ganze Wahrheit.»

«Ich kann sie mir schon vorstellen.»

«Sie haben dir von dem Bild erzählt, ja? Von dem Plan, den ich ihnen gestohlen habe.»

«Du verstehst nicht, Lucrecia. Ich bin nicht hierher gekommen, damit du mir irgend etwas erzählst. Ich will nicht wissen, warum sie dich suchen, und auch nicht, warum du mir den Stadtplan von Lissabon geschickt hast. Ich bin hergekommen, dich zu warnen, damit du fliehen kannst. Ich gehe, sobald ich das Glas ausgetrunken habe.»

«Ich will nicht, daß du gehst.»

«Ich habe morgen eine Probe mit Billy Swann. Wir spielen am zwölften.»

Lucrecia rückte näher an ihn heran. Die Gewohnheit, mutig und allein zu sein, hatte ihre Augen noch größer gemacht. Das kurze Haar gab ihren Zügen jene Klarheit und Ehrlichkeit zurück, die sie vielleicht nur besessen hatten, als Lucrecia ein junges Mädchen gewesen war. Sie wollte etwas sagen, preßte jedoch die Lippen zusammen mit jener ihr eigenen Geste der Sinnlosigkeit und des Verzichts und stand auf. Biralbo sah sie zu dem Regal gehen. Sie kam mit einem Buch zurück und schlug es vor ihm auf. Es war ein großer Band mit mattglänzenden Reproduktionen von Bildern. Lucrecia zeigte ihm eines, indem sie den aufgeschlagenen Band gegen die Schreibmaschine lehnte. Biralbo erzählte mir, daß es, wenn man dieses Bild ansah, war, als hörte man eine ganz leise Musik, als würde man langsam von Melancholie und Glück durchströmt. Er begriff sofort, daß er auf die Weise Klavier spielen mußte, wie jener Mann gemalt hatte: voller Dankbarkeit und Scham, voller Weisheit und Unschuld, als wisse er alles und wisse nichts, mit der Zartheit und der Furcht, mit der man zum ersten Mal eine Zärtlichkeit wagt, ein notwendiges Wort. Die im Wasser oder in der Ferne verschwommenen Farben zeichneten über den weißen Raum einen violetten Berg, eine Ebene aus leichten grünen Flecken, die wie Bäume aussahen oder wie Schatten von Bäumen in der Dämmerung eines Sommerabends, einen Weg, der sich hinter den Berghängen verliert, ein niedriges, alleinstehendes Haus mit einem angedeuteten Fenster, eine Allee von Bäumen, die es nahezu verbargen, als wäre jemand hierher gezogen, um sich zu verstecken, um allein den Gipfel des violetten Berges zu betrachten. *Paul Cézanne* stand darunter. *La montaigne Saint Victoire, 1906, Col. B. U. Ramires.*

«Ich hatte dieses Bild», sagte Lucrecia und klappte das Buch zu. «Nach dem Photo kannst du dir noch nicht vorstellen, wie es war. Ich hatte es und habe es verkauft. Ich werde mich nie damit abfinden, daß ich es nicht mehr anschauen kann.»

# 17

Sie schürte das Feuer, brachte Zigaretten, füllte die Gläser mit der Gemessenheit dessen, der eine ganz persönliche Zeremonie begeht. Draußen schlug der Wind gegen die Scheiben, und man hörte ganz in der Nähe das Brausen des Meeres gegen die Klippen. Biralbo nahm das Buch und legte es aufgeschlagen auf seine Knie, um das Bild anzuschauen, während Lucrecia sprach. Mit einem Schlag hatte die Betrachtung dieser Landschaft alles verändert: die Nacht, die Flucht, die Todesangst, die Furcht, Lucrecia nicht zu finden. Wie manchmal die Liebe und fast immer die Musik, ließ ihn dieses Gemälde die moralische Möglichkeit einer seltsamen und unbeugsamen Gerechtigkeit begreifen, einer fast immer geheimen Ordnung, die der Zufall herbeiführt und die die Welt bewohnbar macht und die doch nicht von dieser Welt ist. Etwas Heiliges und Hermetisches und zugleich Alltägliches, das in der Luft lag, wie Billy Swanns Musik, wenn er die Trompete so leise spielte, daß ihr Ton sich in der Stille verlor wie das ockerfarbene und rosagraue Licht der Abende in Lissabon: das Gefühl, die Musik oder die Farbflecken oder das reglose Geheimnis des Lichts nicht zu entziffern, sondern von ihnen verstanden und akzeptiert zu werden. Aber schon vor Jahren hatte er diese Dinge gewußt und wieder vergessen.

Jetzt kamen sie zurück, wie er sie damals besessen hatte, mit mehr Weisheit und weniger Leidenschaft, untrennbar mit Lucrecia verbunden, mit ihrer ruhigen, alltäglichen Stimme und der Art, wie sie mit geschlossenen Lippen lächelte, mit dem Hauch von vergangenen Tagen, der wie der Duft einer verlorenen Heimat war.

Darum interessierte ihn die Geschichte, die sie ihm erzählte, so wenig: ihre Stimme war ihm wichtig, nicht ihre Worte, ihre Anwesenheit und nicht der Grund, weshalb er sie dort gefunden hatte; er war für alles, was ihm geschehen war, seit er nach Lissabon gekommen war, dankbar wie für besondere Gnaden. Er löste seinen Blick von dem Buch, um Lucrecia anzusehen, und dachte, daß er sie vielleicht nicht mehr liebte, nicht einmal begehrte. Aber diese arglose Kühle, die ihn von der Vergangenheit reinigte und von dem Übermaß an Kummer, war auch der Raum, in dem er sie wieder so sah wie ein paar Tage oder Stunden, bevor er sich in sie verliebt hatte, im Lady Bird oder im Viena, in irgendeiner vergessenen Straße von San Sebastián: so voller Erwartungen, so strahlend wie jene Städte, in die wir gerade das erste Mal kommen.

Er hörte wieder die Worte, die Namen, die ihn so lange verfolgt hatten und deren Dunkelheit noch über diese Nacht hinaus erhalten blieb, denn sie blieb mächtiger als die Wahrheit oder die Lüge, die sie enthielt: Lissabon, Burma, Ulhman, Morton, Cézanne, Namen, die in Lucrecias Stimme auseinanderfielen, um sich zu einer unbekannten Geschichte neu zu gruppieren, die Biralbos Erinnerungen und Vermutungen zum Teil veränderte und korrigierte. Wieder hörte er das Wort Berlin und erkannte in seinem Ton die aufeinander folgenden Schichten von Entfernung und Schäbigkeit und Schmerz, mit denen die Zeit ihn seit jenen weit zurückliegenden Tagen, in denen er Lucrecia Briefe schrieb und nicht erwartete, sie jemals wiederzusehen, zugedeckt hatte; als er Mittelmäßigkeit und Wohlanständigkeit anstrebte, in einer Nonnenschule unterrichtete und früh schlafen ging, während sie zusah, wie man einen Mann mit einem Nylonfaden erdrosselte, und dann durch den schmutzigen Schnee der Straßen floh, auf der Suche nach einem Briefkasten oder irgendeiner Person, der sie ihren letzten Brief an Biralbo anvertrauen konnte, jenen Stadtplan von Lissabon, bevor Malcolm und Toussaints Morton und Daphne sie erwischten...

«Ich habe dich belogen», sagte Lucrecia. «Du hattest das Recht, die Wahrheit zu kennen, aber ich habe sie dir nicht gesagt. Oder nicht ganz. Denn wenn ich dir alles gesagt hätte, hätte ich dich an mich gebunden, und ich wollte allein sein und allein nach Lissabon kommen, jahrelang war ich an Malcolm gebunden und auch an dich, an die Erinnerungen an dich und an deine Briefe, und mein Leben war verfahren, und ich war sicher, daß ich es nur dann wieder in die Hand bekommen würde, wenn ich allein blieb, darum habe ich dich belogen und habe dich gebeten zu gehen, als wir in dem Hotel waren, darum hatte ich den Mut, Malcolm den Stadtplan zu stehlen und den Revolver und ihn damit zu verlassen, es war mir egal, daß er Toussaints Morton geholfen hatte, diesen Saufbold umzubringen, deshalb war er mir nicht verächtlicher oder mehr zuwider, es war nicht schmutziger, einen Mann zu erwürgen, als sich auf mich zu legen, ohne mir je in die Augen zu sehen, und dann mit gesenktem Kopf ins Badezimmer zu fliehen... Er wollte, daß wir ein Kind hätten. Nachdem der Portugiese auftauchte, sprach er von nichts anderem, er würde sehr viel Geld verdienen, wir würden uns zurückziehen können und ein Kind haben und für den Rest unseres Lebens nicht mehr arbeiten. Mir wurde bei dem Gedanken übel, ein Haus mit einem Garten und ein Kind von Malcolm zu haben und daß Toussaints Morton und Daphne jeden Sonntag zu uns zum Essen kämen. Ich erinnere mich noch an den Abend, als sie den Portugiesen mitbrachten. Sie führten ihn zwischen sich, damit er nicht stürzte; groß wie ein Baum, blond, rotangelaufen, die Augen so trübe und tief im Gesicht versunken wie die eines Schweins, volltrunken vom Bier, mit Tätowierungen auf den Armen, sie ließen ihn aufs Sofa fallen, und er schnaufte schwer und sagte irgendwas mit schleppender Zunge. Toussaints brachte aus seinem Wagen einen Kasten Bier und stellte ihn neben den Mann, und der Portugiese machte die Dosen auf und trank, wie ein Automat, eine nach der anderen, und dann drückte er sie mit der Hand zusammen, als wären sie aus Papier, und warf sie auf die Erde. Ich hörte ihn ein Wort wiederholen, Burma, das manchmal wie ein Ort klang und manchmal wie der Name einer Kampftruppe oder einer Verschwörung. Toussaints und Daphne wichen nicht von seiner Seite, Toussaints hatte immer eine neue Dose Bier bereit, und Daphne hörte zu und machte in ihrer Mappe auf den Knien Notizen, ‹wo ist Burma›, fragte Toussaints den Portugiesen, ‹in welchem Stadtteil von Lissabon›, und einmal richtete sich der Portugiese auf,

**241**

als wäre er plötzlich ganz nüchtern, und sagte: ‹Ich sage nichts. Ich breche das Versprechen nicht, das ich Dom Bernardo Ulhman Ramires gegeben habe, als er im Sterben lag.› Er riß die Augen weit auf und sah uns alle an, versuchte aufzustehen, fiel aber wieder in das Sofa zurück und schlief ein wie ein Stier.»

«Du siehst hier den letzten Soldaten einer geschlagenen Armee», sagte Toussaints Morton mit der Feierlichkeit dessen, der eine Grabrede hält. Lucrecia erinnerte sich, daß er, als er ihnen von Dom Bernardo Ulhman Ramires und seinem untergegangenen Reich erzählte, geräuschvoll mit einem großen karierten Taschentuch seine Nase putzte und ihm Tränen in den Augen standen: echte Tränen, sagte Lucrecia, helle Tränen, die ihm wie Quecksilbertropfen über das Gesicht liefen. Während der Portugiese, von Daphne bewacht, schlief, erklärte Toussaints Morton ihnen, was Burma war und wieso sie die Möglichkeit hätten, für immer reich zu werden, wenn sie nur ein bißchen Verstand und Schlauheit benutzten, «keine rohe Gewalt, Malcolm», warnte er, sie bräuchten nur Geduld zu haben, durften den Portugiesen nicht aus den Augen lassen, und im Kühlschrank dürfe es nie an Bier fehlen, «alles Bier der Welt», sagte Toussaints Morton und streckte die Hände aus, «was würde der arme Dom Bernardo Ulhman Ramires denken, wenn er sehen könnte, was aus seinem besten Soldaten geworden ist.»

«Eine Geheimarmee», sagte Lucrecia. «Der Kerl hatte seine Kaffeeplantage und seinen Palast mitten in einem See und nahezu alle seine Bilder verloren und mußte nach der Unabhängigkeit aus Angola fliehen. Er ging heimlich nach Portugal zurück und kaufte das größte Lagerhaus von Lissabon, um dort die Zentrale für seine Verschwörung einzurichten. Das hatte der Portugiese Malcolm erzählt: Dom Bernardo verkaufte die wenigen ihm noch verbliebenen Bilder, um Waffen zu kaufen und Söldner anzuwerben, und nach seinem Tod löste Burma sich auf, und nicht viel mehr als das Lagerhaus blieb, darum verließ der Portugiese Lissabon, nicht, weil er Angst vor der Polizei hatte. Aber er sagte noch etwas: Im Büro von Dom Bernardo habe ein alter Kalender gehangen und ein sehr kleines Bild, das wahrscheinlich nichts wert war, da er es nicht verkauft hatte.»

«Liebe Freunde.» Toussaints Morton vergewisserte sich, daß der Portugiese im Nebenzimmer wirklich schlief. «Könnt ihr euch vorstellen, daß ein *amateur* von der Begabung eines Dom Bernardo Ulhman Ramires in seinem Büro ein wertloses Bild aufhängen würde? Ich habe ihn gut gekannt, und ich sage nein. ‹Eine Landschaft›, sagt dieses Tier, ‹mit einem Berg und einem Weg.› Ich habe gezittert, als ich das hörte! Ich habe ihn sehr vorsichtig gefragt, ob auch ein Haus zwischen Bäumen drauf ist, unten, rechts. Ich wußte, daß er ja sagen würde. Ich kenne das Bild, vor fünfzehn Jahren hat Dom Bernardo es mir in Zürich gezeigt. Und jetzt hängt es neben einem Kalender und verstaubt in einem Lagerhaus in Lissabon, wo niemand es ansieht. Paul Cézanne hat es neunzehnhundertsechs gemalt. Cézanne, Malcolm! Sagt dir der Name was? Es hat keinen Zweck, ihr könnt euch doch nicht vorstellen, wieviel Geld man uns dafür geben wird, wenn wir es finden...»

«Aber sie wußten nicht, wo Burma war», sagte Lucrecia. «Sie wußten nur, daß es ein Lagerhaus für Kaffee und Gewürze war und daß man, wenn man in die Kellerräume wollte, *Burma* sagen mußte. Sie machten den Portugiesen dauernd betrunken, aber sie wagten eigentlich nie, ihn direkt zu fragen, aus Angst, er würde mißtrauisch, aber sie müssen ungeduldig geworden sein. Ich nehme an, daß Malcolm irgend etwas gesagt hat, was ihn mißtrauisch machte, denn an jenem Tag in der Hütte, als sie sich mit ihm einschlossen, hörte ich ihn brüllen und sah, wie er etwas in die Tasche steckte, als er aus dem Zimmer kam, ein zerknülltes Stück Papier, aber er stolperte, ging ins Badezimmer und blieb lange drin, beim Pinkeln machte er soviel Lärm wie ein Pferd... Toussaints Morton klopfte nervös an die Tür, ich glaube, er fürchtete, der Portugiese könnte das Papier in die Toilette geworfen haben. ‹Komm raus›, sagte er, ‹wir geben dir die Hälfte, allein könntest du es doch nicht verkaufen.› Und dann sah ich, wie er den Nylonfaden in die Tasche steckte, und zu mir sagte er: ‹Lucrecia, Liebes, wir haben alle Hunger, könntest du Daphne helfen, das Mittagessen zu machen?›»

Biralbo stand auf, um das Feuer zu schüren. Das Buch lehnte aufgeschlagen an der Schreibmaschine. Er dachte, daß jene Landschaft die gleiche unveränderliche Zartheit besaß wie Lucrecias Stimme und ihr Blick. Er stellte es sich vor, wie es im Halbdunkel hing, unsichtbar für jene, die daran vorbeigingen und nicht darauf achteten, mit der Beständigkeit einer Statue still abwartend, der Zeit so fern wie der Gier und dem Verbrechen. Ein Wort hatte genügt, es zu bekommen: aber nur, wer es verdiente, konnte es aussprechen.

«Es war so leicht», sagte Lucrecia. «So leicht, wie eine Straße zu überqueren oder in einen Autobus zu steigen. Ich kam zu dem Lagerhaus, und es war nahezu leer, Männer schleppten alte Möbel und Kaffeesäcke in einen Lastwagen. Ich ging hinein, und niemand sprach mich an, es war, als sähen sie mich gar nicht... Im Hintergrund stand eines von diesen alten Schreibpulten und daran ein weißhaariger Mann, der in ein großes Register schrieb, als notierte er die Dinge, die die anderen hinaustrugen. Ich blieb vor ihm stehen, das Herz klopfte mir, und ich wußte nicht, was ich sagen sollte. Er nahm die Brille ab, um mich richtig anzusehen, er legte sie auf das Buch und steckte die Feder sehr vorsichtig, um das, was er geschrieben hatte, nicht zu bekleckern, in das Tintenfaß. Er trug einen grauen Kittel. Er fragte mich sehr höflich, wie einer von den alten Kellnern in den Cafés, was ich wollte, und lächelte mich an. Ich sagte: ‹Burma›, und glaubte, er hätte mich nicht verstanden, denn er lächelte, als könnte er mich nicht richtig sehen. Aber dann schüttelte er den Kopf und sagte ganz leise: ‹Burma existiert nicht mehr. Es hat schon lange, bevor die Polizei kam, nicht mehr existiert...› Dann setzte er die Brille wieder auf, nahm die Feder und schrieb weiter, die Männer kamen mit Kaffeesäcken und Kisten voller seltsamer Dinge aus dem Keller, Schiffslaternen, Tauen, Kupfergerät, das aussah wie Navigationsapparate. Ich folgte einem von ihnen durch einen Flur und dann über einige Metalltreppen. Das Bild war unten, in einem sehr kleinen Büro. Bücher und Papiere lagen auf der Erde herum. Ich schloß die Tür und nahm es aus dem Rahmen. Ich steckte es in eine Plastiktüte. Dann ging ich wie auf Wolken hinaus. Der weißhaarige Mann stand nicht mehr an dem Schreibpult. Ich sah die Feder, das offene Buch, die Brille. Einer der Männer, die den Lastwagen beluden, sagte etwas zu mir, und die anderen lachten, aber ich beachtete sie nicht. Zwei Tage schloß ich mich in einem Hotelzimmer ein und sah das Bild an, strich mit den Fingerspitzen darüber, streichelte es. Ich konnte nicht aufhören, es zu betrachten.»

«Hast du es in Lissabon verkauft?»

«In Genf. Dort wußte ich, wohin ich gehen mußte. Ein Amerikaner aus Texas hat es gekauft, die stellen keine Fragen, ich nehme an, er hat es sofort in einen Safe gesteckt. Armer Cézanne.»

«Aber ich hätte den Brief verlieren können», sagte Biralbo nach langem Schweigen. «Oder wegwerfen, nachdem ich ihn gelesen hatte.»

«Du weißt, daß das damals unmöglich war. Ich wußte das auch.»

«Du hast dir den Plan in jener Nacht in dem Hotel an der Landstraße genommen, nicht wahr? Als ich Floros Auto versteckte.»

«Das war ein Motel, weißt du noch, wie es hieß?»

«Es war sehr abgelegen. Ich glaube, es hatte nicht einmal einen Namen.»

«Aber du bist nicht weggegangen, um das Auto zu verstecken.» Lucrecia gefiel es, Biralbos Gedächtnis auf die Probe zu stellen. «Du hast gesagt, du gehst, um uns etwas zu essen zu holen.»

«Wir haben einen Motor gehört. Erinnerst du dich? Du bist vor Angst ganz blaß geworden. Du hast gedacht, Toussaints Morton hätte uns gefunden.»

**246**

«Du hattest Angst, und nicht davor, daß Toussaints Morton uns findet. Du hattest Angst vor mir. Als wir allein im Zimmer waren, hast du gesagt, wir sollten runtergehen und etwas trinken, dabei war der Kühlschrank voller Getränke. Dann bist du auf die Idee mit den belegten Broten gekommen. Du hattest eine Heidenangst. Man sah es deinen Augen an, deinen Bewegungen.»

«Das war nicht Angst. Es war nur Verlangen.»

«Dir haben die Hände gezittert, als du dich neben mich legtest. Die Hände und die Lippen. Du hast das Licht ausgemacht.»

«Aber du hast doch das Licht ausgemacht. Natürlich habe ich gezittert. Ist dir noch nie vor Verlangen die Luft weggeblieben?»

«Doch.»

«Erzähl mir bitte nicht nach wem.»

«Nach dir.»

«Das war ganz zu Anfang. In der ersten Nacht, in der du mit mir gegangen bist. Da haben wir beide gezittert. Nicht einmal im Dunkeln wagten wir, uns anzufassen. Aber nicht aus Angst. Wir haben gedacht, wir verdienten nicht, was mit uns geschah.»

«Und wir verdienten es auch nicht.» Lucrecia bestätigte seine Worte mit einer Bewegung, als wollte sie eine Zigarette anzünden, tat es aber nicht. Die Zigarette schon an den Lippen, reichte sie Biralbo das Feuerzeug auf ihrer offenen Handfläche, damit er es nehmen und ihr Feuer geben konnte: diese einzige Geste verneinte die Nostalgie und veränderte die Gegenwart. «Wir waren nicht besser als jetzt. Wir waren zu jung. Und außerdem gemein. Was wir taten, erschien uns unerlaubt. Wir glaubten, der Zufall würde uns entschuldigen. Denk an unsere Verabredungen in den Hotels, an die Angst, Malcolm könnte uns entdecken oder deine Freunde könnten uns zusammen sehen.»

Biralbo schüttelte den Kopf. Er wollte sich nicht an die Angst, an die schäbigen Stunden erinnern, sagte er, im Lauf der Jahre hätte er alles, was die zwei oder drei Nächte größten Glücks seines Lebens diffamieren oder verleumden könnte, aus seinem Bewußtsein gestrichen, denn es käme ihm nicht darauf an, sich zu erinnern, sondern das zu wählen, was ihm für immer gehörte: jene unvergeßliche Nacht, in der er mit Lucrecia und mit Floro das Lady Bird verließ und ein Taxi anhielt und einstieg, außer sich vor Eifersucht und Feigheit, und Lucrecia die Tür aufmachte, sich neben ihn setzte und sagte: «Malcolm ist in Paris. Ich fahre mit dir.»

Floro Bloom, in seiner Seemannsjacke vor der Kälte geschützt, winkte ihnen dick und grinsend vom Gehsteig zu.

«Du hast auch so eine Jacke mit breitem Kragen getragen», sagte Biralbo. «Schwarz, aus sehr weichem Leder. Sie hat fast dein ganzes Gesicht verdeckt.»

«Die habe ich in Berlin gelassen.» Jetzt war Lucrecia ihm so nah wie in jenem Taxi. «Das war kein echtes Leder. Malcolm hatte sie mir geschenkt.»

«Armer Malcolm.» Biralbo dachte flüchtig an die ausgebreiteten Hände, die in der Luft einen nicht vorhandenen Halt suchten. «Hat er auch Mäntel gefälscht?»

«Er wollte Maler werden. Er liebte die Malerei so sehr, wie du die Musik lieben kannst. Aber die Malerei liebte ihn nicht.»

**248**

«In der Nacht damals war es sehr kalt. Du hattest eiskalte Hände.»

«Aber nicht vor Kälte.» Auch jetzt suchte Lucrecia seine Hände, während sie ihn ansah: er spürte die gleiche Kälte wie in seinen, wenn er aufs Podium ging, um zu spielen, wenn er sie zum ersten Mal über die Tasten hielt. «Ich hatte Angst, dich zu berühren. Deinen ganzen Körper und auch meinen berührte ich in deinen Händen. Weißt du, wann ich mich an jenen Augenblick erinnert habe? Als ich mit dem Bild von Cézanne in einer Plastiktüte aus dem Lagerhaus kam. Alles war zu gleicher Zeit unmöglich und unendlich einfach. Genauso wie aus dem Bett aufzustehen und Malcolm den Plan und den Revolver stehlen und für immer zu gehen...»

«Darum waren wir nicht gemein», sagte Biralbo: jetzt vermischte sich das unverminderte Schwindelgefühl, das von der Geschwindigkeit des Zuges herrührte, mit dem, das er in dem Taxi gespürt hatte, das sie gegen Ende der Nacht durch die entlegenen Straßen San Sebastiáns fuhr. «Wir haben nur unmögliche Dinge gesucht. Die Mittelmäßigkeit und das Glück der anderen hat uns abgestoßen. Schon als wir uns zum ersten Mal sahen, habe ich in deinen Augen den unbändigen Wunsch, mich zu küssen, entdeckt.»

«Nicht so wie jetzt.»

«Du lügst. Niemals wird es etwas geben, das besser ist, als das, was wir damals erlebt haben.»

«Du hast recht, denn das ist unmöglich.»

«Ich will, daß du lügst», sagte Biralbo, «daß du mir nie die Wahrheit sagst.» Aber als er das sagte, streifte er schon Lucrecias Lippen.

# 18

Als er die Augen aufschlug, glaubte er nur ein paar Minuten geschlafen zu haben. Er erinnerte sich an das abstrakte Blau des Fensters, die kalte, graue Helligkeit, die das Licht der Lampe immer schwacher scheinen ließ und den Dingen langsam ihre Form zurückgab, nicht aber ihre im blassen Blau des Zwielichts, im Weiß der Laken, im matten und feuchten Glanz von Lucrecias Haut erschöpften oder aufgelösten Farben. Er hatte das Gefühl gehabt oder geträumt, daß ihre beiden Körper wuchsen und besitzergreifend den gesamten Raum ausfüllten und erzitternd die an ihnen haftenden Schatten abschüttelten: an der Grenze der ersehnten gegenseitigen Ohnmacht erfüllte sie eine stille Dankbarkeit miteinander Verschworener. Vielleicht wurde ihnen in jener Nacht nichts zurückgegeben; vielleicht empfingen sie in jenem seltsamen Licht, das von nirgendwoher zu kommen schien, etwas, das sie nicht kannten, das sie bis dahin nicht einmal wünschen konnten, das Feuer, mit dem es ihnen möglich war, sich, nachdem die Erinnerung vergeben war, in der Zeit zu entdecken.

Aber er hatte nicht nur wenige Minuten geschlafen. Die Sonne strahlte hell in den durchsichtigen Gardinen. Er erinnerte sich auch nicht an einen Traum, denn es war Lucrecia, die so friedlich neben ihm schlief, nackt unter dem Laken, das sie zwischen die Schenkel gezogen hatte, zerzaust, den Mund halbgeöffnet, beinahe lächelnd, ihr scharfes Profil auf dem Kissen, so nah bei Biralbo, als wäre sie eingeschlafen, als sie ihn küssen wollte.

Er rührte sich nicht, aus Angst, er würde sie wecken. Er sah sich im Zimmer um, erkannte unbestimmt die Dinge und gewann mit jedem Stück verstreute Einzelheiten dessen, woran er sich nicht mehr erinnerte: seine Hosen lagen auf dem Boden, sein Hemd hatte kleine dunkle Flecken, Lucrecias hochhackige Schuhe, auf dem Nachttisch neben dem Aschenbecher lagen die Eisenbahnbillets, Indizien einer plötzlich weit entfernten Nacht, die nur unwirklich schien, einer weder furchterregenden noch günstigen Nacht. Langsam und vorsichtig richtete er sich auf. Lucrecia atmete tiefer und sagte etwas im Traum und legte ihm den Arm um den Leib. Er dachte, es müsse sehr spät sein, Billy Swann hatte ihn bestimmt schon im Hotel angerufen. Hastig überlegte er, wie er aufstehen könnte, ohne daß sie es merkte. Ganz langsam drehte er sich um; Lucrecias Hand streifte sanft seine Beckenknochen, als er sich ihr entzog, und blieb dann beinahe reglos liegen, blind auf den Laken tastend. In sich zusammengerollt lächelte sie, als hielte sie ihn noch im Arm, und drückte das Gesicht ins Kissen, floh vor dem Erwachen und vor dem Licht.

Biralbo zog die Läden zu. Er begriff nicht sofort, daß das Gefühl von Leichtigkeit, das seine Bewegungen so behutsam machte, nicht auf die Stunden Schlaf zurückzuführen war, sondern auf die absolute Abwesenheit von Vergangenheit. Zum ersten Mal seit vielen Jahren war er nicht von der Ahnung eines Alptraums gequält oder von einem Gesicht, das er unbedingt wiederfinden mußte, erwacht. Er forderte vor dem Badezimmerspiegel keine Rechenschaft über die vergangene Nacht. Seine Unterlippe war noch geschwollen, und ein feiner Schnitt lief ihm über die Stirn, aber nicht einmal der unheimliche Anblick seiner unrasierten Wangen schien ihm wirklich tadelnswert. Durch das Fenster sah er das Meer. Die Sonne blitzte metallisch in den zarten Kronen der Wellen. Nur etwas ganz Banales rührte ihn: am Handtuchhalter hing Lucrecias roter Morgenmantel, der leicht nach ihrer Haut und nach Badesalz roch.

Früher hätte er mit eifersüchtiger Erbitterung nach Spuren einer männlichen Anwesenheit gesucht. Jetzt, als er aus der Dusche stieg, ärgerte ihn die Möglichkeit, nichts zu finden, womit er sich rasieren konnte. Es gefiel ihm, die Kosmetiktöpfchen zu untersuchen, an Dosen mit rosafarbenem Puder zu schnuppern, an Seifenstücken, Parfüms. Er rasierte sich umständlich mit einem kleinen spitzen Messer, das ihn an den hinterhältigen Revolver eines Falschspielers erinnerte. Das warme Wasser ließ die Blutflecken auf seinem Hemd fast verschwinden. Er band die Krawatte um; als er sie festzog, spürte er einen heftigen Schmerz am Hals und erinnerte sich flüchtig an Malcolm; ohne Bedauern, mit dem einzigen Wunsch zu vergessen und nichts mehr davon wissen zu wollen, wie jemand, dem beim Erwachen einfällt, daß er in der vergangenen Nacht zuviel getrunken hat.

Im Wohnzimmer, an die Schreibmaschine gelehnt, stand noch immer der aufgeschlagene Bildband über Cézanne, daneben zwei Gläser mit etwas Wasser und eine leere Flasche. Er betrachtete den Weg, den violetten

Berg, das Haus zwischen den Bäumen, sie erschienen ihm unberührt von dem leichten Verruf, in den alles, selbst das dunstige Licht des Meeres, geraten war. Es war, als hätte er zu lange gebraucht, um in die Heimat zurückzukehren, in die er gehörte. Unwillkürlich überkam ihn langsam ein friedliches Gefühl von Staunen und Lüge, von Freiheit und Erleichterung.

Er suchte die Küche, um sich einen Kaffee zu machen, und kam in ein Zimmer, dessen drei große Fenster auf die Klippen hinausgingen. Ein Tisch stand dort, voller Bücher und Manuskriptseiten und noch eine Schreibmaschine, in die ein weißes Blatt eingezogen war. Aschenbecher, noch mehr Bücher auf der Erde, leere Zigarettenschachteln, eine Flugkarte von vor Monaten: *Lisboa–Stockholm–Lisboa*. Die mit grüner Tinte beschriebenen Seiten waren voller Streichungen. An der Wand sah er das Photo eines Unbekannten: er selbst, vor drei oder vier Jahren, die Augen starr auf etwas gerichtet, das nicht in diesem Zimmer oder sonst irgendwo war, die Hände über den Tasten eines Klaviers verharrend, des Klaviers im Lady Bird. Ein Schatten verhüllte die Hälfte jenes Gesichts. In der anderen Hälfte, in den Augen und im Ausdruck der Lippen, lagen Angst und Zärtlichkeit und eine entblößte Sehergabe. Er fragte sich, was Lucrecia gedacht und gefühlt haben mochte, wenn sie jeden Abend in diese Augen sah, die jemanden anzulächeln und ihn gleichzeitig abzulehnen, ihn nicht zu sehen schienen.

Das Haus war nicht so groß, wie es ihm vorgekommen war, als er ankam. Der leere Raum und der Horizont des Meeres hinter den Fensterscheiben machten es größer. Vergeblich suchte er in dem Haus Spuren von Lucrecias Leben: Stille, weiße Wände, Bücher waren die einzige Antwort auf seine Frage. Am Ende eines Flurs fand er die Küche, so sauber und unzeitgemäß, als würde sie seit vielen Jahren von niemandem mehr benutzt. Durch das Fenster sah er über den Bäumen den konischen Leuchtturm. Daß er so nah war, überraschte ihn, als entdeckte er die Enge eines in seiner Kindheit weiten Raums. Er machte Kaffee und genoß den Duft wie eine wiedergefundene Verläßlichkeit. Als er in das Wohnzimmer zurückkam, um sich eine Zigarette zu holen, stand Lucrecia dort und sah ihn an. Sicher hatte sie seine Schritte im Flur gehört und war stehengeblieben und hatte gewartet, bis er im Türrahmen erschien. Als sie ihn sah, stellte sie das Radio ab. Sie sah ihn an, als hätte sie gefürchtet, ihn beim Erwachen nicht mehr vorzufinden. Im Tageslicht wirkte sie nicht so beherrschend, freundlicher oder auch zerbrechlicher und plötzlich sehr ernst, aufrecht und gefaßt einer Gefahr entgegensehend.

«Man hat Malcolms Leiche gefunden», sagte sie. «Du wirst gesucht. Ich habe es gerade im Radio gehört.»

«Haben sie meinen Namen genannt?»

«Vor- und Nachnamen und das Hotel, in dem du abgestiegen bist. Ein Schaffner hat ausgesagt, er hätte gesehen, wie ihr auf der Plattform des Zugs miteinander gekämpft habt.»

«Sie haben meinen Mantel gefunden», sagte Biralbo. «Ich wollte ihn gerade anziehen, als Malcolm auftauchte.»

«Hast du deinen Paß im Mantel gehabt?»

Biralbo suchte in seinen Jackentaschen; der Paß steckte in seinem Jackett. Dann fiel es ihm ein:

«Die Bestätigung vom Hotel», sagte er. «Ich hatte sie in der Manteltasche, daher wissen sie meinen Namen.»

«Wenigstens haben sie kein Photo von dir.»

«Sagen sie, ich hätte ihn umgebracht?»

«Nur, daß du gesucht wirst. Der Schaffner erinnert sich sehr gut an dich und Malcolm. Offenbar war sonst niemand im Zug.»

«Hat man ihn auch identifiziert?»

«Sie haben sogar den Beruf genannt, der in seinem Paß steht. Restaurator von Bildern.»

«Wir müssen sofort hier verschwinden, Lucrecia. Toussaints Morton weiß bereits, wo er nach dir suchen muß.»

«Niemand wird uns finden, wenn wir das Haus nicht verlassen.»

«Er kennt die Bahnstation. Er wird sich durchfragen. In spätestens zwei Tagen ist er hier.»

«Man wird der Flughafenpolizei deinen Namen durchgeben. Du kannst weder ins Hotel zurück noch Portugal verlassen.»

«Ich nehme den Zug.»

«Die Polizei kontrolliert auch die Züge.»

«Ich verstecke mich ein paar Tage in Billy Swanns Hotel.»

«Warte. Ich kenne jemanden, der dir helfen kann. Einen Spanier, der einen Nachtclub in der Nähe des Burma hat. Er wird dir einen falschen Paß besorgen. Er hat mir geholfen, die Papiere für das Bild zu fälschen.»

«Sag mir, wo er wohnt, und ich fahre hin.»

«Er wird hierherkommen. Ich rufe ihn an.»

«Es ist zu spät, Lucrecia. Du mußt hier weg.»

«Wir gehen zusammen.»

«Ruf den Typen an und sag ihm, daß ich zu ihm komme. Ich allein.»

«Du kennst niemanden in Lissabon, hast kein Geld. In ein paar Tagen können wir gefahrlos verschwinden.»

Doch er hatte kaum das Gefühl von Bedrohung: alles, selbst der Verdacht, die Wagen der Polizei könnten bereits durch die schattigen Straßen um das Grundstück kreisen, schien ihm weit entfernt, ohne Beziehung zu ihm, für sein Leben so gleichgültig wie die Landschaft des Meeres und der verlassene Garten, der das Haus umgab, wie das Haus selbst und die ferne Leidenschaft der vergangenen Nacht, frei von aller Asche, wie ein Feuer von Diamanten. Er wollte nicht mehr wie früher die Zeit einsperren, damit ihm Lucrecias Nähe nicht entrissen würde, nicht mehr bis zum letzten Augenblick sowohl die Freude als auch den Schmerz auskosten, wie wenn er spielte und den letzten Noten auswich aus Angst, die Stille könnte die Fähigkeit seiner Phantasie und seiner Hände, Musik zu machen, für immer auslöschen. Vielleicht erlaubte das, was ihm im reglosen Licht des Morgens gegeben worden war, weder Dauer noch Erinnerung noch Rückkehr: es würde ihm immer gehören, wenn er sich nicht danach umdrehte.

Ohne daß sie es aussprachen, wußte Lucrecia, was er dachte und begriff die unendliche Zärtlichkeit seines schweigenden Abschieds. Sie küßte ihn zart auf die Lippen, drehte sich um und ging ins Schlafzimmer. Biralbo hörte, wie sie eine Nummer wählte. Während sie auf

Portugiesisch nach jemandem fragte, brachte er ihr eine Tasse Kaffee und eine Zigarette. Wie mit einem klaren Blick in die Zukunft wußte er, daß in diesen Gesten das Glück lag. Den Kopf geneigt, um den Hörer auf ihrer nackten Schulter festzuhalten, sagte Lucrecia sehr schnell etwas, das er nicht verstehen konnte, und notierte etwas in dem Notizbuch, das auf ihren Knien lag. Sie trug nur ein großes, etwas maskulines Hemd, das sie nicht ganz zugeknöpft hatte. Ihr Haar war feucht, und Wassertropfen glänzten noch auf ihren Schenkeln. Sie legte auf, tat Notizbuch und Bleistift auf den Nachttisch, trank langsam ihren Kaffee und sah Biralbo durch den Dampf hindurch an.

«Er wartet heute nachmittag um vier Uhr auf dich», sagte sie, aber ihr Blick schien mit ihren Worten überhaupt nichts zu tun zu haben. «Das ist die Adresse.»

«Ruf jetzt beim Flughafen an.» Biralbo steckte ihr eine Zigarette zwischen die Lippen. Er hatte sich neben sie gesetzt. «Mach eine Reservierung für das nächste Flugzeug, das Portugal verläßt.»

Lucrecia faltete ihr Kissen zusammen und lehnte sich dagegen, stieß durch kaum geöffnete Lippen in langsamen graublauen, wie Licht und Schatten gestreiften Fäden den Rauch aus. Sie zog die Knie an und stützte die nackten Füße auf die Bettkante.

«Bist du sicher, daß du nicht mit mir kommen willst?»

Biralbo streichelte ihre Knöchel. Doch es war nicht nur eine Zärtlichkeit, vielmehr ein zartes Wiedererkennen. Er schob das Hemd ein wenig zur Seite und spürte an den Fingern noch die Feuchtigkeit der Haut. Sie sahen sich an. Es war, als umfinge alles, was ihre Hände taten oder ihre Stimmen sagten, die Intensität ihrer Blicke so leicht wie der Rauch der Zigaretten.

«Denk an Toussaints Morton, Lucrecia. Ihn müssen wir fürchten, nicht die Polizei.»

«Ist das der einzige Grund?» Lucrecia nahm ihm die Zigarette fort und zog ihn zu sich heran, berührte mit den Fingerspitzen seine Lippen und die Wunde auf der Stirn.

«Es gibt noch einen.»

«Das wußte ich. Sag ihn mir.»

«Billy Swann. Ich muß am zwölften mit ihm spielen.»

«Aber das wird gefährlich. Man wird dich erkennen.»

«Nicht, wenn ich einen anderen Namen benutze. Ich werde dafür sorgen, daß die Scheinwerfer nicht auf mein Gesicht gerichtet sind.»

«Spiel nicht in Lissabon.» Lucrecia hatte ihn ganz sanft geschoben, bis er neben ihr lag, und nahm sein Gesicht in ihre Hände, damit er sie nicht ansehen konnte. «Billy Swann wird das verstehen. Das ist nicht sein letztes Konzert.»

«Vielleicht doch», sagte Biralbo. Er schloß die Augen, küßte ihre Mundwinkel, ihre Wangen, ihren Haaransatz in einer Dunkelheit, nach der er sich mehr sehnte als nach Musik und die süßer war als das Vergessen.

# 19

Und seitdem hast du sie nicht wiedergesehen?» fragte
ich. «Du hast sie nicht einmal gesucht?»

«Wie sollte ich sie suchen?» Biralbo sah mich an, verlangte fast von mir, ihm die Frage zu beantworten. «Wo
denn?»

«In Lissabon, würde ich sagen, nach ein paar Monaten. Das Haus gehörte ihr doch, oder? Sie wird dorthin
zurückgegangen sein.»

«Ich habe einmal angerufen. Niemand hob ab.»

«Schreiben. Weiß sie, daß du in Madrid lebst?»

«Ich habe ihr, kurz nachdem ich dich im Metropolitano getroffen habe, eine Postkarte geschrieben. Sie ist
zurückgekommen: Anschrift ungenügend.»

«Sie sucht dich bestimmt.»

«Nicht mich, sondern Santiago Biralbo.» Er holte seinen Paß aus der Nachttischschublade und reichte ihn
mir, die erste Seite aufgeschlagen. «Nicht Giacomo
Dolphin.»

Das krause, sehr kurze Haar, die dunkle Brille, ein
Dreitagebart auf den Wangen machten das Gesicht, das
bereits das eines anderen Mannes war, nämlich seines,
schmal und sehr blaß. Er hielt sich mehrere Tage an einem Platz versteckt, der nicht im eigentlichen Wortsinn
ein Hotel war, und wartete, bis ihm der Bart wie dem

Mann auf dem Photo gewachsen war, denn Maraña, jener Spanier, hatte ihm, bevor er das Photo machte, mit einem Schminkstift und einer kleinen Bürste mit grauem Puder das Kinn und die Wangen behandelt und ihm vor dem Spiegel, wie einem unfähigen Schauspieler, mit feuchten Händen über das Gesicht gestrichen, hatte ihm das Haar mit Festiger aufgestellt und dann, zufrieden mit seinem Werk und aufmerksam Kleinigkeiten korrigierend, während er die Kamera einrichtete, gesagt: «Deine eigene Mutter wird dich nicht wiedererkennen; auch Lucrecia nicht.»

Drei Tage eingeschlossen in einem Zimmer mit einem einzigen Fenster, von dem er eine weiße Kuppel und rote Dächer und eine Palme sehen konnte, wartete er darauf, daß Maraña mit dem falschen Paß zurückkäme, und wurde mit der Langsamkeit einer unsichtbaren Metamorphose der andere, so langsam, wie ihm der Bart wuchs und das Gesicht dunkler wurde. Er rauchte unter der von der Decke hängenden Birne, beobachtete die Kuppel, auf der das Licht zuerst gelb und dann weiß war und schließlich grau und blau, er sah in den Spiegel des Badezimmers, wo ein Hahn mit der Regelmäßigkeit einer Uhr tropfte, aus dem, wenn er ihn ganz aufdrehte, der Gestank eines Abflußrohrs kam. Er strich mit den Händen über seine rauhen Wangen, als suchte er Zeichen einer Verwandlung, die noch nicht sichtbar war, und zählte die Stunden und die Tropfen und summte Melodien, den Ton von Trompete und Baß nachahmend, während von der Straße die Stimmen chinesischer Mädchen zu ihm heraufdrangen, die den Männern nachriefen und wie Vögel lachten, und Gerüche von auf Holzkohle gebratenem Fleisch und würzigen Speisen. Eine der jungen Chinesinnen, sie war winzig und stark geschminkt, brachte ihm mit einer kindlich obszönen Höflichkeit, pünktlich wie eine Krankenschwester, den Kaffee und Teller mit Reis und Fisch, Weißwein, Tee, Schnaps und geschmuggelte amerikanische Zigaretten, weil Herr Maraña es so befohlen hatte, bevor er gegangen war, und einmal legte sie sich sogar neben ihn und küßte ihn wie ein Vogel, der Wasser aufpickt, und lachte dann mit niedergeschlagenen Augen, als Biralbo ihr vorsichtig zu verstehen gab, daß er lieber allein war.

Maraña, der Spanier, kam am dritten Tag mit dem Paß in einer Plastikhülle zurück, sie war feucht, als Biralbo sie in die Hand nahm, denn Marañas Hände und auch sein Hals waren verschwitzt. Schnaufend wie ein Walroß kam er in seinem weißen Leinenanzug, mit den grünen Brillengläsern, die seine Albinoaugen verbargen, und dem aufdringlichen Wohlwollen eines Satrapen die Treppen von der Straße herauf. Er bestellte Kaffee und Schnaps und scheuchte die chinesischen Mädchen mit Klapsen fort. Er nahm die Brille nicht ab, wenn er mit Biralbo sprach; er schob sie nur ein wenig nach oben und wischte sich mit dem Zipfel eines Taschentuchs die Augen.

«Giacomo Dolphin», sagte er und fummelte mit dem Paß herum, als wollte er Biralbo zeigen, wie biegsam er sei. «Geboren in Oran, neunzehnhunderteinundfünfzig, Vater Brasilianer, wenn auch in Irland geboren, Mutter Italienerin. Genosse, das bist du ab heute. Hast du die Zeitungen gesehen? Kein Wort mehr von dem Yanqui, den du neulich umgelegt hast. Saubere Arbeit, zu dumm, daß du deinen Mantel im Zug vergessen hast. Lucrecia hat mir alles erklärt. Ein Schubs, und ab auf die Gleise, oder?»

«Ich weiß es nicht mehr. Eigentlich weiß ich nicht einmal, ob er nicht von allein runtergefallen ist.»

«Ganz ruhig, Mann. Wir sind doch Landsleute, oder?» Maraña trank einen Schluck Schnaps, der Schweiß lief ihm über das Gesicht. «Ich halte mich für eine Art Konsul der Spanier in Lissabon. Entweder gehen sie zur Botschaft oder sie kommen zu mir. Was diesen Mulatten aus Martinique betrifft, der hinter dir her ist, keine Sorge. Das hab ich auch Lucrecia gesagt: ganz ruhig. Ich kümmere mich persönlich um dich, bis du Lissabon verläßt. Ich bring dich zu dem Theater, wo du spielst. In meinem eigenen Wagen. Ist der Mulatte bewaffnet?»

«Ich glaube schon.»

«Ich auch.» Maraña zog ächzend den längsten Revolver aus seinem Gürtel, den Biralbo je gesehen hatte, nicht einmal im Film. «Dreihundertsiebenundfünfziger. Der soll sich mir mal vorstellen.»

«Er pflegt von hinten zu kommen, mit einem Nylonfaden.»

«Nun, dann muß er aufpassen, daß ich mich nicht umdrehe.» Maraña stand auf und steckte den Revolver wieder ein. «Ich muß gehen. Soll ich dich irgendwo hinbringen?»

«Ins Theater, wenn du kannst. Ich muß proben.»

«Zu Diensten. Für Lucrecia mach ich den Fälscher, den Leibwächter und auch den Taxifahrer. So geht das im Geschäft: heute für dich, morgen für mich. Wenn du

Geld brauchst, sag es mir. Du hast ein Glück, Genosse. Das nenn ich von den Frauen leben.»

Jeden Abend holte Maraña ihn ab, in ein unwahrscheinliches Auto gezwängt, das wie eine Küchenschabe die Gassen hinaufkletterte, ein Morris, der vor zwanzig Jahren wahnsinnig sportlich gewesen war und in dem Biralbo sich stets fragte, wie Maraña hineinkam und sich dann auch noch darin bewegen konnte. Während er fuhr, vom Wagendach fast erdrückt, schnaubte er unter einem Seehundsschnauzbart, der ihm den Mund verdeckte, und lenkte mit abrupten, willkürlichen Bewegungen: manchmal war er ein politischer Flüchtling aus den alten Zeiten, und dann war er wieder vor einer ungerechtfertigten Anklage wegen Unterschlagung geflohen. Er hatte keine Sehnsucht nach Spanien, jenem Land voll Undankbarkeit und Neid, das jeden in die Verbannung schickte, der sich gegen die Mittelmäßigkeit auflehnte. War er, Biralbo, nicht auch ein Verbannter, hatte er nicht ins Ausland gehen müssen, um mit seiner Musik Erfolg zu haben? Während der Proben saß Maraña wie ein Buddha aus Wachs in der ersten Reihe des Gestühls und grinste und schlief geruhsam ein, und wenn ein Wirbel des Schlagzeugs oder plötzliche Stille ihn weckte, suchte er mit einer raschen Geste seinen Revolver und sah aufmerksam in die Dunkelheit des leeren Theaters und zu den geschlossenen roten Vorhängen hinüber. Biralbo wagte weder danach zu fragen, wieviel Lucrecia ihm dafür bezahlt hatte, noch welche Schuld er selbst damit beglich, daß er ihn beschützte. «Im Exil müssen wir Spanier uns gegenseitig helfen», sagte Maraña, «denk an das Volk der Juden...»

Am Abend des Konzerts wartete Biralbo jedoch nicht, bis er die Hupe des Wagens hörte oder den Katastrophenlärm, mit dem Maraña über das Pflaster rollte und vor der Haustür anhielt, neben dem Fenster, an dem manchmal die chinesischen Mädchen standen. Er erhob sich vom Bett wie ein Kranker, den die Pflicht treibt, nahm einen Schluck Schnaps, besah sich im Spiegel – die stark geweiteten Pupillen und der Bart von acht Tagen gaben ihm ein Flair von Lotterleben und schlaflosen Nächten –, steckte den Paß ein wie jemand, der eine Waffe versteckt, setzte die dunkle Brille auf, ging die sehr schmale Treppe hinunter, deren Stufen mit schmutzigem Wachstuch bezogen waren, und landete auf der Gasse. Eines der Mädchen am Fenster winkte ihm nach. Hinter seinem Rücken hörte er kurzes, schrilles Lachen und wollte sich nicht danach umdrehen. Aus einer nahen Kneipe kamen dichte Schwaden von Fett und Harz und asiatischem Essen. Durch die Brillengläser sah die Welt aus wie am späten Abend oder bei einer Sonnenfinsternis. Während er zur Unterstadt hinunterging, spürte er fast die gleiche, unwillkürliche Leichtigkeit wie mitten im Konzert, wenn er die Angst vor der Musik verlor, in dem Augenblick, wenn seine Hände aufhörten zu schwitzen und einem Gefühl von Geschwindigkeit und Stolz zu gehorchen begannen, das so wenig mit seinem Bewußtsein zu tun hatte wie sein Herzschlag. Als er um eine Ecke bog, sah er die ganze Stadt vor sich und die Bucht, die fernen Schiffe und die Kräne des Hafens, die rote und von einem grauen Dunst verhangene Brücke über dem Wasser. Allein der Instinkt der Musik leitete ihn und verhinderte, daß er sich verlief, ließ ihn Plätze wiedererkennen, die er gesehen hatte, während er Lucrecia suchte, stieß ihn durch feuchte Gänge und Mauergassen zu den weiten Plätzen von Lissabon mit den von Säulen getragenen Denkmälern und zu dem etwas schäbigen Theater, wo synkopisch die Lichter und Schatten der ersten Filme vom Ende eines anderen Jahrhunderts flimmerten, von dem man nur in Lissabon noch Zeichen entdecken konnte. Er sagte mir später, in der Fassade des Hauses, wo das Konzert stattfinden sollte, habe sich ein Schild mit Allegorien und Nymphen und verschlungenen Buchstaben befunden, die ein merkwürdiges Wort bildeten, *Animatograph*, und bevor er zu den geraden und gleichförmigen Straßen der Unterstadt kam, habe er schon Plakate gesehen, auf denen in großen roten Buchstaben sein neuer Name unter dem von Billy Swann stand, *Giacomo Dolphin, Piano*.

Auf den Hügeln sah er die übereinandergeschachtelten, gelben Häuser, das kalte Dezemberlicht, die Treppe und den schmalen Eisenturm und den Fahrstuhl, der ihn in einer anderen, weit zurückliegenden Nacht vorübergehend vor dem ihn verfolgenden Malcolm gerettet hatte, er sah die dunklen Arkaden der Warenhäuser und die bereits erleuchteten Bürofenster, die lärmende und reglose Masse, die bei Einbruch der Dunkelheit unter dem leuchtenden Blau zusammengekommen war, als warte sie oder erlebe etwas, vielleicht die Unsichtbarkeit oder das geheime Geschick jenes Mannes mit der dunklen Brille und den flüchtigen Bewegungen, der nicht mehr Santiago Biralbo hieß und in Lissabon aus dem Nichts geboren war.

Er kam zum Theater, und vor der Kasse standen

schon Menschen, er sagte mir, in Lissabon wären immer und überall Menschen, sogar vor öffentlichen Bedürfnisanstalten und vor Porno-Kinos, an Orten also, an denen äußerste Intimität zu herrschen hätte, an den Straßenecken um den Bahnhof herum, immer einzelne, dunkelgekleidete Männer, einzelne, schlecht rasierte Männer, als wären sie gerade aus einem Nachtzug gestiegen, Weiße mit gebräunter Haut und schrägem Blick, schweigsame Schwarze oder Asiaten, die mit unendlicher Melancholie und Heimweh das Schicksal ertrugen, das sie in diese Stadt am anderen Ende der Welt verschlagen hatte. Dort, vor dem Eingang jenes Kinos oder Theaters, das Animatograph genannt wurde, sah er jedoch die gleichen blassen Gesichter, die er auch im Norden Europas gesehen hatte, die gleichen Bewegungen wohlerzogener Geduld und Klugheit, und er dachte, daß weder Billy Swann noch er jemals für diese Leute gespielt hatten, daß es ein Irrtum war, denn obwohl sie da waren und fügsam ihre Eintrittskarten gekauft hatten, würde die Musik, die sie zu hören bekämen, sie niemals bewegen können.

Aber das hatte Billy Swann immer schon gewußt, und vielleicht war es ihm auch egal, denn wenn er zu spielen begann, war es, als wäre er allein, von den Scheinwerfern, die das Publikum in die Dunkelheit verbannten und eine unwiderrufliche Grenze am Podiumsrand zogen, beschützt und isoliert.

Billy Swann saß in seiner Garderobe, unberührt von den Flecken auf dem Spiegel und der schmutzigen Feuchtigkeit der Wände, eine Zigarette zwischen den Lippen, die Trompete auf den Knien, eine Flasche Saft

in Reichweite, fern und allein und ergeben wie im War-
tezimmer eines Arztes. Es sah aus, als würde er Biralbo
gar nicht mehr erkennen, niemanden, nicht einmal Oscar, der ihm verdächtige Medizinkapseln mit einem
Glas Wasser reichte und dafür sorgte, daß der Kreis von
Einsamkeit und Stille um ihn nicht durchbrochen
wurde.

«Billy», sagte Biralbo. «Da bin ich.»

«Ich nicht.» Billy Swann hob die Zigarette auf eine
seltsame Weise an die Lippen, mit steifer Hand, wie jemand, der nur so tut, als rauche er. Seine Stimme war
schleppender und tiefer und unverständlicher denn je.
«Was siehst du mit dieser Brille?»

«Fast nichts.» Biralbo nahm sie ab. Das Licht der
nackten Glühbirne tat ihm in den Augen weh, und die
Garderobe wurde noch kleiner. «Dieser Typ hat mir geraten, sie immer zu tragen.»

«Ich sehe alles schwarzweiß.» Billy Swann sprach zur
Wand. «Grau in grau. Etwas dunkler und etwas heller.
Nicht wie im Kino. Wie Insekten die Dinge sehen. Ich
hab mal was darüber gelesen. Sie sehen keine Farben.
Als ich jung war, habe ich sie gesehen. Wenn ich Gras
geraucht hatte, sah ich ein grünes Licht um alle Dinge.
Mit Whiskey war das anders, mehr gelb und rot und
mehr blau, wie wenn sie diese Spots anmachen.»

«Ich hab ihnen gesagt, daß sie sie nicht auf dein Gesicht richten sollen», sagte Oscar.

«Kommt sie heute abend?» Billy Swann drehte sich
langsam zu Biralbo um, genauso unendlich müde, wie
er sprach; jedes seiner Worte enthielt eine Geschichte.

«Sie ist weg», sagte Biralbo.

**267**

«Wohin?» Billy Swann trank angewidert, aber gehorsam, beinahe wehmütig, einen Schluck Saft.

«Ich weiß es nicht», sagte Biralbo. «Ich wollte, daß sie geht.»

«Sie kommt wieder.» Billy Swann reichte ihm die Hand, und Biralbo half ihm aufzustehen. Er wog so gut wie nichts.

«Neun Uhr», sagte Oscar. «Wir müssen raus.» Ganz nah, jenseits der Bühne, hörten sie die Geräusche der Menge. Biralbo war es so unheimlich wie Meeresrauschen in der Dunkelheit.

«Seit vierzig Jahren verdiene ich auf diese Weise meinen Lebensunterhalt.» Billy Swann ging an Biralbos Arm und drückte die Trompete an die Brust, als hätte er Angst, sie zu verlieren. «Aber ich verstehe immer noch nicht, warum sie kommen, um uns zu hören, oder warum wir für sie spielen.»

«Wir spielen nicht für sie, Billy», sagte Oscar. Die vier, auch der blonde französische Schlagzeuger, Buby, standen am Ende eines Ganges aus Vorhängen, die Lichter der Bühne beleuchteten schon ihre Gesichter.

Biralbos Mund war wie ausgetrocknet, und seine Hände schwitzten. Auf der anderen Seite der Vorhänge hörte er Stimmen und vereinzelte Pfiffe. «In diesen Theatern ist es, als ginge man in eine Zirkusarena», hat er einmal zu mir gesagt, «man ist dankbar, wenn ein anderer zuerst rausgeht, damit die Löwen ihn fressen.» Buby, der Schlagzeuger, ging als erster, mit gesenktem Kopf, lächelnd, mit den raschen, vorsichtigen Bewegungen bestimmter Nachttiere, und schlug sich rhythmisch auf die Jeans. Ein kurzer Applaus empfing ihn:

nach ihm erschien Oscar, dick und schwankend mit einer Geste unerbittlicher Verachtung. Baß und Schlagzeug spielten bereits, als Biralbo hinausging. Die Scheinwerfer blendeten ihn, runde, gelbe Spots hinter den Gläsern seiner Brille, aber er sah nur das gestreifte Weiß und die ganze Breite seiner Tastatur: die Hände darauf zu legen war, wie sich an dem einzigen Brett nach einem Schiffbruch festklammern. Ängstlich und schwerfällig begann er eine sehr alte Melodie und sah auf seine verkrampften Hände, die sich bewegten, als wären sie auf der Flucht. Buby gab einen Trommelwirbel, so heftig wie von hohen, zusammenstürzenden Mauern, und strich dann kreisförmig über die Teller; dann war alles still. Biralbo sah, wie Billy Swann an ihm vorbeiging und am Bühnenrand stehenblieb, er hob kaum die Füße, als taste er sich vorwärts oder fürchte, jemanden zu wecken.

Er hob die Trompete und hielt das Mundstück an die Lippen. Er schloß die Augen. Sein Gesicht war rot und zusammengezogen, noch spielte er nicht. Es sah aus, als bereite er sich darauf vor, einen Schlag zu erhalten. Mit dem Rücken zu ihnen gab er mit der Hand ein Zeichen, wie jemand, der ein Tier streichelt. Biralbo überlief ein feierlicher Schauer der Erwartung. Er sah zu Oscar, der sich mit geschlossenen Augen vorbeugte, die linke Hand offen über dem Steg des Basses, gespannt abwartend und wissend. Dann kam es ihm vor, als hörte er das Summen einer übernatürlichen Stimme, als sähe er wieder die in sich selbst versunkene Landschaft mit dem blauen Berg und dem Pfad und dem zwischen Bäumen versteckten Haus. Er sagte mir, Billy Swann habe in jener Nacht nicht einmal für sie, seine Zeugen oder Verschworenen, gespielt. Er spielte für sich selbst, für die Dunkelheit und für die Stille, für die dunklen Köpfe ohne Gesichtszüge, die sich nahezu unbeweglich hinter dem Vorhang der Scheinwerfer regten, Augen und Ohren und schlagende Herzen, die niemandem gehörten, Profile, vor einem stillen Abgrund aufgereiht, an den ausschließlich Billy Swann mit seiner Trompete heranzutreten wagte, nein, nicht einmal mit ihr, denn er ging mit ihr um, als existierte sie gar nicht. Er, Biralbo, wollte ihm folgen und die anderen zu ihm führen, der allein und sehr fern war und ihnen den Rücken zuwandte, er wollte ihn in einen warmen und mächtigen Strom einhüllen, gegen den Billy Swann einen Augenblick anzukämpfen schien, als hielte ihn die Erschöpfung zurück, und vor dem er dann floh wie vor der Lüge oder der Resignation, denn vielleicht war es Lüge und Feigheit, was sie spielten. Wie ein Tier, das weiß, daß die Verfolger es nicht fassen können, wechselte er plötzlich die Richtung oder tat so, als bliebe er zurück und nähme still Witterung; mit seiner Musik zog er eine unhörbare Linie, die ihn wie eine Glasglocke umgab, eine nur ihm gehörende Zeit im Innern der von den anderen gezähmten Zeit.

Als Biralbo vom Klavier aufsah, sah er das rote, verzerrte Profil und seine wie eine doppelte Narbe zusammengepreßten Lider. Sie konnten ihm nicht mehr folgen und zerstreuten sich, jeder von ihnen emsig mit seiner Verfolgung beschäftigt. Nur Oscar zupfte die Saiten des Basses mit einer Hartnäckigkeit, die jedem Rhythmus fremd war, ohne sich der Stille und der Ferne von Billy

Swann zu ergeben. Nach ein paar Minuten regten auch
Oscars Hände sich nicht mehr. Da ließ Billy Swann die
Trompete sinken, und Biralbo dachte, mehrere Stunden
wären vergangen und das Konzert wäre gleich zu Ende,
aber niemand klatschte, man hörte nicht das kleinste Geräusch in der ergriffenen Dunkelheit, wo der letzte,
schrille Ton der Trompete noch nicht verhallt war. Billy
Swann, der so dicht am Mikrophon stand, daß man seinen Atem wie einen dumpfen Nachklang hören konnte,
sang. Ich weiß, wie er sang, ich habe ihn auf den Platten
gehört, aber Biralbo sagte, ich könnte mir überhaupt
nicht vorstellen, wie seine Stimme in jener Nacht ge-
klungen habe: Sie war wie ein von der Musik losgelöstes
Flüstern, ein langsames Psalmodieren, ein seltsames Ge-
bet, rauh und sanft, wild und tief und gedämpft, als
müßte man das Ohr an die Erde halten, um sie hören zu
können. Er hob die Hände, streichelte die Tasten, als
suchte er einen Spalt in der Stille, und begann zu spielen,
wie ein Blinder von der Stimme geführt und von ihr akzeptiert, und er stellte sich plötzlich vor, Lucrecia würde
ihm dort im Dunkeln zuhören und könnte sein Spiel beurteilen, aber nicht einmal das kümmerte ihn mehr, nur
die sanfte Hypnose der Stimme, die ihm endlich sein
Schicksal wies und die ruhige und einzige Rechtferti-
gung seines Lebens, die Erklärung für alles, was er nie
begreifen würde, die Sinnlosigkeit der Angst und das
Recht auf Stolz, auf die dunkle Gewißheit von irgend
etwas, das nicht das Leid war und nicht das Glück, und
das doch beides unentzifferbar enthielt, und auch seine
alte Liebe zu Lucrecia und seine Einsamkeit von drei Jahren und das gegenseitige Wiedererkennen am Morgen in

dem Haus auf den Klippen. Jetzt sah er alles in einem schonungslosen, glasklaren Licht, wie an einem kalten Wintermorgen in einer Straße von Lissabon oder von San Sebastián. Als erwachte er, bemerkte er, daß er Billy Swanns Stimme nicht mehr hörte: er spielte allein, und Oscar und der Schlagzeuger sahen ihm zu. Neben dem Flügel, direkt vor ihm, putzte Billy Swann seine Brille und schlug leise mit dem Fuß den Takt und wiegte den Kopf, als nickte er zu etwas, das er von weit her hörte.

«Hatte er wieder getrunken?»

«Keinen Tropfen.» Biralbo stand von seinem Bett auf und öffnete die Balkontür. Auf den Dächern der Gebäude und in den obersten Fenstern der Telefónica war schon ein Widerschein der Sonne zu sehen. Dann wandte er sich zu mir um und hielt mir eine leere Flasche hin. «Weil er weder dem Alkohol noch der Musik entsagt hat. Sie sind ihm in Lissabon ausgegangen. Wie diese Flasche da. Darum war es ihm egal, ob er lebendig oder tot war.»

Er zog die Vorhänge ganz auf und warf die leere Flasche in einen Papierkorb. Es war, als würden wir uns im Morgenlicht nicht mehr kennen. Ich sah ihn an und dachte, daß ich jetzt gehen müßte, und wußte nicht, was ich sagen sollte. Aber ich hatte immer Schwierigkeiten beim Abschiednehmen.

# 20

In den darauf folgenden Tagen machte ich eine kurze
Reise in eine nicht weit von Madrid entfernte Stadt. Als
ich zurückkam, dachte ich, es wäre an der Zeit, Floro
Bloom zu schreiben, von dem ich, seit ich von San Sebastián fort war, nichts mehr gehört hatte. Seine Adresse
kannte ich nicht und beschloß, Biralbo danach zu fragen.
Ich rief in seinem Hotel an, und man sagte mir, er wäre
nicht da. Aus irgendeinem Grund, an den ich mich heute
nicht mehr erinnere, bin ich erst nach einigen Tagen ins
Metropolitano gegangen, um ihn zu sehen. Es macht
mir nichts aus, an Plätze zurückzukehren, an denen ich
vor zehn oder zwanzig Jahren gewesen bin, aber wenn
ich in eine Bar komme, in die ich noch vor zwei Wochen
oder einem Monat regelmäßig ging, empfinde ich eine
unerträgliche Dumpfheit in der Zeit, die während meiner Abwesenheit über die Dinge hinweggegangen ist
und sie ohne mein Wissen unsichtbaren Veränderungen
unterzogen hat. Ich fühlte mich wie jemand, der sein
Haus eine Zeitlang ungetreuen Bewohnern überließ.

Am Eingang des Metropolitano war das Plakat des
*Giacomo Dolphin Trio* verschwunden. Es war noch früh.
Ein Kellner, den ich nicht kannte, sagte mir, Mónica
würde um acht anfangen. Ich fragte ihn nicht nach Biralbo und seinen Musikern; mir war eingefallen, daß

dies der Tag war, an dem sie nicht spielten. Ich bestellte ein Bier und trank es langsam an einem Tisch im Hintergrund. Mónica kam ein paar Minuten vor acht. Sie sah mich nicht sofort; sie drehte sich nach mir um, als der Kellner an der Bar ihr etwas sagte. Sie war ungekämmt und hatte sich sehr eilig geschminkt. Aber sie schien immer überstürzt und in der letzten Minute irgendwo anzukommen. Ohne sich den Mantel auszuziehen, setzte sie sich mir gegenüber. An der Art, wie sie mich ansah, wußte ich, daß sie mich nach Biralbo fragen würde. Mit ihrer Stimme klang es mir nicht seltsam, daß sie ihn Giacomo nannte.

«Vor zehn Tagen ist er verschwunden», sagte sie. Wir hatten noch nie allein miteinander gesprochen. Zum ersten Mal bemerkte ich, daß ihre Augen violette Farbtöne hatten. «Ohne mir irgend etwas zu sagen. Aber Buby und Oscar wußten, daß er wegwollte. Sie sind auch gegangen.»

«Ist er allein weg?»

«Ich dachte, du wüßtest etwas.» Sie sah mich direkt an, und die Farbe ihrer Augen wurde noch intensiver. Sie traute mir nicht.

«Er hat mir nie von seinen Plänen erzählt.»

«Es sah so aus, als hätte er keine.» Mónica lächelte mich auf eine steife Art an, wie man lächelt, wenn man weiß, daß man verloren ist. «Aber ich wußte, daß er weggehen würde. Stimmt es, daß er krank war?»

Ich bestätigte es; ich erfand halbe Unwahrheiten, und sie tat so, als glaubte sie sie, ich dachte mir Einzelheiten aus, die nicht vollkommen unrichtig waren und nicht ausschließlich barmherzig, vielleicht waren sie sinnlos,

**274**

wie die, die man einem Kranken erzählt, dessen Schmerzen einem nicht zu Herzen gehen. Mißtrauisch und verächtlich fragte sie schließlich, ob es eine andere Frau gäbe. Ich bestritt das und versuchte, ihr dabei nicht in die Augen zu sehen, ich versicherte ihr, daß ich nach ihm suchen würde, daß ich wiederkäme, ich schrieb ihr meine Telephonnummer auf eine Serviette, und sie steckte sie in die Tasche. Als ich mich verabschiedete, bemerkte ich ohne Trauer, daß sie mich gar nicht sah.

Es hatte zu nieseln angefangen, als ich das Metropolitano verließ. Zu den hohen Lichtreklamen hinaufsehend, versuchte ich mir vorzustellen, wie in diesem Augenblick die Nacht in Lissabon aussähe. Ich dachte, daß Biralbo vielleicht dorthin zurückgekehrt war. Ich ging zu Fuß zu seinem Hotel. Auf dem gegenüberliegenden Gehsteig, unter den Schaufenstern der Telefónica, begannen sich bereits die stillen Frauen einzufinden, eine Zigarette zwischen den Lippen, in langen Mänteln mit bis zum Kinn hochgeschlagenen Kragen, denn es wehte ein eisiger Wind über die dunklen Straßen. Über der Markise, neben dem senkrechten, noch nicht eingeschalteten Schild, entdeckte ich das Fenster von Biralbos Zimmer. Es brannte kein Licht. Ich überquerte die Straße und blieb vor dem Eingang des Hotels stehen. Zwei Männer mit schwarzen Lederjacken, Sonnenbrillen und Schnurrbärten, die einander sehr ähnlich sahen, sprachen mit dem Portier. Ich machte den Schritt nicht, den ich hätte tun müssen, damit die automatische Tür in die Halle sich öffnete. Der Portier sah mich und sprach weiter mit den Männern in den schwarzen Lederjacken, sein unbeteiligter Blick ging über mich hinweg, sah gleichmütig zu den Glastüren und kehrte zu den Männern zurück. Er zeigte ihnen das Eintragungsbuch, und während er die einzelnen Seiten umblätterte, schielte er zu der Marke, die einer der Männer offen auf dem Tresen hatte liegen lassen. Ich trat in die Halle und tat so, als studierte ich die Tafel, auf der die Zimmerpreise standen. Von hinten sahen die beiden vollkommen gleich aus. Zwischen ihnen hindurch wanderte der Blick des Portiers wieder zu mir, aber keiner außer mir hätte etwas bemerken können. Ich hörte, wie einer von ihnen sagte: «Wenn der Mann wiederkommt, sagen Sie uns bitte Bescheid», während er die Marke in eine Gesäßtasche seiner Jeans steckte, über der der Rand von einem Paar Handschellen aufblitzte.

Der Portier schlug das breite Buch zu. Die beiden Männer in den Lederjacken machten zur gleichen Zeit eine übertriebene Geste, um ihm die Hand zu schütteln. Dann gingen sie hinaus. Der schräg vor dem Hotel geparkte Wagen sprang an, bevor sie eingestiegen waren. Ich rauchte und tat, als wartete ich auf den Fahrstuhl. Der Portier rief meinen Namen und deutete mit einer Geste der Erleichterung auf die Tür: «Endlich sind sie weg», sagte er und reichte mir den Schlüssel, den er nicht vom Bord nahm. Dreihundertsieben. Als wollte er sich für eine Ungeschicklichkeit entschuldigen, die er niemals hätte begehen dürfen, erklärte er mir, daß Toussaints Morton, «dieser farbige Kerl», und eine blonde Frau, die ihn begleitete, das Zimmer von Señor Dolphin durchsucht hätten und daß es, als er die Polizei rief, zu spät gewesen sei. Sie hätten über den Notausgang entkommen können.

«Wenn sie zehn Minuten eher gekommen wären, hätten sie sie geschnappt», sagte er. «Sie müssen im Fahrstuhl aneinander vorbeigefahren sein.»

«Und Señor Dolphin ist noch da?»

«Er ist die ganze Woche nicht hiergewesen.» Der Portier fand einen gewissen Stolz darin, mir seine Solidarität mit Biralbo zu demonstrieren. «Aber ich habe das Zimmer für ihn gehalten, er hat nicht einmal sein Gepäck mitgenommen. Heute nachmittag war er hier. Er hatte es sehr eilig. Bevor er raufging, hat er mich gebeten, ihm ein Taxi zu rufen.»

«Wissen Sie, wohin er gefahren ist?»

«Nicht sehr weit. Er hat nur eine Tasche mitgenommen. Er hat mir aufgetragen, Ihnen den Zimmerschlüssel zu geben, wenn Sie kommen.»

«Hat er Ihnen sonst noch etwas gesagt?»

«Sie kennen doch Señor Dolphin.» Der Portier grinste und beugte sich ein wenig vor. «Er ist kein Mann von vielen Worten.»

Ich fuhr zu seinem Zimmer hinauf. Daß der Portier mir den Schlüssel gegeben hatte, war eine reine Geste der Höflichkeit, denn das Schloß war aufgebrochen. Das Bett war zerwühlt und die Schubladen des Schrankes auf den Boden gekippt. In der Luft lag ein Duft wie von verbranntem, feuchten Holz, ein zarter und bestimmter Geruch, der mich sofort in eine Nacht in San Sebastián zurückversetzte, in der ich Daphne gesehen hatte. In den Teppich, zwischen Kleidungsstücken und Papieren, hatte der Stummel einer zertretenen Zigarre einen dunklen Kreis gebrannt, wie einen Fleck. Ich fand ein Schwarzweißphoto von Lucrecia, ein englisches Buch über Billy Swann, alte Partituren mit zerfledderten Rändern, billige Gespensterromane, eine volle Flasche Bourbon.

Ich öffnete die Balkontür. Nieselregen und Kälte schlugen mir ins Gesicht. Ich schloß die Läden, zog die Vorhänge zu und zündete mir eine Zigarette an. Auf der Glasplatte im Badezimmer fand ich einen Plastikbecher, so grau, als wäre er schmutzig. Ich versuchte zu vergessen, daß er so abstoßend aussah wie die Gläser, in die man Gebisse hineinlegt, und goß ihn voll Bourbon. Einem alten Aberglauben gehorchend, füllte ich ihn wieder, bevor er ganz leer war. Gedämpft hörte ich das Geräusch eines Autos, den Fahrstuhl, der manchmal ganz in der Nähe anhielt, Schritte und Stimmen in den Fluren des Hotels. Ich trank ohne Eile, ohne Überzeugung, ohne Absicht, wie man eine Straße in einer unbekannten Stadt betrachtet. Auf dem Bett sitzend, hielt ich das Glas zwischen den Knien. Im Licht der Nachttischlampe leuchtete der rote Bourbon in der Flasche. Ich hatte die halbe Flasche leergetrunken, als vorsichtig an die Tür geklopft wurde. Ich rührte mich nicht. Wenn jemand hereinkäme, würde er mich von hinten sehen, ich dachte nicht daran, mich umzudrehen. Wieder klopfte es, dreimal, wie ein unbestimmter Code. Vom Bourbon und vom Stillsitzen schwerfällig geworden, erhob ich mich und ging, um zu öffnen, ich merkte nicht, daß ich die Flasche noch in der Hand hielt. Das sah Lucrecia zuerst, als sie hereinkam, nicht mein Gesicht, das sie vielleicht nicht gleich wiedererkannte, sondern erst etwas später, als ich meinen Namen nannte.

Der Alkohol dämpfte meine Überraschung, sie zu se-

**278**

hen. Sie war nicht mehr, wie ich sie gekannt hatte, und auch nicht, wie ich sie mir nach Biralbos Erzählung vorgestellt hatte. Ein Hauch von Einsamkeit und Eile umgab sie, als sei sie gerade aus einem Zug gestiegen. Sie trug einen weißen, offenen Regenmantel, dessen Schultern naß waren, und sie brachte die Kälte und Feuchtigkeit der Straße mit. Bevor sie eintrat, sah sie das leere Zimmer an, die Unordnung, die Flasche, die ich in der Hand hielt. Ich bat sie herein. In dem absurden Wunsch, gastfreundlich zu sein, hob ich die Flasche ein wenig und bot ihr ein Glas an. Aber es gab keinen Platz, wohin sie sich hätte setzen können. Mitten im Zimmer stand sie mir gegenüber, ohne die Hände aus den Taschen ihres Regenmantels zu nehmen, und fragte nach Biralbo. Als wollte ich mich für seine Abwesenheit entschuldigen, sagte ich, er sei fortgegangen und ich sei hier, um seine Sachen abzuholen. Sie nickte und sah auf die offenen Schubladen, das trübe Licht der Nachttischlampe. In diesem Licht und in der leeren Glut des Bourbon hatte Lucrecia die Perfektion und Distanz jener Frauen, die man auf Anzeigen in Luxuszeitschriften findet. Sie schien größer zu sein und einsamer als wirkliche Frauen und hatte einen anderen Blick als sie.

«Du solltest auch verschwinden», sagte ich. «Toussaints Morton ist hiergewesen.»

«Du weißt nicht, wohin Santiago gegangen ist?»

Es kam mir vor, als gehörte dieser Name nicht zu Biralbo; ich habe nie gehört, daß ihn jemand so nannte, auch Floro Bloom nicht.

«Seine Musiker sind auch weg», sagte ich. Ich spürte, daß ein einziges Wort ausreichen würde, um Lucrecia einen Augenblick zurückzuhalten, doch ich kannte es nicht. Es war, als bewegte ich ihr gegenüber tonlos die Lippen. Ohne noch etwas zu sagen, drehte sie sich um, und ich hörte, wie ihr Regenmantel die Luft streifte, und dann das gemächliche Geräusch des Fahrstuhls.

Ich schloß die Tür und füllte den Becher mit Bourbon. Durch die Scheiben der Balkontür sah ich sie auf dem Gehsteig auftauchen, von hinten, ein wenig vorgebeugt, der weiße Mantel vom kalten Dezemberwind gebläht und blank vom Regen unter den blauen Lichtern des Hotels. Ich erkannte ihre Art zu gehen, als sie die Straße überquerte und bereits zu einem weißen Fleck in der Menge geworden war, darin verloren, unsichtbar, plötzlich hinter den aufgespannten Regenschirmen und den Autos verschwunden, als hätte es sie nie gegeben.

## Antonio Muñoz Molina
# Die anderen Leben

Erzählungen
Deutsch von Willi Zurbrüggen
140 Seiten. Pappband

Thema der Erzählung «Ich werde dich schlagen ohne Zorn» ist die Frage, wie Fiktionen zu Körpern und Geschichten werden, und was die Kraft ist, die jemanden dazu bringt, die Bilder eines anderen zu leben.
Die titelgebende Geschichte «Die anderen Leben» führt behutsam und zugleich spielerisch zu den Abgründen der zwei Seelen, die, «ach! in meiner Brust» wohnen – Abgründe, die sich wie nebenher als die ganz alltägliche Schizophrenie erweisen. Und alles unter dem milden Himmel träger Spätsommerabende in einem lauwarmen Marrakesch erster Klasse. «Das Geisterzimmer» ist eine stark minimalisierte Gespenstergeschichte herkömmlichen Musters, die vom Stammtisch kleinstädtischer Honoratioren zu den verschneiten Ausläufern der Anden führt. In «Der Opferhügel» werden ein Beil und ein gespaltener Schädel, kurz darauf auch der Mörder gefunden, der ohne Umschweife gesteht. Er ist eine ‹Er-findung› ohne eigene Beschaffenheit, eine ganz und gar amorphe Masse ohne Anhaltspunkte auf eine irgendwie geartete Charakterlichkeit, so daß sich der Leser, ebenso wie der vernehmende Inspektor, in der puren Banalität dieses mutmaßlichen Gattenmörders verliert.
«Mit der Zeit werden fast alle Tatsachen zu Trugbildern: man liest die unvorstellbaren Lügen, die man sich vor mehr als fünf Jahren ausgedacht hat, und stellt fest, wie schamlos man die Wahrheit erzählt hat.»

*Antonio Muñoz Molina*

## Rowohlt

## Antonio Muñoz Molina

# Beatus ille oder
# Tod und Leben eines Dichters

Roman
Deutsch von Heidrun Adler
384 Seiten. Gebunden

Der Student Minaya reist zu seinem Onkel Manuel, um Material für eine wissenschaftliche Arbeit über den Dichter Jacinto Solana zu sammeln. Onkel Manuel war mit dem Dichter befreundet: sie sind zusammen aufgewachsen und haben im Bürgerkrieg auf der Seite der Republik gekämpft. Nach dem Sieg der Falangisten hat sich Solana in Manuels Haus versteckt, um seinen Roman schreiben zu können. Doch die Schergen des Franco-Regimes haben ihn aufgestöbert, erschossen und das Manuskript verbrannt. Minaya macht sich auf die Suche nach den Resten des Romans...

«Wer diesen Roman des spanischen Erzählers Antonio Muñoz Molina liest, wird in der Zeit der Lektüre ein intensiveres Leben führen, das einem nur die Literatur bescheren kann, wenn auch selten – immer seltener.»
*Nürnberger Nachrichten*

# Rowohlt

## Jorge Ibargüengoitia
## Zwei Verbrechen

Roman
Aus dem mexikanischen Spanisch
von Christine Stemmermann
rororo 12796

Der Erzähler Marcos und seine langjährige Freundin
Chamuca, überzeugte, aber wenig engagierte Linke,
leben friedlich in Mexico City. Nach einem Kaufhaus-
brand geraten sie in den Verdacht, Terroristen zu sein.
Unter den herrschenden politischen Umständen
bleibt ihnen nur die Flucht. Die beiden trennen sich,
Marcos fährt zu einem reichen Onkel in die Provinz.
Er will dem Alten Geld abknöpfen und sich dann mit
Chamuca an einem abgelegenen Ort treffen und ab-
warten, bis Gras über die Sache gewachsen ist. Doch
in Muérdago kommt Marcos vom Regen in die
Traufe. Jemand schießt auf ihn. Seinen Verwandten ist
jedes Mittel recht, den neuen Konkurrenten auszu-
schalten. Denn Marcos genießt als einziger das Vertrauen des Onkels. Bald geschieht ein weiteres Verbrechen: Der Onkel wird vergiftet, und wieder gerät
Marcos in Verdacht.

«Ein pfiffig geschriebener Roman, der sich erfolgreich bemüht, ausgetretene Krimi-Pfade zu vermei-
den.»

*Süddeutscher Rundfunk*

## Rowohlt

## Juan Carlos Martini
# Perseus fliegt

Roman
Deutsch von Heidrun Adler
160 Seiten. Pappband

Ein Mann sitzt, da sein Flug sich um etliche Stunden verspätet, eine Nacht lang auf einem internationalen Flughafen fest. Sein Name ist Juan Minelli, sein Ziel ist Buenos Aires, eine Stadt, in die er nach langen Jahren des Exils zurückkehren wird. Er ist ein ganz normaler Reisender. Er verbringt die schlaflose Nacht so wie die anderen Reisenden auch. Die Stunden verrinnen nur zäh.
Juan Minelli reist allein, er beobachtet die Menschen, die mit ihm warten. Andererseits scheinen sie alle auch ihn mit ihren Blicken zu verfolgen. Aus dem Beobachten wird für ihn bald ein Beobachtetwerden, schließlich eine Bedrohung. Durch das Labyrinth der Hallen und Gänge, der Bars und Duty-free-Shops flieht Minelli vor einer Gefahr, die vielleicht nur in seiner Einbildung existiert. Bis er im Waschraum einen Toten findet...
Juan Carlos Martini, einer der bedeutenden Schriftsteller Argentiniens, macht mit sehr feinem, hintergründigem Humor auf ein Grundproblem unseres Daseins aufmerksam: Wie nehmen wir unsere Umgebung wahr, wie verändern wir sie in unserer Vorstellung und wie reagieren wir dann auf die selbstgeschaffene Wirklichkeit?

## Rowohlt